彩雲国秘抄

# 骸骨を乞う 上

雪乃紗衣

# 目次

# 三本肢《あし》の鴉《からす》

黄昏《たそがれ》の空を、闇を切りとったような一羽の大鴉が羽ばたいていく。

黒より黒い黒炭の翼と、熾火《おきび》のような黄金《こがね》の目。

世界を切り裂く一条の闇さながら、逢魔《おうま》が時に染まる世界をぐんぐんと滑空する。

千古の昔より、その年経《としふ》りた金の目に映さぬものは何もない。

……ただ、人の心だけをのぞいて。

鴉は今まで見てきたいくつかの光景、あるいは人生のことを考えていた。それらは今さらとりたてて気に留めるほどもない、ありふれたものであった。

そのはずであったが、……鴉の心に奇妙な痕《あと》を残していた。爪痕というにはやわらかで、物悲しく、綿毛に触れたようにじんわりと滲《にじ》んでいく。わけもなく心がかき乱される。それは涙が出そうな秋の黄昏《ゆうぐれ》に似ていた。

鴉が心を惹《ひ》かれるのは、いつもそういった人間だった。雁《かり》も巣に帰り、鹿の音《ね》も絶えた薄闇の世界を一人歩き、人知れず終わりゆくもの……。

通り過ぎてきた光景に思い巡らしながら虚空を渡っていた鴉の目に、ある枯れ野の中、一人の人間が留まった。

鴉はしばし考え、やがて大きく薄暮の空を旋回した。枯れ野に一本だけ立つ老木の、葉をすべて振り落とした一枝《ひとさし》に、音もなく舞い降りる。枝はしなれどもコソともいわず、むしろ影の落ちる音が聞こえそうなほど優美な仕草であった。

枝にかけたその肢は、神鳥《しんう》を示す三本肢。

鴉は遥《はる》かに広がる薄暮の世界を見渡した。

白い雪がチラチラと降りはじめていた。

薄暗い枯れ野は冷たく、寒々しく、そして春はまだこなかった。

……この世界と同じように。

# 第一話　雪の骨

——悠舜——

# 序

——ずっと、世界に降る雨を他人事《ひとごと》のように眺めていた。

世界の果てで、静かな雨だれに耳を澄ませ、毎日を微睡《まどろ》むように生きていた。

なんの不足もなかった。なのに時々……。

『……起きろ、悠舜《ゆうしゅん》』

ただ一人の主君が自分を揺り動かし、起こしてくれるのを夢に見た。

◆　◆　◆

『珍しい。おぬしの星は〝片翼の鳥〟じゃ。飛べない鳥よ』

悠舜を占った一族のお婆《ばば》はそういって、ニィと笑った。

『飛べない鳥は、生きるだけでも難儀な目に遭う。さても、片翼の〝鳳麟《ほうりん》〟とはの……』

何がおかしいのか、お婆は耳障りにケタケタと笑い続けた。

縁起の悪い宿命《さだめ》を聞いても、悠舜は特に何の感慨もわかなかった。生まれつきろくでもない運命をもつのは自分だけではなく、一族の大半が同じ。

悠舜は卓子に頬杖《ほおづえ》をついて、お婆の庵《いおり》の外で群れ咲く真っ赤な彼岸花を見た。点々と咲く赤い彼岸花をたどれば、不思議と墓場につくという。人の住む場所をひたひたと追って、昨日まで何もなかったところに、いつのまにかある日一夜で真っ赤な花を咲かせる。まるで人の死を告げにくるように。

その年の彼岸花は、ずいぶんと早く群れ咲いた。

お婆の笑声がいつやんだのかわからない。気づけばお婆は、悠舜の横顔を奇妙に見つめていた。盲目の目で。悠舜は言いたがっているお婆のために訊《き》いてやった。

――もし、なくした翼を見つけたら？

お婆のつぶれた目がひきつれた。一族でも飛び抜けて性悪なお婆は、意地悪く、そして不思議な表情を浮かべた。憐《あわ》れんだように見えたのだ。憐れみ？　誰を？

自分を？

――なぜ？

お婆はしわくちゃの手で、悠舜の白い頬をざらりと撫《な》でた。紅山《こうざん》の隠れ里にすむ鬼謀の姫《き》一族、その〝鳳麟〟である悠舜を、どこにでもいる、普通の子供のように。

『……もしもおぬしが、欠けた翼をどこかで見つけたのなら。飛ばずにはおれまいて。空へ飛び、墜《お》ちて死ぬだけよ』

悠舜はこのとき初めて、お婆を真正面から見た。

墜ちて死ぬ運命と知っても羽ばたく片翼の鳥。

一族にその星が出るとは珍しいと笑ったお婆。

あの時、自分はいったいどんな表情をしていたのだろう。

庵の外で、不気味なほど美しい血の色をした彼岸花が、夏の風に揺れていた。

……明くる年に、お婆は死んだ。いや、一族すべてが死んだ。

世界には音もなく霧雨が降っていた。

あれからずっと悠舜の耳には、あの雨音が聞こえるよう。

雨の中で人生を微睡みながら、時々片翼を引きずって歩き、地上から天空を見上げる。

飛べない鳥のように。

一

大きな鳥の羽ばたきがした。

四阿《あずまや》で書翰《しょかん》を広げていた悠舜は、顔を上げた。大銀杏《おおいちょう》の木の上に、闇色の鴉が一羽、悠舜を見下ろすように留まっている。……と、思ったのだが、まばたきをした次の瞬間には、鴉は音もなくかき消えていた。まるで一瞬の幻の如く。

悠舜はもくもくとわきたつ入道雲と、夏の白い陽射しに、目を細めた。

王の尚書令《しょうしょれい》になってから、三度目の夏だった。

手をかざそうとしたら、眩暈《めまい》がした。椅子に座った体がかしぎ、世界がたわんで半回転する。杖《つえ》が倒れる乾いた音が辺りに響く。額を押さえれば、びっしょりと嫌な汗で手が濡れた。全身が小刻みに震え、手足の先から急激に冷えていく。耐えきれず、石卓にうつぶせ、きつく目をつぶった。すうっと気が遠くなってゆく。

世界の向こう側から、サァッと雨が石畳を打ちはじめる音が聞こえた。遠く、遠く。

頭の奥で、誰かの泣くような声がした。

『もう、……たなくて、いい』

その声を聞きながら、悠舜は睫毛《まつげ》を下ろして、意識の切れ端を手放した。

……どのくらい、気を失っていたのか。

首筋を伝い落ちた冷えた脂汗と、頬を撫でる風の手で、ふっと意識を取り戻した。伏した石卓で目を開ければ、赤い色が、ぼやけた視界の向こうで揺れていた。

（……彼岸花……）

昨日までは確かに何もなかったその場所で、今日は血の色をした花が咲いていた。

誰かの死を告げるように。

悠舜は微かな吐息を落とし、目をつぶった。

不意に。

垂らした腕をつかまれた。彼岸から此岸《しがん》に引きずり戻す強さで。

「――悠舜」

後頭部に手が差しこまれ、頭をもちあげられる。視界に、紫劉輝《しりゅうき》――王の不安げな双《そう》眸《ぼう》が映った。璃《り》桜《おう》公子が駆け寄ってくる、軽い沓音《くつおと》も聞こえた。

「おい王、急に揺らすな！　悠舜様、大丈夫ですか。今気付け薬を――」

「……いえ、大丈夫です。日陰にいるからと、少し、油断していたようです」

悠舜は鉛のような身を起こし、木陰からしたたる雫《しずく》の音と、濡《ぬ》れた石畳に気づいた。

「……ああ、本当に一雨きていたんですね」

「……四阿にいて、気づかなかったのか？　ひどい夕立だったぞ」

王は呆《あき》れただけだったが、隣にいた璃桜公子はサッと青ざめた。しまったと悠舜は天を仰いだ。去年の春に太子となった彼は、王の紫劉輝よりよほど頭も気も回る。

「悠舜様、いったいどれくらいの間――」

「以後気をつけますよ、璃桜様。……ああよかった。秋の除目は濡れてませんね」

ノンキに黒い筐《はこ》を開ける尚書令に、劉輝はがっくりと肩を落とした。朝廷人事は機密事項で、こんな外で書き散らすのはありえない。

鄭《てい》悠舜は三十代後半の若さながら万巻に通じ、ものやわらかな言動からは考えられぬほど果断に富み、劉輝への諫言《かんげん》も辞さない。一触即発の国試派と貴族派の舵《かじ》取《と》りをしながら政事《まつりごと》を推し進められるのは、ひとえに悠舜の存在ゆえだ。

同時に、案外人の話を聞いてくれない宰相だというのも、この三年でよくわかった。

「……悠舜、頼むから政務なら尚書令室の中でやってくれ。そなたはいつのまにかフラフラと外へ出るから、追いかけるのに余も璃桜も近衛《このえ》も一苦労なのだぞ」

ニコニコしながら、今度も悠舜は王の懇願をすげなく蹴《け》っ飛ばした。

「外を眺めるのが好きなんですよ」

悠舜は筐の紐《ひも》をほどきながら、秋の彼岸花に目を向けた。ひぐらしの声も遠い。

ああ――。

「……夏も、もう終わりですね」

茜雲《あかねぐも》。黄金《こがね》の銀杏と、梨と、赤とんぼの季節がくる。

急に、悠舜の青白い手が、王にすくいとられた。

王は珍しく真剣で、暗い顔をしていた。それと、微《かす》かな怖れ。

「悠舜は無理をしすぎる。そなたに倒れられては困るのだ。……元気になったと言ったのに、また元の顔色になっている。何度も言ったはずだ。もう少し周りに仕事を回せ」

「私にしかできない仕事がありますから。と、私も何度も申し上げたでしょう？」

悠舜は璃桜の強い視線を感じ、内心嘆息した。……よほど具合が悪く見えるらしい。

「……王、悠舜様は少し都を離れて療養した方がいいと思う。……多分、もともと貴陽《きよう》の水があまりあわないんだ。悠舜様のお生まれは、空と水と土の美しい場所と聞いてる。今年はさほど暑くないのに、それでも悠舜様のお体にはだいぶ負担がかかってる」

どうやら璃桜公子は悠舜の生地を調べたようだった。紅《こう》家か、あるいは他の誰かから聞いたのかもしれない。どのみち縹《ひょう》家で姓氏を調べればすぐわかることではあった。縹家は各州の戸籍と、名家の系譜を独自に集積しているから。

空と水と土の美しい場所。真っ白な梨の花が一面に散る里。悠舜は空を見上げた。

今はもうない。本当に飛べない鳥みたいだった。帰れず、澱《よど》み、昏《くら》く、薄汚れたこの王都で、弱々しく体を引きずって歩いてる。

「赤ちゃんだって去年生まれたばかりだ。凜《りん》様と三人で、しばらく貴陽を離れて療養させるべきだ」

王は答えなかった。悠舜の青白い手を放すこともまた、なかった。

その時の王の顔を見た悠舜は、この表情を、ずっと覚えていようと、思った。

「……璃桜様、私なら大丈夫ですよ。療養など、大げさです。もう夏も過ぎます。涼しくなれば、体も楽になります」

気難しいままの璃桜とは反対に、王がホッとしたのが、気配で感じられた。

悠舜は黒塗りの筐から、秋の除目を取り出して、石卓に広げた。

「それに、この一年で、だいぶ朝廷の厄介事も決まりがつきました。碧州《へきしゅう》地震、紅州蝗《こう》害《がい》、藍州《らんしゅう》水害……あらかた復興のめどがつきました。復興指揮を十三姫《じゅうさんひめ》と楸瑛《しゅうえい》殿に任せたのは正解でしたね。秋から二人と各州府に完全に委譲できます。私の仕事も減りますよ。それと、もう一つ。秋の人事から、景柚梨《けいゆうり》殿を左僕射《さぼくや》に昇進させるつもりでいます」

「左僕射に景柚梨殿を？」

朝廷百官の長である尚書令には、通例二人の補佐がつく。左僕射・右僕射と呼ばれる官位で、副宰相位に相当するが、今までずっと空位のままだった。

「はい。慧茄《けいな》様かどちらかで迷っていましたが……二年前、我が君を真っ向からかばったのを見た時、決めました。我が君、璃桜様……彼を次の宰相とお思いください」

石卓に置かれた紙をとった璃桜は、中を一瞥《いちべつ》し――新人事に目を丸くした。通常、秋の異動は地方人事が主なのだが、今回は中央と地方の両方で一気に骰《さい》子を振っていた。

王は除目の紙には目もくれなかった。ひどく不機嫌になって、悠舜を睨《にら》んだ。

「悠舜、余の尚書令はそなただけだ。次の宰相などと軽々しく言うな」

悠舜が目を合わせると、王の方が逸《そ》らした。「我が君……」溜息《ためいき》がこぼれた。

……クスッと、微笑んで、悠舜は呟《つぶや》いた。

「……ええ、わかっております。お怒りなさいますな……」

「まったくだ、王。なんでいきなりそんな子供染みた態度になるんだ？　悠舜様に補佐がつくのは、俺は賛成だ。あんたの言う通り、悠舜様の負担も減る」

「怒ってるわけではない。ただ急に変なことを言うから……」

王はぶっきらぼうにつづけた。

「そなただけだ。いなくなられては、困るのだ。……あの……『誰か』のように」

『誰か』というところで、王はためらったように眉間《みけん》に皺《しわ》を刻んで、言いよどんだ。

「またその話か？　もう一人、朝廷に『誰か』いた気がするなんて……」

璃桜は近頃伸びはじめた手足を折り曲げて、呆れたように腕を組んだ。

王はこの一年、いつからか奇妙なことを言うようになった。誰か欠けている気がする、と言う。宰相会議が紛糾する時など、朝廷三師の長・空白の太師《たいし》位に目をやったり、真夜中に仙洞宮《せんとうきゅう》に足を向けては、そこに誰かがいたように千年楼閣を見上げる。

だが即位当初から紫劉輝に太師はいない。先王戩華《せんか》の双翼と呼ばれた茶太保《さたいほ》と宋太傅《そうたいふ》よりも上の地位に他の誰もいるわけがなく、そんな記録もない。

誰に何度そう説かれても、彼は今も仙洞宮の前で立ち止まる。空白の向こうをさがそうとする。あなたはただの捨て駒だと、かつて自分を嘲笑《あざわら》った、『誰か』を。

劉輝は悠舜の白皙《はくせき》の横顔を見た。……悠舜だけは一度も、ヘンだと言ったことはない。秀麗《しゅうれい》でさえ否定するのに釈然としないのはそれゆえだった。悠舜がいるから、劉輝は誰に何を言われても、自分の頭がおかしいと思わずにすんでいる。

悠舜は何かを知っているのかもしれない。『誰か』のことを調べてくれているように思う時もある。その『誰か』の存在を、王が知りたい——会って何かを——何か大事なことを——訊《き》きたいと心の半分で思いながら、もう半分で、今はまだ訊きたくないと思っていることさえ、知っているのではないかと思える。

(……本当は——)

……本当は、『誰か』になど会いに行かずとも、悠舜がいてくれたらいい、とも思うのだった。側近たちにはうまく言葉にできないことも、気がつけば悠舜にはポツリとしゃべっていて、傍にいると不安やざわつきが落ちついてゆく。悠舜がいればいい……。

劉輝は『次の宰相』とかいうさっきの言葉を強いて忘れようとした。何だか、腹の底で得体の知れないものがむくりと沸き上がる……。

つと、悠舜の眼差《まなざ》しが劉輝に向いた。

光と闇の狭間《はざま》の、薄闇色の双眸。心が引きずりこまれるような色。

何かが喉《のど》まででかかった。璃桜がいなかったら、口走っていたかもしれない。

……後年、王は何度も思い出すのだった。悠舜と一緒にいた、あまりにも短い――思い返すたびに胸がつまるような日々の中、こんな風に悠舜が時間をくれたこと。王が何かを言うのを――それがなんであっても――悠舜はいつも待っていてくれたように思う。

だが最期まで、王は何も言えなかったのだった。

「……悠舜、余……と璃桜に、話があるから、この四阿《あずまや》へと、言ってたが」

ごまかすようにぎこちなく呟いた王に、悠舜は控え目に頭《こうべ》をたれた。

「……はい……我が君と璃桜様には、わざわざのお運び、申し訳ありません」

「今さら何を言う？　今日はヘンに他人行儀だな、悠舜」

王の隣で、璃桜はハッと、手にした秋の除目を見返した。

悠舜は長い睫毛《まつげ》をおろした。風が四阿を通り過ぎていく。

「我が君……。鄭悠舜、お傍に参じてから二年あまり。さしたる功もない私を取り立ててくださり、数ならぬこの身には、あまりある光栄でございました」

「……悠舜、何を言っている？　どこがさしたる功もなくなどと――」

璃桜は黙って除目の紙を王へ手渡した。

王はようやっとそれに目を通し——瞠目《どうもく》した。

悠舜は胸の前で、両手を組んだ。遠くで、また雨の音が聞こえはじめた。

「鄭悠舜、次の除目にて我が君のお傍を辞し、退官することを、どうかお許しください」

今まで悠舜の名が記されていた尚書令の官位には、白い空白だけがあった。

◆　◆　◆

「——許さぬ」

王を仰いだ璃桜は、声を呑んだ。今まで見たことがないほど酷薄で、表情の抜け落ちた形相に、ぞっと寒気がした。まるで紗が落ちて別の王が現れたかのよう。

悠舜もまたその時の王の変化を、一つ残らず指先で拾いとるように見ていた。

「許さぬ」

押し殺した声で、もう一度王は繰り返した。不吉なほど平坦《へいたん》で、一切の拒絶を認めぬ言い方——いや、命令だった。王がこれまで誰にもしなかったことだった。

「余の尚書令はそなただ。退官は許さない」

傲岸《ごうがん》なだけの表情で裾《すそ》をひるがえし、そのまま振り向きもせずに四阿を出ていく。

悠舜は去っていく王の後ろ姿を、いつまでも見つめていた。

視界の隅で、赤い色がチラチラと揺れた。雨音と、鴉《からす》の羽ばたき。璃桜の声もする。

「王！　ちょっと待て。悠舜様にも何かお考えが――……悠舜様？　……悠舜様！」

……王が足を止めて、振り返った。

悠舜の体が、椅子から音もなくくずおれる。

まるで手折られた花のようにかしぎ、倒れていく。翼の折れた鳥にも似ていた。

その向こうで、赤い彼岸花が揺れていた。


「――――」

王は何かを叫んだ。何を叫んだのかは、王自身、わからなかった。

## 二

――ずっと、世界に降る雨を他人事《ひとごと》のように眺めていた。

梨の花咲く故郷を失ってからの、長い長い人生の休暇。結んだ小さな庵《いおり》の中の世界で、微睡《まどろ》むように生きていた。何も望まぬかわり、何も得られぬ人生で構わないと思った。

……けれど、時々、旻《そら》を見上げた。

(――――)

欠けてない翼で鳥が飛ぶのを見送った。そんなとき、生まれながら凍りついたような心臓の奥が、ぎこちなく、切ない音を立てた。……本当は、ずっと。

『……起きろ、悠舜』

ただ一人の主君が、いつか自分の心を揺り動かし、起こしてくれる日を夢に見た。

……遠くで、サーッと雨が軒《のき》をうっていた。

雨音にとろとろと微睡んでいた悠舜の耳に、不躾《ぶしつけ》な足音が複数、響いてきた。

悠舜はぽかりと目を開けた。

束の間、今がいつで、自分がどこにいるのかあやふやになった。……山奥の故郷でもなく、庵でもなく、小汚い茶州府《さしゅう》でもない……こんな豪華な室《へや》は記憶にない……。

思いだした。定かでないのも当たり前だった。先だっての秋から春まで半年、北方行脚でサッサと捨てていった尚書令室だった。棲《す》み家にしたのはその前の数ヶ月のみ。

(……あー……五丞原《ごじょうげん》から帰って、我が君の尚書令に戻ったのでしたっけ……)

沓音《くつおと》が扉口に迫ってくる。誰がきたのか察した悠舜は、やれやれと溜息がでた。

案の定、入ってきたのは、玼静蘭《しせいらん》、藍楸瑛、李絳攸《りこうゆう》の、王の三人の側近だった。

五丞原の一件からひと月がたち、この春をもってそれぞれ地方行きとなるのが確定しているが、その前に何度か話をしたいと申し入れがあった。面倒で放置していたのだが、ついに堪忍袋の緒が切れて乗りこんできたらしい。

最後に璃桜公子がすべりこんできた。三人は嫌そうな顔をしたが、璃桜は悠舜を守るように、つかつかと傍にきて陣どった。その姿はまさに彼の祖父・旺季《おうき》を思わせた。弱者と見れば、多数が相手でも飛んでいく。悠舜はつい、微笑した。

側近たちは璃桜公子に去ってもらいたがったが、悠舜は公子を傍に留《とど》まらせた。申し入れの中身は彼の祖父に関することだ。この三人の側近は人のことはあれこれ不満をいうが、自分のことだとしょっちゅう公平さを欠く。

世間話をする気には皆目なれなかったので、悠舜は単刀直入に話をふった。

「わざわざここまでおいでになったのは、旺季殿や、凌晏樹《りょうあんじゅ》の処分についてですか？」

「ええ、そうです。確たる証拠がないとのことでしたが、それでは納得がいきません。彼らに何らかの処分を科すべきです」

茈静蘭がそう言い、李絳攸も、彼よりは慎重に、けれどはっきりと同意した。

「俺もそう思います、悠舜様。旺季殿や孫陵王《そんりょうおう》殿は仕方ないかもしれません。旺季派の官吏はいまだに中央地方で半数以上を占めますし、孫陵王殿につく武官はそれ以上です。彼らを今すぐ処分するのは得策ではない。だから悠舜様も、旺季派をなだめるために璃桜公子を養子にと推したのでしょう？　ですが、凌晏樹殿は違う。危険です。静蘭の言う通り何らかの処分を――せめて朝廷から放逐すべきだと思いますが」

それまで悠舜は彼らを適当に言いくるめて追い返す気でいたが、やめた。用意していた当たり障りのない言葉も、残らず屑籠《くずかご》に投げ捨てることにした。璃桜公子にチラリと投げる彼らの目つきを含めて、……癇《かん》に障った。

じゅんじゅんに三人を見る。いつでも自分たちが正しいと思っているその顔を。

「旺季殿を今すぐ処分するのは得策ではない、凌晏樹は放逐すべき……ですか。あなたがたは、なぜ、先だっての冬、朝廷の誰も動かなかったと思っているのですか？」

「……それは、悠舜様が、動くなと——」

「確かに私は六部尚書《りくぶしょうしょ》に動くなとお願いしました。その次の言葉をお教えしましょうか。『最後の機会をください。最後の王の出方を見て、最終的な判断をしてください』」

悠舜は見せかけでも、今までまとっていた優しさを一切捨て去った。

王から下賜された羽扇に一度だけ触れ、椅子から彼らを冷然と見回した。

「ことの発端は何か、お忘れのようですね。王とあなたがたが朝廷を軽んじ、自分勝手な人事を行い、法も好きに変え、門下省《もんかしょう》の諫言《かんげん》も無視して政事《まつりごと》をとった結果、信頼を失い、人心が離れていったのですよ。蝗害《こうがい》の防除が徹底されなかったのは王が陳情を無視していたせいです。前吏部《りぶ》尚書の言動を御すこともできず、七家の権威を振りかざし、好きに政事を推し進めたのは誰ですか？　それに対して、御史台《ぎょしだい》からも門下省からも何度も注進がいっていたのに、かえりみることもなかったですね？」

三人それぞれが、答えに詰まった。

「どちらが見られていたのか、まだわかりませんか？　六部尚書は動かないことで、選、

いことを。都《みやこ》を捨て、民を捨てた王と臣下を待たないんだですよ。逃げた王を追わないことを。都を捨て、民を捨てた王と臣下を待たない

ことを。王が逃げた後も、民も現実も昨日と変わらず、そこにあるのに」

「あれは……主上は城下での戦を回避するつもりで――それに帰ってくるつもりで……」

言いかけた藍楸瑛も、最後は尻《しり》すぼみになった。それは結果論に過ぎず、帰ってくるかどうかは、側近である彼らにも確証がなかったことくらいは、思い出したらしい。

「……六部尚書も他の大官も、逃げた王を追って国を二分するより、各州が被災し、国が一番大変な時に朝廷に帰還してくれた、もう一人を黙って迎え入れました」

復興がもっとも大変だったあの冬、朝廷を支え、逃げた王の代わりに政断し、各州の被害を最小限におさえたのは旺季だった。紫劉輝でも、ましてや目の前に雁首《がんくび》を並べている彼らでもない。彼らがしたのは、王都から逃げだしたことだけだ。

「あの時、我が君が禅譲すれば、六部尚書も旺季殿を王と認めたでしょう。あなたがたは、旺季殿を非難できるほどの何をしました？　なぜ彼らは朝廷から追いだすべきで、自分たちが正義だと思えるのです？」

茈武官が、皮肉をこめて悠舜を見つめた。

「……あなたも、都から逃げたではありませんか？」

「ええ。私は王の尚書令。我が君のために最後の機会をもぎとるには、あれしかありませんでしたので。他に使える手駒もありませんでしたしね……」

暗に目前の三人を無能と言ってのけた。

「……その最後の機会を生かすかどうかは王次第でした。生かせなかったら、旺季殿が王だったでしょう。……いいですか。私たちは勝ったのではなく、ただ最後の猶予をもらっただけなのです」

水を飲むより嘘をつく方が簡単だったはずなのに、今は溜息《ためいき》をつかぬよう、眉間《みけん》に皺《しわ》が寄らぬようにするのがせいぜいだった。

「旺季殿や孫陵王殿、凌晏樹の処分に納得がいかないなどと言いにくる前に、ご自分を省みたらいかがですか。三人には内々に、中央地方の大官たちから恩赦の陳情書が続々と届いていますが、あなたがた三人については、この三年の責任をとって退官処分、少なくとも降格すべしとの要請が御史台に山ほどきています」

三人の顔つきをみて、悠舜の方がうんざりした。まさか思ってもいなかったとは。

「それに、今回の件で凌晏樹だけを挙げることはできません。彼一人にすべての罪と責任をなすりつけて終わりにするなど、許す旺季殿ではないでしょう。凌晏樹が処分される前に、必ず自分の首を出してきます。……まあ、彼への恩赦の嘆願はそのせいばかりでもありませんが……」

「……旺季殿や孫陵王殿はともかく、凌晏樹にも、陳情書が？　裏があるのでは？」

不平ばかりの言い草に、悠舜はついに溜息をついた。

自分にも、――彼らにも。

「……確かに凌晏樹は悪党でしょう。否定はしません。別に必要悪とも思っていません。

けれど旺季殿の方が王にふさわしいと思って動いたことも、私は否定しません。それだけの失政を王とあなたがたはしてきました。裏も何もありません。凌晏樹への陳情書の多さは、彼のしたことを支持する官吏がいかに多いかのあらわれにすぎません」

彼らは黙っていたが、納得とは正反対の顔つきだった。「……凌晏樹を否定しない、と言いましたね」と念を押した李絳攸に、悠舜は「ええ」と返した。

「凌晏樹は彼なりに、選んだ主君のために力を尽くしました。それが単に、あなたがたとは反対の位置にいただけで、やっている中身は私から見れば同じです。うまくやれば凌晏樹になり、下手を打てばあなたがたのようになる、というだけで。証拠がなくても、敵だから排除すべきだというあなたがたの考えは、凌晏樹とそっくりですよ」

むしろ悠舜には、目の前の若い三人の無自覚さの方がよほど危うく見えた。少なくとも凌晏樹には自分の掟《おきて》があり、それには従う。だが目の前の三人の言い分は、状況次第で主張を曲げ、法を曲げるのも仕方ないとでも思っている節があり、実際そうしてきた。

彼らの正義も、言い分も、公平さも、ものの見方も、全部中途半端なのだった。踏み固められた信念がない。その場その場で出した考えを口にし、それも土砂降りになればすぐに形を変える。彼らの失政と信望の失墜の原因も、そこにある。

「凌晏樹は、自分の失脚は旺季殿の失脚に繫《つな》がることを知っています。だから頭脳を尽くして、決して証拠を残さない。今回のようにね。自分ではなく、すべては旺季殿のため。旺季殿を守るためなら、ありとあらゆることをしてのけるでしょう。……それだけは、私も認めています」

ぴく、と玼静蘭の眉《まゆ》が嫌み混じりに跳ねた。

「あれだけのことをしでかした男なのに？」

「ええ。少なくとも彼は、あなたがたのように次々無様に失脚し、追いこまれたあげく、主君を道連れにはしてません。本当に主君を守るとはどういうことか、その覚悟と自負は、凌晏樹の方が上ですよ」

そうか、と悠舜は唐突に、別に知りたくもなかった事実に気がついた。

凌晏樹を下に見ている彼らが、気に障るらしい。自分たちの綺麗な忠誠心と、凌晏樹の汚い忠誠心は違うと思っているところが――見え隠れする侮蔑《ぶべつ》が――癇に障る。

たとえどんな手段でも、晏樹が旺季を完全に守り抜いたのは確かだ。がむしゃらに。

自分の一番大事なものを捨ててでも。

比べてこの三人の『忠誠心』は、王の何を守ったというのだろう？

……まさか晏樹に秤《はかり》が傾く日がくるとは。感動するほど幻滅だ。己自身に。

「――はっきり言いましょう。凌晏樹を挙げるだけの証拠がつかめなかった時点で、負けたのですよ」

あなたがたが、とは言わなかった。公的には『私たちが』が正しいが、嘘でも言う気が失《う》せていた。自分と一緒にしては彼らが可哀相だ。皮肉げに悠舜は心の中で言い捨てた。『綺麗《きれい》な』忠誠心など、悠舜にも持ち合わせがない。

もし凌晏樹を挙げられるとしたら――悠舜の脳裏に一人の娘が浮かんだ。彼女かもしれない。少なくとも尚書令にねじこみ、裏から手を回して排除したがっているこの三人では無理なことだけは確か。

「……どうもあなたは、旺季殿と凌晏樹を守ろうとしているように見えますがね」

その言葉を言ったのが誰か、もはや聞き分ける気力すらなかった。

悠舜は何かいろいろ並べて、三人の側近たちを室《へや》から追い払った。

「……悠舜様、あれではあなたが誤解されます」

静かになった室で、今までずっと黙っていた璃桜が、ポツリとそう言った。

祖父の話の中、ひと言も口を挟まなかった璃桜が、あの中で一番公正という言葉の意味を知っている。

「それに、ひどく率直な物言いだったと思います。もっと適当にあしらえたはずです」

悠舜は腹を立てていたので、黙っていた。璃桜が隅の茶卓に向かい、水差しを傾ける。

とぷん、という水音から少したって、なだめるようにぬるめの白湯《さゆ》が差しだされる。

「珍しく、怒っていたようにも見えました」

悠舜は天を仰いだ。十代の公子にダダ漏れとは、〝鳳麟〟も地に墜《お》ちたものだ。

「何を言おうが、彼らは結局、最後のひと言を言いたいために、きたんでしょう」

――どうもあなたは、旺季殿と凌晏樹を守ろうとしているように見えますがね。

璃桜の言う通り、茈静蘭や藍楸瑛、李絳攸の本当の不満は、旺季と凌晏樹の処分でなく、決めた悠舜にあった。旺季派を朝廷から排除することも、厳罰を下すこともしなかった悠舜への不信感。何も『見せしめ』をしなかったことへの。

「今回の処分は、国試派・貴族派及び四省六部長副官と協議した上での決定です。悠舜様の独断では決してありません。見当違いの非難です。怒る価値もないと思いますが」

「……ええ、そうですね。正確には、彼らに怒ったわけではないのですよ」

悠舜は白湯をすすりながら、手もとの羽扇に触れた。王の尚書令である証《あかし》。

『わかった、悠舜。難しいとりまとめをやってくれて礼を言う。それで……守れるな』

三人の側近たちと違って、悠舜の出した決定に、一つも異を唱えなかった王。

彼らがわかっていないこと、に対して、珍しく、腹が立ったように思う。

「……我が君は、旺季殿や孫陵王殿、凌晏樹を処罰せず、朝廷に残すことで、私やあの三人を守ったのですけどねぇ……」

悠舜が旺季や晏樹を守ったと言われても構いはしない。事実、その通りだからだ。

だが、王が悠舜の提案を何も言わず受け入れた理由は、違う。

この数年で積もり積もった紫劉輝への不信や反感は根深く、蝗害《こうがい》で頂点に達した。

官吏の半分は旺季派が占め、国試派も失政続きの王を軽視している。原因はすべて自分にあると今の王は知っている。旺季は蝗害を終息させ、復興の難しい冬も一人で切り盛りし、各州の支援に奔走した。そのあとでノコノコ戻ってきた王に対して、百官の目は今も冷たいままだ。当然だ。単なる昏君《こんくん》でしかない。

旺季や孫陵王、凌晏樹を処分しないことで、王は自分の非を認めたのだ。最後の機会を乞《こ》うた。自分と、大事な側近のための猶予を。

……その、もう一つの方の真実を、他ならぬ側近が全然わかっていないこと。ただ一人、王だけが聞き返すことなく、頷《うなず》いた。それだけが悠舜の慰めだった。

（……慰め？）

悠舜は額に手を当て、自分自身を訝《いぶか》しんだ。

まるで王だけがわかってくれるのなら、自分は満足するとでもいうように――。

「……王は、悠舜様がわかっていてくだされば、いいと思ってるようです」

まるで心の内が谺《こだま》のように返ってきたようで、悠舜は璃桜公子を見た。向けられた宰相の謎めいた双眸《そうぼう》に、璃桜は覚えず、喉《のど》の奥で唾《つば》を飲みくだした。

「俺は……王があなたを傍に置くのは……優しいからだと思ってました」

五丞原のあと、璃桜は悠舜の傍近くに行くようになった。璃桜の意思でもあったが、祖父・旺季の指示でもあった。悠舜を助けてやれ。理解されにくい男だ、と。そのときは意味がよくわからなかった。鄭悠舜は世渡りは上手《うま》くないが、百官の信頼はある。誤解されるような言動もない。だが――そう、確かに理解されにくい。簡単なかたではないのだ。近づくほどそれがわかる。近づくほどますますわからなくなる。だから身内ほど疑心暗鬼になる。

だが今の王は違う。少し前の王もそうだったように思う。不思議なくらい安定している。

「今の王は……あなたを心のよりどころにしてます。多分、あなたが有能だからでも……優しいからでもなくて……あなたを理解しているわけでもない。なのに……」

外では雨が降っていた。薄ぐらい室で、悠舜の半身は闇に沈んでいくよう。璃桜には、宰相の表情がよく見えない。

奇妙だった。側近が悠舜を理解できなくても、王にはわかっているときがある。逆に王が側近に見せぬ場所を、悠舜が歩いているようにも、感じることがある。

たとえばさっきのようなとき、カチリと鍵《かぎ》が回る音が聞こえる気がするのだった。王の杖《つえ》。王の心のどこかに、鄭悠舜という杖が深々と突き立っている。執着めいて。そして以前はあった王の不安定さが、一切消えた。今、真っ先に王が探すのは……。

「俺は……俺は正直、悠舜様がどうして王を選んだのか、今でも不思議です。王があなたを欲しがる理由はいくらでもあるけど、その逆が理解できない。王と悠舜様では釣り合わない。どこか不自然で……裏があると疑《うたぐ》るあの三人も理解できます。でも……」

璃桜は自分でも、何を言っているのか、その本当の意味を理解せずに、感じたままに言葉をこぼした。そう、悠舜が紫劉輝を選んだ理由は、どこにあるのだろう……。

「王の世界の半分にあの三人が必要だとしたら、もう半分の裏側で、王はあなたを必要としてる。多分、王は意識してないけど……」

「――璃桜様」

制止に、璃桜は口をつぐんだ。静かなのに、それ以上踏みこむことを許さない。鄭宰相が途中で話を遮ったのは、これが初めてだった。

やがて、悠舜が溜息《ためいき》をついた。苦笑にも、自嘲《じちよう》にもとれた。

「あなたには『王の宰相』の資質があるかもしれませんね。李絳攸殿よりずっと」

「え……」

相も変わらず薄ぐらい雨降りの世界の中、悠舜は璃桜をじっと見つめた。

璃桜は何もかも見透かされるようで、つい、視線を逸《そ》らした。

「……『もう半分の裏側のこと』ですか」

璃桜の鼓動が速くなった。

「ここ最近、もの問いたげに私を見ていましたね、璃桜様。……何か、私に話したいことがあるのではないのですか。我が君のことで。その、もう半分の裏側のこと……」

「――――」

長い長い沈黙も、鄭宰相は待ってくれた。

ついに、璃桜はうなだれた。

「……はい……」

ずっと、話したいことがあった。

あの三人の側近には打ち明ける気すら起こらなかった。浮かんだのは、鄭宰相だけ。

今の今まで迷っていた。それでも璃桜の胸に一人で抱えておくには重すぎた。何より鄭宰相を前にしたら、呆気《あつけ》なく心が崩れた。もう半分の裏側のこと……。

「……王が、真夜中、俺のところへたずねてきたんです。訊《き》きたいことがあると」

その顔は暗く、いつもの王とは違っていた。人懐こさも、あたたかみもなく。

一切の感情が消えたような無表情で。

「……紅秀麗は、本当に、子供ができないのか、と」

そう訊かれた時、璃桜は奇妙なことを考えたのだ。この王は——。

見えない指先で、心臓を冷たくなでられたような心地がした。

——この王がどっちの答えを望んでいるのかわからない。

◆　◆　◆

璃桜公子が室を立ち去った後、悠舜もまた尚書令室からふらりと外に出た。

外は薄ぐらく、細かな雨が降りつづく。雨音のする回廊を、杖の音だけを引きずって歩いていく。庭院《にわ》に、まだ実のついていない南天の木を見つけて、目を留めた。

昔々、真っ赤な南天の実が全部落ちたら、いいことがあると悠舜に言った人がいた。

「——君が、僕を庇《かば》ってくれるとは、驚きだったねぇ」

回廊の先で、柱に凌晏樹がもたれていた。悠舜は捨て鉢な気分になった。

晏樹の顔を見てホッとするとは、ツギハギでも何とか守ってきた自分のイイヒトの世界も、いよいよ滅亡に近づいてきた感じ。

「……悠舜、君の心の声、すごくダダ漏れなんだけど。今ひどいこと吐き捨ててたろ」

「ええ。取り繕う気もありゃしません。あなたを庇うなんて、まったく我ながら絶望ですよ。この世の終わりがきても、そんな日はきやしないと思ってたのに」

「確かに、君が僕を見逃すとは思わなかった。証拠を捏造《ねつぞう》しても落とすと思ってたよ」

晏樹の言う通り、できないことではなかった。簡単ではないが、不可能でもない。それに三人の側近に並べたのは大嘘で、別に証拠が一つもないわけでもない。

南天の木が、雨に揺れる。

悠舜はクスッと、唇に辛辣《しんらつ》な嘲《あざけ》りを浮かべた。

「……見逃す？　私には、今のあなたが檻《おり》の向こうにいるように見えますよ。晏樹」

静寂が落ちた。

晏樹から笑みがかき消えた。翳《かげ》ったその顔の半分で、引きつるように頬が跳ねた。

「私も、あなたが朝廷に残るとは思ってませんでしたよ。旺季様はもう……権限のある官位にはつけない。今後、二度と」

尚書令になった時に悠舜が提示した鄭君十条。その最後の十条目。

外戚《がいせき》の政治介入を決して許さないこと。

璃桜を王の養子に据え、旺季が外祖父となった時点で、旺季の官僚としての政治生命は永久に断たれたのだった。

他ならぬ、悠舜の手によって。

……なのに晏樹は今も、朝廷にいる。まるで旺季のかわりをつとめるように。

自分のためにしか生きない。それが晏樹が晏樹である証《あかし》であったはずなのに。

「とっくに両手両足に茨《いばら》の枷《かせ》がついてるのに、わざわざ朝廷から放逐して、檻から逃がしてやる気にはなれなかっただけですよ。晏樹、あなたの人生の中で、今が一番、最悪で、退屈で、耐えがたく、惨めですね」

一番惨めなのは、その気になれば晏樹が簡単に逃げられることだった。朝廷を去るだけですむ。正直、皇毅《こうき》も悠舜も、晏樹が朝廷に留《とど》まるとは思っていなかった。恐ろしいほど退屈で、窒息しそうなほど不自由で、しかも自分のためですらない。鍵が開いているのに逃げもしない。そんな無様な自分を、毎日思い知る。

……何のために？　それだけは悠舜にもわからない。

何のためでも、これだけは確か。何より束縛を嫌い、自由を愛した凌晏樹が。

旺季を完全に守った代償に、自分自身が負けたのだ。

鍵のない檻の中で、一番惨めな姿を、一番嫌いな悠舜にさらしつづける。

「……今より屈辱的な罰があなたにあるとは思いませんね。ざまあみろですよ」

けれど、晏樹を蔑《さげす》むあの三人は、同じ対価を、王に払えるというのだろうか。

……別に、知らなくていいけれど。

自分や晏樹のような人間は、持ち物がとても少なくて。その僅《わず》かな宝物から、一番大事なものを差しだすのがどんなに難しいか、悠舜は知ってる。

「あなたはどうしようもない悪党でろくでなしで、死んだ方がマシな人間ですけど」

「……あのね」

「でも、どうしてでしょうね。あの側近どものうわべの綺麗事《きれいごと》を聞いてるより、あなたの人でなしろくでなしな悪党面を見てる方がマシだと思うのは。つい庇うくらい。……いいひとに、向いてないんでしょうかねぇ……」

サーッと、雨が回廊へ降りこむ。

笑うかと思ったのに、晏樹は笑わなかった。真顔で、ひどく奇妙な目をしていた。まるで、今目の前にいるのが、本当に自分の知る悠舜か確かめるように。

「悠舜。君を扱えるだけの人間はこの朝廷にはいない。君には何もかも窮屈で、馬鹿馬鹿しいだけの茶番だ。僕ならイライラして、とっとと庵《いおり》に帰るね。なぜそうしない？」

「…………」

「僕はね、イイヒトの君なんて信じない。君が王様に優しくするほど、真実は反対側にあると思ってる。君は自分の願《ねが》いを叶《かな》えるために紫劉輝を選んだだけだ。旺季様を守るためにね……。大嘘つきで、天《あま》の邪鬼《じゃく》で、悪党にしかなれない悠舜。君は愛する人を、嘘をついて、裏切ることでしか守れない。それが君を支えてる」

今度は悠舜の優しげな面貌《かお》から表情が消えた。雪の如く冷徹な面差しに変貌《へんぼう》する。

晏樹は優雅に円柱から身をもたげた。その唇に嘲弄《ちょうろう》がひとしずく落ちて、滲《にじ》んだ。

「旺季様が君にあげたものより多くを、紫劉輝が渡せるわけがない。君が本当に旺季様よりボンクラ王を選んだなんて、僕は一度も信じたことはないね」

真っ赤な南天の実が全部落ちたら、いいことがあると言った人がいた。

紅山の隠れ里が紅家によって見殺しにされ、悠舜の足もつぶされ、二度と元には戻らないと知った、何もかもなくした最低の冬だった。

――……いいこと?

――ああ。そら、見ろ。悠舜。約束通り連れてきた。

春だ、と。旺季は笑って、布団から起きあがれない悠舜の前で、扉を開けはなった。

赤い実が全部落ちたら、春がくる。

『悠舜、また来年の春を一緒に見られたらいいな』

悠舜はその年、人生で一番惨めで、一番幸福な春を過ごした。

「朝廷で五丞原の後始末をやり終えたら、君は早晩、適当な理由をつけて、庵に帰ると思ってたよ。尚書令をつづける理由がない。そう思ってた。……さっきまでは」

最後のひと言に、悠舜の髪の先が揺れた。

晏樹が近寄り、手を伸ばして、悠舜の後れ毛を軽く引いた。悠舜の顔が仰向く。

感情の少ない瞳《ひとみ》。見えないようにすぐ綺麗に隠してしまう。でも悠舜には心も、感情も、ちゃんとある。大事な人も、宝物も。……さがしものも、願いも。

「君はいつだって何かをさがしてた。僕と同じに。昔から何かが足りないって顔で。いい加減わかってるんだろう。平穏で優しい世界じゃ、さがしものは見つからないこと」

晏樹と悠舜はそれぞれ、鏡に映った自分を見るようなものだった。

自分自身のことより、相手のことの方がよくわかる。

「嘘と策謀と裏切りでしか宝物を守れない悠舜。君の大事な宝箱は、薄暗いもう一つの世界にある。君だけ綺麗な世界に行っても、そこには何もない。薄っぺらい側近たちにまじって苛々《いらいら》するのは当然だろう。君の心を揺り動かすものなんて何もない」

悠舜は確かに若い王の愚かさを甘受できるし、優しい友人や宰相の顔ができる場所も気に入っているだろう。この先一生それを演じ続けるのも、悠舜なら苦ではない。

善人になりたがりの悪党。それは本当。けれど、それだけじゃてんで足りない。

「馬鹿で素直な王様も、裏表のない友人も、君を引き留められるだけの重石じゃない。君のすべてを擲《なげう》つ価値はない。だろう？　旺季様のために国試を受けて、旺季様のためにオママゴトみたいな朝廷《ここ》にいた。今はそのオマケだと思ってた。……でも今の僕には……なんのために君が朝廷にいるのか、わからなくなってきたね」

目の前の悠舜は、疲れていた。苛立ってもいた。側近と晏樹を比べて愚痴るくらい。らしくない。何かが変だった。

「……悠舜、どうしてそんな顔をしてる？」

そんな顔？　悠舜の耳の傍で、サーッと雨音が響く。

……どんな顔をしているというのだろう。

「なぜ帰らないと、さっき僕は訊《き》いたね。質問を変えよう」

悠舜の視線の先で、南天の木が雨に揺れる。

「帰れないのか？」

そのとき晏樹が見たのは、今までで一番ひどい悠舜の笑顔だった。隠していた的《まと》を射抜かれたときにだけ見せる、人を殺せそうな冷徹な笑顔。

「ペラペラと……あなたは本当に私の人生で最悪な人間ですよ。殺しておけばよかった」

――帰れないのか？

帰れない。

晏樹が五丞原で自由を手放したように、悠舜もまた、あのとき自分の一番大事なものをなくしていた。もう悠舜は、どこへも帰れない。

「……本当にそうなのか？　まさか……。けど、待てよ。だとすると悠舜、君の体――」

「――晏樹、余計なことは結構」

悠舜は雨の降りしきる灰色の空を見上げた。

晏樹なんぞに言うはずのない言葉をこぼしたのは、この雨音のせいかもしれない。

「……声がね、聞こえるんですよ」

『……たなくて、いい』

薄闇の世界。暗闇の箱。穴だらけの心《ここ》を引きずった子供の、頑是ない声が聞こえる。

「多分、その声のせいです。私が今も朝廷にいるのは」

悠舜は歩き出した。足がひどく重かった。もう何年もここに立ち尽くしてた気がする。その通り。ずっと立ち止まっていた。歩き出すには遅すぎたのかもしれない。

回廊の向こうから、沓音《くつおと》が聞こえた。誰かをさがすようにさまよいながら、なのに不思議と、糸を引くように、確実に悠舜の方へ近づいてくる。悠舜はそちらを見た。

晏樹が、すれ違いざまに腕をつかんで止めた。低い声がした。

「……旺季様のところへ戻れ。里帰りでもいい。柴《さい》凜と子供と三人で。今僕もわかった。驚いたな。父親の戩華とそっくりだ。——あの王は君を殺すよ。今度こそ」

白い静寂の中、刻一刻と黒い沓音が忍び寄る。……悠舜は灰色の笑声を落とした。

「さんざん私を殺そうとしたあなたが、よく言いますよ」

「ひどいねぇ。人助けだよ。片翼の鳥は生きるだけでも難儀だ。介抱するより首をひねってやる方が、ずっと優しいだろう？　なのに、這《は》いずって逃げてさ」

もしかしたら本気で言っているのかもしれない。嘘でなしに真実優しさだと思っていたのかも。多分半分くらいは。残りの半分は全然違う理由であろうけれど。

急に悠舜は、いずれ旺季が殺される気がした。好きなものは何もかも——一つ残らず——手に入れないと気がすまない。だから晏樹が一番殺したいのは、ずっと旺季だった。この先のどこかで、晏樹はやり遂げる気がした。彼がずっと思ってる、宝箱の棚に並べるためでなく、彼一流の、愛情とやらがこもったいくつかの理由で。

旺季が死ぬのを、黙って見ていられる男ではないだろうから。

足音が悠舜をさがしにくる。悠舜はつかまれた腕を見た。

——あの王は君を殺すよ。

微笑んだ。晏樹から腕を引き抜いた。

「——行きます」

ひたひたと近づく、王の沓音の方へ。

## 三

沓音が、止まる。王が悠舜を揺すって、呟《つぶや》く。

「……起きろ、悠舜」

悠舜は目をさました。

世界は闇に沈んでいた。

そばに王の姿はなく、悠舜はびっしょりと全身に寝汗をかいていた。

遠くで赤ん坊のぐずり声が聞こえた。

真っ赤な色が脳裏にちらついた。南天の実ではなく、彼岸花の赤。石卓で王と璃桜公子に秋の除目の紙を渡した後……倒れたようだった。……昔の夢を見ていた。

頰に、繊細で優しい手が触れた。

「……凜……」

室《へや》には、明かりとりから月の光だけがさしこんでいた。妻は暗闇の中、悠舜をじっと見つめていた。灯をつけようとはしなかった。まるで灯りの下で、悠舜を見るのを恐れているようだった。凜はただひとことだけ、ポツリと、呟いた。

「……心配しました」

その双眸《そうぼう》が悲しげな色になる。

凜は——そんな風に言うのを許されるなら——悠舜の人生で、残らず自分のものだと言える、唯一の持ち物だった。暗闇の宝箱。悠舜がもっている僅《わず》かばかりの中身のうち、首まで浸《つ》かるほど愛しても許される、たった一つのもの……。

凜の手を引いた。悠舜の口づけは、愛し方と似ていた。注意深く、優しく、なのに蜘《く》蛛《も》の糸にかかった蝶《ちょう》のような気にさせる。二度と逃げられない。

——愛しても愛しても、愛し足りない。

貪《むさぼ》るように悠舜は凜を愛した。

そんな時、凜は切ないほどやるせない顔をする。悠舜が端から欠けていくことを——限りある時間をすべて使い切ろうとしていることを、知っている目をしていた。

凜のその悲しみさえ悠舜には甘やかで、後ろめたい幸福をくれた。どっぷりと愛されていることを知るのは、悠舜の生きてきた中で信じられないほど贅沢《ぜいたく》で、あるはずのなかった時間だった。ましてや愛することなど。

「……夏の暑気と過労がたまり、お体が参っているのだろうと、璃桜様が」

「…………」

唇の隙間から漏れた妻の言葉に、悠舜は答えなかった。何を言っても、悠舜の嘘に絶対騙《だま》されない者がいる。王は時々知っていて悠舜に騙されたがるが、凜は違った。

もうずっと昔から、彼女の瞳には本当の悠舜だけが映っていたのだと、初めて気がついたのは、五丞原から帰った後のこと。

月影の下で、凜の顔が、くしゃくしゃに歪《ゆが》んだ。

「……だから、あの時、二度とあなたのもとには帰らないと、決めたのに」

すすり泣く凜を見ても、悠舜は申し訳ないというよりも、嬉《うれ》しかった。

凜といると、悠舜は不思議な感情に襲われる。罪悪、背徳、迷い。それらをひっくるめてもまさる愛情と執着。後悔と失敗もいくつもした。後にも先にも凜にだけ。身勝手な甘えも、虫のいい願いも、凜は全部許してくれた。彼女のためでなく、悠舜のためでしかない望みを受け入れてくれた。凜には全然正しくないことばかりする。なのに一つも間違ったことはしていないと思うのだった。

ぽろぽろと泣く凜を見た時、突然、悠舜の胸の奥に、今まで知らなかった想いがこみあげた。痛みに似た、目も眩《くら》むような感情だった。

何かを凜に伝えたかった。多分、今まで一度も、誰にも言ったことのない言葉を。

何を？　それをなんとかつかもうとした時――。

「……先ほどまで、主上がおそばについておられました」

――起きろ、悠舜。

その声が、揺り起こされる感覚が、悠舜を一気に現実へ引き戻した。

「ずっと、あなたのそばにおられました。無理をさせてすまないと、私に」

凜は自分の手から夫が――気持ちが――すうっと離れていくのを、静かに感じた。

悠舜は身を起こした。見回すと、さっきまで誰かが座っていたらしい椅子が、寝台のすぐ脇で、月光に白々とうずくまっていた。

椅子の上には、凝《こご》った闇のような黒い筐《はこ》が、一つ。四阿《あずまや》で悠舜が渡した、秋の除目。

誰があの暗闇の筐を置いていった？　……さっきまで椅子に座っていた誰か。

「……他に、我が君は何か言っておられましたか」

「よければこの祥景殿《しょうけいでん》をそのまま使ってくれ。侍医もつける。ゆっくり休むといい、と」

一拍の沈黙のあと、悠舜は小さく笑んだ。

「……そうですか。わかりました。だから離宮であの子の声がしたのですね」

赤子のぐずり声。今は何も聞こえない。まるで両親に時間を譲るように。

「はい。私とあの子も、連れてくるといい、と……」

妻は喜ぶよりも、暗い顔をしていた。悠舜は妻が口にせぬ言葉をさらりと言った。

「籠《かご》の鳥ですか」

「旦那《だんな》様……」

「睨《にら》まないで……。君と朝から晩まで一緒にいられて、私は嬉しいですよ。職場に住めて、三食付き、出仕も楽」

悠舜は寝具の上にたたまれた羽織を拾い、肩に引っかけた。立てた片膝《かたひざ》に頬杖《ほおづえ》をつけば、といた髪が肩口を流れ落ちていく。悠舜がこんな不用意で、私的なところを見せるのは、凜の他は、旺季たちくらいだった。

凜は溜息《ためいき》をついて、傍の小卓から髪紐《かみひも》と櫛《くし》を手にとった。

「工部《こうぶ》官もそっくり同じことを言いましたよ。工部から私への依頼も三倍に増えそうです。赤ん坊は女官が見るし、旦那の面倒も朝廷が見るから、今よりいっぱい一緒にお仕事できますね、って。もう旦那に気兼ねしないって喜んでました」

「……明日付で工部の尚書、首にしましょう。悠舜はじっとしている。人の女房をなんだと思ってるんですか――」

凜は悠舜の髪に触れた。悠舜は世話をされるのをひどく嫌う。だから凜は、一つずつ悠舜がおとなしくなるたび、一つずつ心をわけてもらっているような気がしたものだった。野良猫が懐くように。今も昔も、悠舜はじっとしている。凜は目を和ませて、するすると梳《くしけず》った。一番好きなのは髪を洗うことと、髪を結ぶこと。悠舜が静かにしているのを見ると、信じられない気持ちになる。

「半分は冗談だと思いますけど。それにさほど忙しくはならないかもしれません。ちょうど楊修《ようしゅう》様が茶州から帰っていらして、秋の除目までヒマだというんで、それまで工部で私の手伝いをすると言ってくださいましたから」

「……楊修殿が？」

ぴく、と悠舜の眉間《みけん》に皺《しわ》が寄った。

「？　ええ。多分、察してらっしゃるんじゃないですか。次の除目で茶州州牧《しゅうぼく》に任じられること。亡き櫂瑜《かいゆ》様の後任は影月《えいげつ》様ではまだ無理ですしね。だから旦那様も監察の名目で茶州府に短期赴任させたのでは？　自分と欧陽玉《おうようぎょく》はひどいとこばっかり飛ばされると、ぼやいてましたよ。でも若く聡明《そうめい》で、注意深さと決断力を備えた楊修様なら適任だと私も思います。で、私から茶州の話を仕入れていこうというおつもりでは」

さすがというべきか、文箱《ふばこ》の中の人事はその通りだった。が、悠舜は急に配置換えをしたくなった。凜の出身とは無関係のパンダも凍える北国とかに蹴《け》飛ばしたくなった。

「……別に、あなたから仕入れなくても、双子の弟の方がこないだまで茶州にいたじゃないですか。今、弟、この城のそのへんをうろうろしてるじゃないですか」

「彰《しょう》はこの春、国試に受かったばかりですよ。新人官吏の忙しさは旦那様がよくご存じでしょう。徹夜ばっかりで半死人状態です。私ならずっと一緒にいられますから」

「……。楊修殿は、あなたより年上で私より若いですよね……で、独身で……」

「は？　ええ。それが何か」

「眼鏡ですし、性格もあんまりいいとはいえません」

「……。あなたの義弟だって眼鏡です……。いい方ですよ？　物言いはきつめですが……親切で紳士的で公平です。見ていないところで黙って助けてくれるような男性です。性格や口調で損をしてるとは思いますが、好ましいと思います」

言えば言うほど悠舜はなぜか機嫌を悪くした。髪を結び終えると、離れていく凜の指を悠舜がつかんで、腕の中に抱き寄せた。それはここ一年あまりの、悠舜の不思議な癖だった。自分から離れていくものを引き留めたがっているように。

こんな時、凜は切なさと愛《いと》しさで泣きたい気持ちになるのだった。自分よりずっと年上なのに、抱きしめてあげたくなる。凜といるとどんどん不完全になると戸惑っていたことを知ってる。仙人みたいだと思っていた人が、本当に自分の夫になったこと。いいのか悪いのか、今も凜にはわからない。

離れた方がいいと、何度も考えたのは、何も夫だけではない。

長い時間が経って、ようやく、悠舜は抱擁をといた。離れがたいように渋々と。

「……凜、そこの箱は？　いえ、椅子の上の黒い筐《はこ》でなく……そう、卓子の上の」

室には二つ箱があり、一つは悠舜が書いた秋の除目だが、もう一つは見覚えがない。

「あれは旦那様からの頼まれごとですよ。例の」

悠舜は真顔になった。彼が妻に内々に頼んだ仕事は、二つあった。

「……どちらの件ですか？」

「……旦那様。夜中ですよ。もう休んで、ちゃんと睡眠をとってください」

「充分寝ました。赤子はなんで一日中寝てられるのでしょうか。好きなだけ寝て、飲んで食べて泣いてゴロゴロしてまた寝るとは。……馬鹿になるんじゃないですかね」

悠舜はかなり本気で、これでは我が子がまるきり馬鹿になると疑っている節がある。

あるいは燕青《えんせい》みたいになる気がする、と。燕青みたいになるならいいと凜は思っている。

仕方なしに、凜は箱をとりにいった。

「二つとも調べが終わりました。どちらも箱に入ってます。私しか見てません」

「こちらへ」

刷毛《はけ》で払うように、悠舜の表情から彼らしさが消え去る。友人らは尚書令の顔と評し、本人もそう思っているようだが、凜にはそう映る。

絶望的なのは、この顔の悠舜も凜は愛していること。

……そうでなければ、籠から夫を逃がすために、どんなにか手を尽くしたであろうに。

箱から書翰《しょかん》をとりだすと、凜は溜息以外のすべてを悠舜に手渡した。

夫曰《いわ》く、斜め読みはこの世で二番目に嫌いとのことだが、多分この世で二番目に斜め読みが得意なのは夫のはずだ。あまり知られていないが、どんな長文でも一瞬の半分でも目をやれば、一言一句全部頭に入る。凜が知っているのは、三日かけて練り上げた長文の離縁申し入れの書状をチラッと一瞥《いちべつ》しただけで、次々猛反論――別名屁理屈《へりくつ》――してきたのを目の前で見ているからだ。あげく、言うに事欠いて、これは全然三行半《さんぎょうはん》におさまっていないので、三行半《みくだりはん》とは言えないと思います、とかなんとか。

「……何、笑ってるんですか？　何か私のことで思い出し笑いしてるでしょう」

「いえ。……私が調べられる範囲では、それが精一杯でしたけれど、どうですか」

「充分です。……時に、君の考えは？」

「ええ。王がもう一人『誰か』いた気がする、というのは奇妙に感じてましたけど……」

凜は首を傾げた。てっきり夫は、王を納得させるために資料をつくってほしいと言ったのだと思っていたけれど、調べれば調べるほど、逆に凜の方が混乱していった。

「紙の上では綺麗《きれい》に帳尻《ちょうじり》が合ってるんですけど、よく調べれば確かにおかしいところがあるんです。たとえば戩華王が昔、妖公子《ようこうし》と呼ばれて玉座をとるために戦った時代……いくつかの分け目の戦で、他にめぼしい武将もいないのに、あざやかに勝敗をひっくり返してる時など、戩華公子は『誰』に軍師を任せたのだろうって思いますよ。なのに名が残ってない。最初は、〝黒狼《こくろう》〟の仕業ではないかとも、思ってましたけど……」

だが、何かがちぐはぐで、はまらない。

「……なんていうんでしょう。私も感じました。あちこちに穴が空いてる気がするんです。宋太傅や茶太保でなく、もう一人……それも戩華王の代理を務められるほど一番近くに、『誰か』がいたのではと……なのにぽっかり空白になっているような……」

見れば、悠舜は最初からその結果が出るのを知っていたような顔をしていた。

凜の視線を受けて、悠舜は書翰を足もとにばらまいた。

「……可能性は皆無ではない、とは思っていました。実はね、凜。過去千年以上ずっと史実を遡《さかのぼ》って調べていくと、ぽつりぽつりと、そういう時代があるんですよ」

悠舜は、時代、と言った。時、や、こと、ではなく。時代。

「重要な位置が、妙に空白になってたりする。そういう穴あきも、だんだんと後世になるにつれ、別の人物が混同されて当てはめられ、埋まって、まぎれていく。多分、ここにいたのはこの人物だろう、とかね」

「……旦那様は、本当にこの朝廷に、劉輝陛下がいうように『誰か』がいたと？」

「そう考えた方がしっくりくるなら、それが真実です。どっちかというと私は『誰』がいたのかというより……。彼がなんのために、この朝廷にやってきて、立ち去ったのかの方が、知りたいですね……」

穴あきの歴史の向こう。何度もこの朝廷にやってきては、立ち去っていく誰か。

彼は何を見たかったのだろう。何をさがしにきたのだろう。それは見つかったのだろうか。それとも、見つけられなかったから、立ち去ったのだろうか？

……これからも、その誰かはさがすのだろうか。繰り返し。見つけるまで……。

不意に悠舜の記憶の奥で、黒い影のような誰かが浮かびあがった。悠舜が国試で状元《じようげん》及第した時、戩華王の隣で微笑して祝辞を述べ、冷たい目で値踏みをした男――。

だがその顔は黒く塗りつぶされたまま、再び記憶の底に沈んで、消えた。

（――――）

誰もが、こうして何度も何度も忘れるのだろうか。彼と会ったことさえ。彼と過ごし、培ったはずの関係や、交錯した多くの感情もろとも。何もかも。

……そんな繰り返しに耐えられるほどの何を、彼は、さがしにくるのだろう。

「……でも、旦那様《だんな》、もし、もしですよ。本当に……戩華王のかたわらで、大業年間を勝利に導き、あの多くの改革を補佐した『右腕』が——戩華王の無二の尚書令がいたとして……。それも主上の記憶にも残るほど、近年まで」

凜の顔が曇る。

「どうして戩華王の死後起こった公子争いからは、穴あきが一つも見つからないのでしょうか。あの最悪の時世に、それほどずば抜けた誰かが朝廷にいながら、ただ見ているだけだったとしか思えません。……二年前の、蝗害《こうがい》や、五丞原に関しても……」

悠舜にはわかる気がした。同じ悪党だからかもしれない。

その『誰か』が、真実朝廷にいながら何もせず傍観していたなら、確かに極めつきの冷淡な悪党だ。でも、有能だからといって、わざわざ赤の他人や不幸を救済してまわる理由などない。

けれど、この世界に留まっていたなら、理由はあったはずだった。

見ていただけ。何かを。誰かを。坂を転げ落ちるように何もかも最低で最悪な時代。

何一ついいことなどありはしないのに、わざわざその時代を選んで、留《とど》まった理由。

悠舜はぽつりと呟いた。

「……その先を、見たかったのではないですかね……」

——俺は正直、悠舜様がどうして王を選んだのか、今でも不思議です。

——君には何もかも窮屈で、馬鹿馬鹿しいだけの茶番だ。……なぜ帰らない？

……悠舜にも理由があった。『誰か』と同じように、この退屈な朝廷《カゴ》に留まる理由が。

「主上に、これをご報告なさるのですか？」

「……いえ……。よしましょう。多分……我が君も、気にはしても、本当には知りたくないという気がしますよ。少なくとも今はまだ。誰かが『いた』かどうかが大事なのではないんだと思います。……多分ねぇ、神様みたいなものなんですよ。会って色々訊《き》きたいけど、本当に会うには早すぎる。訊いて、神様がだす正解を知りたくない……。会うなら、自分の答えを見つけてからでないと……」

悠舜は言葉を切った。耳を澄ませば、不安げに歩き回る王の沓音《くつおと》が聞こえるよう。悠舜に話をしたいけれど、それが何かわからないという表情を時折浮かべる。

「私なら、神様に会ったら、遠慮無く訊きますけど」

「おや、何を？　何か訊きたいことが？　私ではいけませんか？」

「ええ」

悠舜は首を傾げた。自分も知らないことを、神様が知っているとは思えない。

「それで、旦那様、二つめの件はどうします？　結局確証は得られず、この情報自体、誤ってる可能性がかなり高いです。が……こちらは、主上ご自身に関することです」

「ええ……。どうしましょうかねぇ……実はこっちは、単なる私の思いつきで、調べてもらっただけなんですが……」

赤子がぐずる声が聞こえた。凜が振り向く前に、あっというまに静かになる。

まるでチラリと怖い影がさしたような、一瞬の泣き声。

泣き止んだあとも、凜は赤子のいる隣室を奇妙な目で見つめていた。

「……凜？　気になるならあの子のところに行っても……」

「いえ。……旦那様、あの子が生まれてから一年と少し経ちます。入れかわり立ちかわり、色々な方があやしたり抱いたり、甲斐甲斐《かいがい》しく遊んでくださいます。その中でたった一人、絶対にあの子に触れようとしない方がいらっしゃいます」

「………」

たまに――本当にごくたまに、彼はふらりと会いにくる。供もなく、ただ一人で。けれど眺めるだけで――何を考えているのかわからない深い目の色で――あまり近寄ろうとしない。人なつこいその性格を思えば凜には予想外だったが、実は子供が苦手ということもある。でも、もっと奥深いところに、別の理由がある気がした。

あの、いつもとは全然違う横顔、眼差《まなざ》しの昏《くら》さを、垣間《かいま》見たせいかもしれない。

「よく考えてみれば……確かに、そんな一面があっても、おかしくないんです。お生まれと、お育ちを考えれば……。ご自分でも、気づいていないのかもしれません。私が見知っているあの方は、表層的なごく一部分でしかないのだと……」

「………」

「……時々、考えるのです。あの方が、旦那様や、秀麗様を、無性に必要とするのは」

「凜」

悠舜はそれ以上の言葉を遮った。

青ざめた月が傾いていく中、沈黙だけがしんと落ちた。悠舜はぽつりと呟《つぶや》いた。

「……どうなるかは、わかりません。何かをしてあげたくても、誰にも、どうしようも、できないのです。我が君のお傍にいて差し上げること以外……」

午間《ひるま》、退官を願いでたときの、見知らぬ冷酷な態度、虚無の眼差し……。

先王戩華と相が似ていると悠舜に言った亡き羽羽《うう》の言葉が、蘇《よみがえ》ってくる。

愛する娘を手に入れても、幸せにはなれないとも。多分、そうなのだ。悠舜が思っていたよりもずっと深く、深く、底なし沼のような場所を胸に抱えている。

また、赤子が一度だけ声をあげて、静まる。

出て行く相手を引き留めるように。まるで隣室に本当に誰かがいて、今去っていったよう。悠舜は扉を見つめた。……王に、話を聞かれただろうか。

「……凜、この二つめの件は、君に預けてもいいですか」

「……私？」

「主上ではなく、この書翰《しょかん》の人のために、預けます。いつでもいい。何年経ってもいい。どんな結論でも構いません。見せても見せなくても。君に任せます。私でなく、あなたにならも、もしかしたら正解がわかるかもしれない。……頼みます、凜」

凜もまた隣室を見た。夫と同じ影を見つけたのか、どうか。

ただ静かに書翰と一緒に、夫の願いを受けとった。

気づけば悠舜はまた、その指先をつかんでいた。凜はじっとして、好きにさせてくれる。いつも。なのに悠舜が何かを願う時は、常に凜以外の他人のことなのだった。
何一つ、凜の願いを叶《かな》えてやったことはない。自分のことばかりで。
凜にあげられるのは、すり切れ、欠けていくだけの日々。
（――――）
真っ赤な彼岸花が、脳裏で揺れていた。人のいる場所を追って、点々と群れ咲く花。
きっと亡き故郷からついてきたに違いない。悠舜のあとを静かに追って。
追えば、墓場へと続く花。
――三年。凜を自分の宝箱に連れてきてから、まだたった三年。
空白の尚書令位。自分の名を書き入れられなかった理由がある。
朝廷に引き留める力《もの》があるのと同じくらいの力で、悠舜は――帰りたかった。
大事にしたかった。残り少ない時間を。朝廷でなく。大切な人のそばで。自分なりの
乱暴なやり方でも、愛することを許してくれるなら、その時間がほしかった。
何もない、静かな庵《いおり》。円い窓の外を四季だけが流れる場所。いつかあの小さな庵に、
凜を連れて帰りたかった。朝廷で心身をすり減らす毎日など放り捨てて。
夏の蛍、秋茜《アキアカネ》、南天の実が雪に落ちれば、きっとまた旺季様が春を連れてくる。
そんな風に、大事な人を、裏切ることも、傷つけることもなく、今度こそ大事に。
とても大事に。
愛して――。

……なのに悠舜の唇からは、一声もでなかったのだった。

悠舜の手から力が抜けた。ぱたりと凜の指を離そうとした時。

強く握り返され、抱きしめられた。細くなってしまった悠舜の体は凜さえ支えきれず、寝台に押し倒された。嗚咽《おえつ》が聞こえた。暗闇の中で、悠舜はその声を聞いた。

「……私は……あなたに春を連れてくることはできません。どんなに連れてきたくても」

悠舜は目を広げた。凜に話したことはないはずだった。何も。自分のことは何も。旺季のことも、故郷のことも、南天の話も、……体のことすら、一つも。

凜は悠舜が離そうとした手に涙を落とした。

「でも、あなたの隣で、あなたと一緒に、春を待つことなら、できます。同じ籠《かご》で、並んで座って。どこか私を連れていきたいところがあるのなら、お話ししてください。あなたの連れていきたいところ、過ごしたい場所。見せたいもの。全部。全部――。籠の中でも、あなたがいれば、どこへでも一緒にいける。知らないでしょう。あなたの隣まできることが、私の一番長い旅でした」

凜にとって悠舜は、世界で一番遠い場所にいた人だった。少しでも近づきたくて、触れたくて、なのに歩いても歩いても、ちっとも距離が縮まらないように見えた。

でも最後の最後、この仙人みたいな人は全部――一つ残らず――凜の夫となり、右手を凜にくれた。左手が別な場所に繫《つな》がれていても、凜には引っ張ることはできなかった。

そうするべきでも。

「いつも何かを探して、どこかへ行きたがるあなた」

悠舜を見下ろすと、おかしな顔をしていた。不完全になっていく悠舜。今では凜に夢にすぎぬ約束をくれようとし、あげたいけれどあげられない自分に絶望するまでに。

……凜はそれだけでいい。悠舜の手に頬をあて、泣いた。

「知ってます。嫌いな朝廷に、留《とど》まる理由があるのでしょう。それが終わったらでいいです。そうしたら行きましょう。外へ。連れていってください。そこにはきっと、あなたが隠していた大事な宝物が、一つ残らずあるのでしょう」

「――――」

悠舜の唇が戦慄《わなな》いた。

凜の名を呼んだ気がしたが、自分でも何を言ったのかはわからなかった。

凜の熱が、体温の低い悠舜の体に流れこむ。

雪の骨、氷の血、霜の肉。冷たい人形が人間になるように。

触れたところから熱くなる。悠舜の心臓が鼓動を打ち、泣くような顔になった。

――そこにはきっと、あなたが隠していた大事な宝物が、一つ残らずあるのでしょう。

……凜が泣きつかれて眠ったあと、悠舜はそっと身を起こした。

暗闇の椅子の上、黒い文箱《ふばこ》がじっと彼を見つめていた。鴉《からす》がうずくまるのに似て。

寝台から降りると、裸足《はだし》のまま歩み寄り、文箱を拾い上げた。

紐《ひも》をほどき、中の料紙を押しあければ。

……空白の尚書令位に、名が書き記されていた。悠舜の名。

王の筆蹟《て》で。

――あの王は君を殺すよ。

悠舜は仰向くと、目を閉じた。

夜明けのこない、しんしんとした永遠のような暗闇の中で。

……悠舜は夏の終わりを、ずっと祥景殿の寝台で過ごした。

暑気が去り、秋がくれば、きっと良くなると、誰もが口々に言った。

悠舜は、そうですね、と微笑んだ。秋がくれば……と。

けれど彼が寝台から起き上がる時間は、秋陽の如くみるまに短くなっていった。

尋常でないと周囲が気づきはじめ、誰もが、のちに鄭悠舜の政敵といわれた葵《き》皇毅さえもが、入れかわり立ちかわり転地療養しろと説得した。

……ただ、ある一人だけをのぞいて。

それが誰かを知っているのは、悠舜だけだった。

悠舜はどんな説得にも耳を貸さず、やがて静養する祥景殿の周りに、真っ赤な彼岸花が次々と群れ咲きはじめたころ。

……悠舜は起き上がることも、できなくなっていた。

# 四

……サーッと、霧雨の音がする。悠舜の人生の折々に聞こえてきた雨の音。

いくつもの手が、悠舜の手を握っては離れていく。

起こさないようにそっと触れる指もあれば、起こすように、怒るように引っ張っていく手もあった。震えて冷たい雫《しずく》を落としていく誰かの、願いの声もした。

悠舜の瞼《まぶた》はひどく重くて、押し上げられなかった。

雨の向こうから、遠い日のお婆《ばば》の声が聞こえてくる。

『珍しい。おぬしの星は〝片翼の鳥〟じゃ、悠舜』

飛べない鳥。雨の中、時々片翼を引きずって歩いては、地上から天空を見上げた。

ずっと、なにかをさがして。

◆　◆　◆

真っ白な梨の花が咲き乱れる、紅山の隠れ里。それが悠舜の故郷だった。

古《いにしえ》から住み続ける少数の民だけが住む遥《はる》かな高峰。高低差の激しいいくつもの瀑布《ばくふ》。

谷間からは雲や霧がたえずわきだし、山々にたなびく。岩壁に映る虹《にじ》は、後光のように円を描いて光を放つ。怪石、奇松、雲海、温泉の四絶と呼ばれる絶佳の奇勝が広がり、隠れ里から見る風景はいつでも、さながら桃源郷だった。

そこに遥か昔から居を構える紅門姫家は、日々仙人の如く不老不死の金丹をこしらえて服薬する——どころか、全然逆で、生きることに執着のない者が多かった。

「なんでですかねぇ」

悠舜は庵の窓から青い空を仰ぎ見た。ピーロロロ…と鳶《とんび》の声が、遠く、聞こえる。ここ最近、悠舜はちょっとした理由から、夜でも昼でも、つい空を見る癖がついていた。

ふと、外に鴉がいるのに気がついた。いつ留まったのだろう。羽音は聞こえなかったのに、梨の木に鴉が一羽、うずくまっている。何となく足の数を確かめたのは、一族の数奇な未来ゆえだったが、鴉の足は葉陰に隠れてわからなかった。

「望めば、千年先まで繁栄できるのに。死ぬのを待ってるだけなんて」

先日、頼みもしないのに勝手に悠舜の運命を占ったお婆は、飛べない鳥は生きるだけで難儀だとかいってくれたけれど。うちの一族は総じて難儀な運命が待っている。

「なんじゃ、嫌なら山を下りたらええ。軍師になってどこぞに仕えればよかろ。紅家に義理立てせんでもよいぞ。おぬしなら采配《さいはい》一つで百万の屍《しかばね》を築けようて。簡単じゃ」

「お婆のように？」

お婆は百を超えていた。昔、山を下りて、采配を振ったことがあるという。

たった一度で、百万ではないが十万を超える死体が出たのは今や史実だった。戦術というより、天候を読んで疫病の兆候を予測し、年の不作を見越し、ただ待てと言っただけだ。それだけで相手方の三分の二は農民兵士問わず勝手にバタバタ死んだ。あとは弱々しい飛蝗《ばった》を踏み潰《つぶ》すように、残った敵を殲滅《せんめつ》させた。すさまじく非情と言われたが、悠舜も勝つだけならそれを選ぶだろうと思う。手っ取り早く、こちらの被害も少なく、しかも勝手に死ぬのを待つだけで、大変楽だ。

お婆はそのあと、この隠れ里に戻って、二度と山から下りることはなかった。

「ちゃんと契約通り役に立ったのに、味方に恐れられて、両目をつぶされるわ、両足を切られるわ、毒盛られるわ、さんざんでしたもんね。僕が片翼なら、お婆なんてもっとひどいでしょうが。目もないし、足もないし」

山を下りる一族が、ほとんど帰ってこない理由もここにある。どうしてか、勝利に導くほどに、味方からは憎まれ、疑われ、厭《いと》われ、たいてい首を落とされるのだった。主《あるじ》の紅家にさえ。

……それでもなぜか、一族はぽつりぽつりと山を下りていく。今や姫一族は数えるほどしかいなかった。これからも減る一方で、増えはしない。

お婆は両目両足を奪われても、帰ってきた。命じた本人がここまで運んできたという。それが半世紀以上前の紅家当主。〝鳳麟〟だったお婆が、唯一仕えた男。

「両目両足をつぶした相手を今も愛してるって、僕、全然意味わかりません」

お婆はにんまりと笑って、答えなかった。悠舜がお婆のところへ通うのは、時たま見せるこの笑顔があるからだ。はっきりいって梅干しの妖怪《ようかい》がニタニタ笑っているようで、不気味で薄気味コワイのだが、……気になるのだった。

悠舜の知らない何かを、『外』で見つけた顔。

遠くの青い空の上、鳶が悠然と旋回していた。自由に。

悠舜も、あんまり生きたいとは思っていなかった。戦は簡単すぎて気が狂うとお婆は言う。単純な計算作業をえんえん繰り返し、死体の上で勝ちと負けの尻尾《しっぽ》を追ってぐるぐるまわる。むなしくて憂鬱で、死んだ方がマシだと。

そんなんじゃない。悠舜もそう思う。そんなのがしたいんじゃない。

……けれど、それから先が見つからない。悠舜がいくら考えても。わからないまま。

お婆ならその先をきっと知っているのに。

「確かに難儀な一族じゃわい。山を下りれば、ろくなことをせん。ついつい戦をしてしまう。わしらは人殺しのためにしか呼ばれん。別にやったことを後悔はせんが、……何か違うと、いつも思っとる」

悠舜は耳を傾ける。そう、こんなとき。けれどお婆は今日もその先をはぐらかす。

「何かを手に入れたくて仕方ない。世界のどこかにきっとあると思っとる。わしらの呪《のろ》いは、それじゃ。ありあまる頭脳がありながら、自分のことだけがわからん。ふっふ」

古今東西のすべての書物を頭にいれても。何をさがしてるのかだけが、わからない。

自分の胸に生まれながらあいてる穴を埋めるもの。遠い遠い呪い。

「こんだけ知識があれば、人助けもできて世間様のお役に立てるはずですけど」

「気に入った者しか助けたくない上、どうでもいい人間は死ねばいいと思う、狭量で人でなしろくでなしな悪党根性が災いしてのぉ……」

「……ですよね……。気に入った人もウッカリ裏切りますしね……」

どうにもこうにも世間様で生きるのには全然向いてない一族だ。

山を下りない者は、大抵別の方向に人生を一点集中する。

天文、農学、気象学、史学、軍略、医学その他、あらゆる分野で、引きこもって狂ったように研究する。数日顔を見ない爺婆《じじばば》たちに悠舜がご飯を届けに行けば、罵《ののし》られて追い出されるか、三日三晩持論をえんえん聞かされるのが落ちだ。はっきりいって尊敬とは無縁の、性格も底意地も悪く人の話を聞かない最低最悪な偏屈老人の巣窟《そうくつ》だ。

それでも彼らの幸せがこの山にあることはわかる。では、……僕は？

ざざ、と、雲がすごい速さで流れていく。彼岸花が揺れる。

昼の世界の空で、星が流れ落ちる。

真昼でも悠舜の目には、見えない星が夜のように映る。

「……お婆」

長い長い沈黙のあと、悠舜はようやく、ここへきた理由をぽつりと、告げた。

「……やっぱり、来年の春、紅家に行ってきます。子供の僕の足では今すぐ出立しても、下山する前に雪になる……来年の春になったら、発《た》ちます」

お婆は黙っている。

「……冬があけたら、戩華王がきます。この里を滅ぼしに」

「そうじゃの」

「お婆たちは、こっから断固動くまじって、頑固に居座ってますけど……」

どのジジババも、くるなら勝手にくりゃあええとしか、言わない。悠舜以上の難儀な運命が待つ、隠れ里の一族。昊《そら》に広がる、覇王戩華による、殺戮《さつりく》と滅びの予兆。

「あんなの相手にするより死んだ方が年寄りは楽じゃ、とか、この歳になるともういろいろ面倒臭い、とか言って。……本当は、疲れて死にたがってるのも、知ってます」

熱情、執着、願いがない。欠けた一族。そんな自分自身が一番嫌いな、寂しい一族。

自分を好きになろうとしても、なれないまま。ただ疲れ果てて、一人で年老いる。

「実際、死ぬほど頭にくる憎たらしいジジババしかいませんけど。やっぱり僕は、行ってこようと思います。紅家に、最後の助けを求めに。それが無意味かもしれなくても。自分でも、よく理由がわからないんですけど……」

無意味でも。悠舜はそんな言葉を、生まれて初めて使ったと思った。

「……バカにしますか？　鼻で笑って、いいですよ」

お婆《ばば》は笑わなかった。しわくちゃの指が、悠舜の頰を撫《な》でていった。

悠舜はうつむいた。お婆の顔が見られなかったのは、これが初めてだった。悠舜は今、一つだけ嘘をついた。お婆ならその小さな——小さな？——嘘を看破したはずだった。

紅山を下りた先の悠舜の宿命《さだめ》もまた、数々の凶事が待ち受けていた。

凶。変事。喪失。そして——。

ふ、と、お婆が笑ったように見えた。気のせいだったかもしれない。

「……いんや。そうせい。行っておいで、悠舜……」

変にかすれた声は、心の鉦《かね》が鳴らされた余韻に似ていた。

性悪お婆の、何かの願いが叶《かな》ったように。

悠舜は黙って頷《うなず》いた。ごく普通の、子供みたいに。

——翌年、まだ雪が降る中、悠舜はたった一人で紅山を下りた。

◆　◆　◆

春。

悠舜は小高い山から、夜の篝火《かがりび》でチラチラと揺れる紅家の陰影を見下ろした。

山と渓谷の合間に無数に離れが点在する紅家は、こうして見渡すと、さながら闇夜にうずくまる巨大な虎に似ていた。

悠舜の鼻先を、白いものがかすめ去った。つかみとれば、一片《ひとひら》の花びらだった。

「……ああ……この季節、紅家の名勝は李《すもも》の花でしたかね……」

ざぁっ——と、夜風が吹き、悠舜の周りを薄紅色の花吹雪が踊り狂う。目を凝らせば、微妙に色が違う。白から桃色まで。悠舜ははためく被衣《かづき》ごと髪を押さえた。

（……李より、梨の花のほうが、僕は好きだな。地味だけど……。好きとか、あんまり考えたことなかったけど）

梨の花は真っ白で、他の色はない。春には山一面、白い花びらで埋め尽くされる。紅山の花の季節は遅く、今から引き返せば、まだギリギリ間に合う。

夜昊には薄雲がたなびき、春宵にかすむ朧月《おぼろづき》と、星屑《ほしくず》がいっぱいに散らばっていた。

「……相変わらず……戩華王の星は読めないか……」

凄《すさ》まじい凶星のもとに生まれた覇王戩華。その星を読めるのは縹家でも僅《わず》か。悠舜の里でも、盲目のお婆しかいない。悠舜にも読めない。早々に戩華王の動向を読むのはあきらめ、ここら一帯の今の星図に目をやった。

紅山を下りる前からある星が気になっていたが、下りた今も天上にかかっている。

（……やっぱり、間違いない。ここらに、〝妖星《ようせい》持ち〟がいる。珍しいな）

昊を大きく切り裂いて落ちる、帚星《ほうきぼし》の宿星をもつ人間。星の輝きはまだ小さいが——。

妖星持ちは凶だが、よほどでない限り、大半が成人前に死ぬ。もって生まれた凶運は、まず自分に多くの不幸をもたらすからだ。途中で燃え尽きず、地上に影響を及ぼすほどに育つには、よほどの意志と力がいる。とはいえ、小さくても周辺に様々な凶の影響を及ぼし、一時的に変則的な星図に書き換えるので、よくはない。

悠舜は皮肉げに微笑した。――よくはない？

（……今さらだろう）

悠舜は冷淡な眼差《まなざ》しで、紅家を見下ろした。

滅んでいく姫一族。自分の行く手にある星の宿命《さだめ》も、山を下りる前から、ずっと同じ。

――凶。変事。喪失。そして――。

月が薄い雲で陰った。

朧月と花吹雪の中、悠舜はその定めの中に自ら下りていった。

見てみたいものがあった。

思えばそれが、悠舜の初めての感情らしい感情かもしれなかった。

## 五

悠舜は当時も今も、あまり星読みはしない。性悪一族と称される紅門姫家は、星の定めも甘んじて受け入れはしない。星並びを自らの知略で変えていくのが姫家のやり方だった。ゆえに必要がなければ、しいて夜空を見たりはしない。

けれど人生のある時期、毎晩のように昊を見上げていた時がある。一度目は、紅山を下りようと決めた時。二度目は、茶州に州尹《しゅういん》として飛ばされた最初の頃だった。

茶州の時は、自分でそうと気づかぬまま、昊を見上げていた。

赴任してしばらく経ったある晩だった。まだ少年の茶州州牧は、他人といたがらず、一人で露台にでた悠舜をさがして、隣にやってきた。悠舜は無視したが、燕青は頓着しなかった。磊落で、でも相手を見通して慮《おもんぱか》り、そっと触れる、後年も変わることのなかった彼一流のやり方で。

『お前って、いっつも、遠くの空を見てんのな。巣から落ちて羽が折れた鳥と、ちょっと似てる。どっか、帰りたい場所があるのか？』

　悠舜は返事もしなかった。

　この頃の悠舜は自ら志願して僻地《へきち》の茶州へきていたが、偽る相手もいないせいで、見せかけの優しさや笑みも浮かべなかった。そして少年州牧に素をさらすほど、捨て鉢で、人を寄せつけず、仕事漬けで何も考えまいとする日々だった。

　そんな毎日がつづいても、燕青はふいっといなくなる悠舜をさがしつづけた。十代の少年には不釣り合いなほど辛抱強く、ゆっくり時間をかけて、あきらめず、悠舜のかたくなな心まで歩いてきた。無神経とはほど遠い、注意深さと思いやりで。

　逃げるのも億劫《おっくう》で露台に留《とど》まっていた悠舜は、次の言葉に不意を打たれた。

『それとも、空を見てるんじゃなくて、星をさがしてるのか？』

　隣に並んだ少年は、悠舜の見ている方角を見て、ニッと笑った。

『もしかして、あの小さな蒼《あお》い星？』

『……………』

『あれ、俺もスキ。ちっこいけど、キレーだよな。何年か前、少し曇って、あんまし見えなかった時期あったけど。俺、星見つけるの結構得意なんだぜ。長い間、お師匠と山で暮らしてたからな』

燕青のいう、まさにその曇って見えなかった何年か前。

旺季は謀られ、たった一人で城を抜けた。王都を落ち、行方知れずになったときも、悠舜は何もできなかった。国試を受けたのは旺季のためだったが、状元で及第したときには旺季は既に中央にはおらず、今も地方を流転している。

茶州に志願したのは、中央にいたくなかったからだ。何もかも嫌気が差していた。皇毅や晏樹のように旺季のために何の役にも立てない、自分自身にも。

──どっか、帰りたい場所があるのか？

『昔から、私はあの蒼い星のもとに行ってみたくて……。故郷から、よく見てました』

気づけば悠舜は、ぽつりともらしていた。──そう。ずっと昔から見ていた。

初めて、あの小さな蒼い星が夜空で輝くのを見つけてから。

お婆の庵《いおり》の窓辺で。梨の花が咲く木の傍で。月の浮かぶ真夜中の紅家邸で……。

『遠くで眺めてるだけでいいと、思ってたんですけどね……』

どうしても、近くに行ってみたくて。ついに山を下りた。

凶。変事。喪失──その先にあったのは、あの小さな蒼い星との、たった一度の邂逅《かいこう》。

叶って、会うことができたのに。今やこんなに遠くまで逃げてきてしまった。

思えば最初から、悠舜はそんなことばかりしていたように思う。

『片翼なのだから、傍に行けないのも、当たり前なのかもしれませんね……』

見たいものがある。何かをさがしていた。もう悠舜はそれが何かわかってる。

紅山を下り、紅家に行き、あの人を一目見たときから。

独りごちた悠舜に、燕青は目を点にして首をひねった。

『？？　えーっと？　つまりは、蒼い星をさがしてたけど、お前の羽が折れたから、目的地を変えて茶州に落っこちてきてくれたってこと？　まあ、だよな……。じゃねーと国の試験で一等賞とったやつが茶州にきてくれるわけねーもんな……。でも悠舜。お前がヤケッパチになってくれて、俺らはすげー嬉《うれ》しいぞ。塞ぐな。蒼い星にはなれねーけど、俺、茶州の星にはなるかんな！　お前のために!!』

『……茶州の星』

微妙。悠舜は不覚にもつい吹き出してしまった。

『おっ、ようやく笑った。お前、仕事じゃむちゃくちゃ怖いんだから、せめてそうやって笑えよ。なあ悠舜、茶州で、俺の隣にいればいいよ。好きなだけ。折れた羽が治るまで。ゆっくり休めばいいさ。帰りたいけど、帰れねぇってツラしてる。治らなければ、俺が掌《てのひら》にのっけて、運んでやるから。どこへでもさ』

『……。財布のかわりですか』

『うんそう。――ちげーよ！』

燕青の傍にいるうち、いつしか悠舜はもう一度笑えるようになった。隠していた心を少年州牧に吐露しても不思議なほど気にならず、悠舜が嫌みを言ってもふてくされても、燕青はさらりと受け止め、毎日は少しも変わらない。

燕青と過ごした十年は、確かに、悠舜の心身に休暇をくれた。

長い長い、人生の休みを。

『で……でさ、お前が帰りたがってるそのお星様は女か！　恋人なのか！　はたまた絵巻物みてーに都《みやこ》に置いてきた許嫁《いいなずけ》とか!?　び、美人か!?　凜より!?』

『凜……柴家の双子の女の子ですか？　なんでまた。だいたい茶州のド田舎に飛ばされるような状元に、許嫁が待ってるわけないでしょうが。あの星は男ですよ』

『許嫁は待ってない!!　よっしゃ。でも星は男!?　そっ、それもどうなのかなぁ!?　都からきたからやっぱ発展家《ハッテンカ》なのか!?　いや、俺と師匠の借金減額がかかってる。なあ悠舜、お前、茶州にきたからには茶州の嫁を連れて帰ろうぜ!?　星でなく。オッサンよりも若い娘のほうが断然いいって、思い直そうぜ!?　俺のために！』

『……なんのさぐりをいれにきたんですかあなたは』

……大きくゴツゴツした、十年間馴染《なじ》んだ燕青の手で額を撫《な》でられ、悠舜はふふっと笑った。相変わらず体は寝台に磔《はりつけ》になったようで、瞼《まぶた》は重くてもちあがらない。吐息だけで、悠舜は祥景殿を訪れてくれた燕青を出迎えた。

「……燕青……あなたと過ごした茶州での十年は……本当に、楽しかった」

「……俺も。ちゃんと茶州の若い嫁さんも持って帰ってくれて、俺は嬉しいぜ」

「変ないいぐさはやめてください。柴彰に減額してもらった借金はいかほどですか」

「なな、なんで知ってる！」

気配は一つきり。上官である秀麗は地方を巡察中のはずで、配下である燕青も今、貴陽にいるわけがなかった。どうやら燕青は単身、抜けてきたらしかった。

無断で傍を離れる燕青を、秀麗が知らぬふりをして送り出したのが目に浮かぶ。

「中央《こっち》きて、お前がすげー猫かぶってるの見て、ちょっと笑っちまったよ」

また、外では雨が降りはじめたようだった。悠舜は目をつぶったまま、囁《ささや》いた。

「あなたの傍は、とても居心地がよかった。いつまでもいていいかと思うくらい……」

いつも主家には裏切られ、上役にはけむたがられ、王の側近にも猜疑《さいぎ》の目で見られて、結局は信じてもらえない。詐《いつわ》りの微笑を浮かべるときだけ、人は悠舜を受け入れる。

けれどあの十年は違った。少年州牧は、最初から最後まで、悠舜を信じた。

晏樹は嘘つきといったけれど、……本当に悠舜は燕青に何も偽ることはなかった。

燕青の傍にいると、深く深く息が吸えるように思えた。

ずっといられたらよかったのに。

「……俺も。お前がいたから、人生でいちばん楽ができた。難儀だよなぁ。俺らって、めちゃくちゃ楽ができるこの世で最高の相棒だぜ。なのに、お互い、もっと面倒な奴の傍で、余計な苦労したがるんだ。……たった一人の誰かに、お前が必要だって言われたいと思ってる」

燕青の声が、優しい雨音のように降ってくる。

手をすくいとられる。燕青の武骨な手。いつでも悠舜を救いだしてくれた手。

お互いに、そのたった一人の誰かは、もう言わなくてもわかってる。

「悠舜。お前とした約束、覚えてるか？　いつかお前が苦労したら、どこにいても颯爽《さっそう》と助けに戻るってさ。姫さんの他で、この世でたった一人。俺が選ぶとしたら」

お前だよ、と、燕青があたたかな手で額に触れる。

「この籠《カゴ》から、嫁と子供と三人、連れ出してどこにでも運んでやれる。お前が望むなら」

前にも言ってくれた。羽が折れたままなら、俺が掌にのっけて、どこにでも運んでやると。お前の帰りたい場所へ。

悠舜は礼の代わりに、手をぎゅっと握り返した。そして。

いいえ、と、その優しい申し出を断った。

見たいものがあったから。ずっと昔は紅家で。

……今は、この朝廷で。

◆　◆　◆

紅家の禁苑《きんえん》でその幼児を一目見たとき、悠舜はわきあがった感情に、ただ驚いた。

（――違う）

紙の鞠《まり》から空気が抜けていくような失望だった。期待してきたわけではなかったはずなのに、完全にそうではなかったことに、悠舜は初めて気がついた。期待していた。

凶の星図の先に点滅していたと思ったもの。……小さな蒼《あお》い星との出会い。

読み違えたらしい。

もともと悠舜の星回りはひどく読みづらいので、仕方のないことだった。

だから別に、目前の幼児にすげなく「滅びるなら勝手に滅べ。私の知ったことか。どうでもいい」といわれても、落胆はしなかった。紅黎深《れいしん》という名のその幼児がどうでもいいのは悠舜も同じで、そういう相手には何一つ心を動かされない。どんな言葉も響かない。それも一族の特質だった。だから、そうですかと答えた。

ただ、一つだけ実行しようと思ったのは、多少はむかっ腹がたったせいかもしれない。

サッサと禁苑から去りかけた。そのときだった。

「――おや、若君。見知らぬ少年が禁苑におりますね。どなたですか？」

悠舜の足が、止まった。

茶目っ気を含んだ、悪戯《いたずら》っぽい少年の声に、ぞわりと肌が粟立《あわだ》った。

花びらが雨のように降りしきる中、悠舜はゆっくりと振り返った。後年を含めても、悠舜にそうさせた相手は数えるほどしかいない。栄えある一人目が、その少年だった。

悠舜より年は一つ二つ上、肩口で巻き毛がゆるく流れ、すんなり伸びた手足を優雅に組んで李《すもも》の木にもたれている。顔は――顔は半分しかわからなかった。上半分が奇妙な狐面で隠されていたので。下半分の唇で三日月のように微笑んでいる。いつから木の傍にいたにせよ、その最初から、この少年は幼児には目もくれず、ずっと悠舜だけを見つめていたのではないかと思えるような視線だった。

悠舜が観察するまに、相手も悠舜を素早く観察したのが察せられた。正直、悠舜は同じ年頃で、同じ芸当をしてのける相手を初めて見た。多分、相手もそう思っている。

狐の少年は、仮面の奥でにっこりと笑った。

「……ここは、紅本家の禁苑。そこに無断で踏み入ったらどうなるか知ってますか？」

歌うような声だった。幼児が彼を見て、うるさい奴だの、ついてくるなだのわめいている。幼児をあしらう間も、狐の少年は悠舜からじっと目を離さない。

あの幼児の傍付きなら、紅玉環《ぎょくかん》が自分の娘を配置したはずだ。だが彼は『譲葉《ゆずりは》』ではない。片手間にしてる会話から、つい最近、紅家の侍僮《じどう》にとりたてられた少年らしいと知れる。人好きのする軽妙さと如才なさ、世慣れた雰囲気、紅家の若君も歯牙《しが》にもかけずにあしらう態度。しかもその全部が嘘と偽り、芝居だった。――上手《うま》い。

（……ボンクラ当主にしては、妙にらしくない侍僮をつけたな。どこで拾ってきた？）

妖姫《ようき》と呼ばれた謀略の才媛《さいえん》・紅玉環と比べては憐《あわ》れだが、現当主の器は戩華王の時代で舵《かじ》を取るには凡庸すぎた。あの当主に、こんな悪党と紙一重の逸材をどこぞで見出《みいだ》して息子の傍付きにするほどの先見の明があるとは。いや——。

（……自分から当主に取り入ったと考える方が、しっくりくる）

「若君。私はあなたのお守りも仕事ですが——仕方ないでしょう。譲葉様は玖琅《くろう》様のお世話で手一杯なんですから——他にも、不審者を見つけたら、私の裁量で始末することも仰せつかってます。あなたのお知り合いではないのなら、すみやかにご当主の命令に従ってよろしいですね？」

紅黎深は「勝手にしろ。好きに始末すればいい」と吐き捨て、禁苑から立ち去った。

邪魔な幼児が完全に消えたあと、狐の少年の雰囲気が一変した。

「……知ったことか、だって、さ。紅家を代々守ってきた大事な守り神サマなのに、追い払って好きに殺せだなんて、とんだバカ若様だねぇ」

こっちが素らしい。くだけた態度でも、不思議と妙な華のある少年だった。

狐の少年も悠舜の表情の変化に気づいたようだった。

「ああ、そっちの無表情のが、断然いいよ。李もいいですねぇとか、心にもないテキトーな嘘っぱち言って笑ってた時より、ずっと僕の好みだね。綺麗《きれい》な氷の花みたいでさ。さて…と、君が、紅家の〝鳳麟〟だね？」

悠舜は否定しなかった。それが無意味なだけの会話はすでに聞かれていた。

目深にかぶった被衣《かづき》の奥から、少年を見返した。相手も狐の面を外さず、そこに佇む。

「……僕がくるのを見越して、張ってたわけですか」

「一応。でも僕としちゃ、色々理由があって、全然きてほしくなかったんだけど。でも入りこんでみたら、この家に残ってるの、バカ当主と世間知らずのクソガキだけだからさ。あーもうこんなザマじゃあ〝鳳麟〟もこないかなー、引き揚げよっかなーって思ってた矢先に、……きちゃってさ。あーあ、仕方ない」

よくわからないが、張ってた網に引っかかってほしくなかったのは本当らしい。

悠舜も悠舜で、溜息《ためいき》をついた。――〝妖星《ようせい》持ち〟。

卦《け》は出ていたが、まさかこんなとこで出くわすとは。しかもこの少年、成人前に呆気《あっけ》なく死ぬタマどころか、凶運を逆手にとってきた様が目に見えるよう。

「すみませんね。きてしまって。嫌ならさっさと帰ればよかったのに」

「そうもいかなかったの。けど……どーしようかなぁ」

狐の少年が流れるような物腰で歩み寄ってくる。音もなく、まるで、残らず平らげる前に、獲物をとっくり検分しようとする猫さながら。

すぐ目の前まで少年がくると、悠舜にも狐面の奥の目が薄茶色だと知れた。

彼はしなやかな指先で、悠舜の被衣に手を伸ばした。悠舜は逃げなかった。

つもっていた李花《りか》と一緒に、被衣が払い落とされる。

花のあとにさらされた悠舜の素顔を見るなり、少年は嫌そうに呻《うめ》いた。

「顔もそこそこで、しかも僕より年下の子供か。うわー……最悪。しかも、僕と同じくらい悪党そうだし」

「……意味わかりませんが、何か不都合でも」

「あーうん。個人的にすごく邪魔な予感。一人増えてもイラついたのに、もう一人増えるとかありえない。好みだけど、今すぐ殺したい。僕がやると嫌われるから、やっぱ知らんふりして紅家放置に予定変更しよう」

主語を全部スッ飛ばしてぶつぶつぼやく。

「万一、紅山から〝鳳麟〟が訪ねて助けを求めにきても、殺して口封じする、隠れ里の紅門姫家は見殺しにするって、ご当主に約束させたから」

「……誰がそそのかしたかと思いましたが、なるほど。当主に近づいて、隠れ里を売り渡すのと引き換えに、紅家存続を戩華王に請うよう誘導したのは、あなたですか」

「そう。バカ当主は全部自分で考えた決断だと思ってるけどねぇ。ゴメンね。それが僕の仕事で。……何？」

「……今一つ、はまらないですね。では、さっきはなぜどうしようか迷ってたんです？僕を殺さないなら、どうするつもりだったんです。どこかへ連れていこうと思ってたんですか。どこへ？　戩華王のもととは思えない節がありますが」

狐面の奥にひそむ双眸《そうぼう》の色が、濃さを増した。猛毒入りの飴《あめ》みたいに、甘いのに、背筋がうそ寒くなるほどの残酷さが焦げ茶の瞳《ひとみ》を覆い尽くしていく。

「……君、確かに殺したくなるよ。君の一族って、代々紅家の窮地を救っときながら、なんでか当の主君や側近の不審不興買って次々に殺されてきたっていうけど、納得。傍に置いておきたくない」

息が詰まった。その簡単な言葉をいうのに、ひどく時間がかかった。

「……知ってます」

声がかすれた。なぜ。あの幼児の罵倒《ばとう》は、何一つ、心に届かなかったのに。

「賢い君なら、紅家の内情くらい知ってたろ。助けを求めにきたって無駄足ってことも。結局こうなるとわかってて、なんでノコノコ紅家にきたのか、聞いてみたかったけど、やめた。君、確かに危険だよ。見殺しにした紅家とあの若君はほんと、バカだね」

狐の少年は呼び子を三回鳴らした。

すべるように、禁苑《きんえん》に十数人もの兇手《きょうしゅ》が音もなく立ち現れる。さすがに〝影〟ではないが、〝表〟の私兵でなく〝裏〟の手の者なのは見てとれた。兇手を預かるとは、何をしたのか知らないが、狐の少年はよほど当主に気に入られ、懐深く入りこんだらしい。少年のやり口が巧妙なのか、紅家がもうどん底まで傾いているのか。多分両方。

狐の面をちょっと浮かし、少年は辛辣《しんらつ》な冷酷さをもって踵《きびす》を返した。

「──張ってた網に鳥がかかりましたと、ご当主様にご報告を。後はお任せします」

兇手の手が四方八方から悠舜にのびる。つもった李花の上に乱暴に引き倒され、したたかに腹部を殴られ、手足を縛りあげられる。悠舜はうめいて、胃液を吐いた。

舞い上がる色とりどりの花びらは、故郷の真っ白な梨の花とはまるで違っていて。

こんなところは、悠舜のいたい場所とは全然違う。

――こうなるとわかってて、なんで故郷を出て、ノコノコきた？

「――――……」

会ってみたい人がいた。小さく輝く蒼《あお》い星。まだ名前もわからないその人に。

でも間違えてしまったようだ。

薄紅の花の葬列に埋もれて、星はもう見えなかった。

## 六

祥景殿の寝台に横たわり、悠舜は夢うつつに遠雷を聞く。

瞼《まぶた》はずっと張りついたようで、本当に外が雨降りなのか、記憶の中から聞こえてくる雷雨なのかも、もう悠舜にはわからない。燕青が訪れたのは昨日だったのか、それとも何日も前のことなのか。それすらも。

寝台から起き上がれなくなってから、短い覚醒《かくせい》と深い昏睡《こんすい》のまにまに聞こえる雨音が、埋もれていた記憶を一つずつ揺り動かしてゆく。

『こうなるとわかってて、なんで故郷を出て、ノコノコきた？』

昔々、紅家の禁苑で、狐の晏樹がそう言った。

なぜ？

……今の晏樹なら、会いたい人がいたから、という悠舜の答えを嗤《わら》うだろうか。それち、今はもう失ってしまったひとだった。
とも気に入らぬ目つきで「ふぅん」とそっぽを向くか。ふ、と微苦笑する。……どのみ

不意に。

辺りを払う沓音《くつおと》がした。

コツ、コツ、と。今、城でもっとも警戒が厳重なこの室《へや》まで、まっすぐ、やすやすと近づいてくる。威厳はあるのにどこか軽やかで、迷いない。

悠舜はその音をよく知っていた。けれど、その人が祥景殿へくるはずがなかった。瞼が震えた。鼓動を打つのさえやっとだったのに、心臓が急激にトコトコと脈打ち始める。やがて悠舜の心音と沓音が、ぴったりと重なった。

自分の心を打つ音。悠舜はあえいだ。まさか。

くるはずがない。今、この朝廷に、足を踏み入れるはずがない。あの人の全部だった官吏生命を断ち、事実上朝廷から逐《お》ったのは他ならぬ悠舜だった。周りにどう思われるかも、あの人がいちばんよく知っているはずだった。誰も止めなかったのか。誰も？

沓音を追って、鎧兜《よろいかぶと》の音、武官の制止の声がする。止まってください、これ以上は。

けれど沓音は止まらない。

すべてを無視し、払いのけ、規則正しく近づいてくる。多分、皇毅や晏樹の制止も振り切って。どうか引き返して。その一方で、心の裏側では別のことを願ってる。

（どうか——）

優柔不断な悠舜の王とは正反対の、鋼の意志。

自分の望みに忠実で、揺るぎなく、他人がどう思おうと気にしない。なのに不思議とそれは、いつだって他の誰かの願いを叶《かな》えるものなのだった。

そうして沓音が止まる。悠舜の横たわる室の前で。

彼の願い通り。

悠舜はありったけの力で、重い瞼をおしあけた。どうしても顔が見たかったから。

キィ、と、扉を開け放つ音がした。

紅家で初めて出会った時のように。

◆　◆　◆

――結局、悠舜は捕らえられはしたものの、殺されはしなかった。

それだけの覚悟も紅家にはありはしなかったのだ。

悠舜の来訪に、紅一族は相当揉《も》めた。危機とともに現れるという姫家の伝承は根強く、当時それは戩華王と容易に結びついた。紅家に降りかかる変事の兆候だと密議は紛糾した。戩華王と取引をしても、あの破滅の王のことだから裏がある。姫家が現存していたなら、捕らえたあの子供は密《ひそ》かに押し籠《こ》めて生かしておき、いざというとき切り札に利用すべきだという者と、取引通り殺して首を戩華王に渡すべきだという者で、真っ二つに割れた。揉めた一因は、悠舜がひと言も口をきかなかったせいもある。どんな責め苦にも声を立てず、押し黙りつづけた。それはひどく不気味な子供に映り、生かしておいてもなんの役にも立つまいと誰かが吐き捨てた。紅家当主だったかもしれない。

結局生かすも殺すも、彼らには決めきれず、できたのは悠舜をボロ人形のようにあなぐらに放りこむことだけだった。悠舜は朦朧《もうろう》と浮き沈みする意識と、思い出したように行われる拷問の合間に、ただ日数だけを数えてやり過ごした。

里の花の季節が終わってしまう。その日、心中で日にちを指折った悠舜がひどく沈んだのはそれくらいで、他はさしたる感情もわかなかった。

光のないあなぐらは、太陽も月ものぼらず、居心地は悪くなかった。空気と一緒に闇を吸いこむ。体を切れば闇がもれでると主家の紅家にすら称される、光のない一族。

外の世界は、自分たち一族にはまぶしすぎるのかもしれない。冷たい土牢《つちろう》に横たわりながら、ボンヤリ考える。生まれながら足りぬものを求めて旅に出ても、日の差す世界には落ちていないのかもしれない。なのにないと知らずに、一族はさがしつづける。ある日気づいて、絶望した順から死んでいく。呪われた一族。

悠舜も、もう願いはなかった。その気になれば逃げられたのかもしれないが、そこまでする気にはなれなかった。紅山を下りると決めたときのようには。

（……一度でいいから、見たいと、思ったんだけどな……）

隠れ里で見上げた、夜空の蒼い星。

山を下りようかと、悠舜の氷の心を揺すぶった星図。

凶。変事。喪失。そしてその先にある、小さな蒼《あお》い星とのたった一度の邂逅《かいこう》。

『……そうせい。行っておいで、悠舜……』

虫の死骸《しがい》のように丸まりながら、時々、送りだしてくれたお婆《ばば》の声を思い返した。

にわかに、外気が吹きこみ、横たわる悠舜の頰をかすめた。

「……うわ。本当にまだ生きてる……死んでてくれたらよかったのに」

いつかの狐の声がした。

土牢の鍵《かぎ》が外れ、木格子がきしんで、暗闇に小さな火がぽつんと灯《とも》った。

「あーあ……あの時僕が殺しておけばよかった。君が紅家に捕まったのがバレて、メチャメチャ怒鳴られたよ。悪いの僕より紅家でしょ。にしても生かさず殺さずって意味、知らないの。拷問下手すぎ。明日には死んでるよコレ。立てる？　……って」

抱き起こされ、視界に狐の少年が映りこんだ。元気があったなら押しのけたろうが、今の悠舜には狐と口をきく元気すら尽きていて、疲れ果て、やけだった。

狐はなでなでと悠舜の頰や髪に触れた。満足そうで、酷薄な微笑が口もとに広がっていく。巣から落ちて動けぬ鳥を見つけたみたいな顔。

「……ふぅん。おとなしくしてると、可愛いのに。もうどうでもいいって顔だね。僕が今ここで殺してあげようか？　君、会った時からそんな顔してたよ。そっちのが君には幸せなんじゃないの？　ちなみに僕もそっちのが幸せ」

いっそ優しいほどの手つきで狐は悠舜の喉元《のどもと》を撫《な》でた。次いで指がからみつく。

悠舜の指が、ぴくっと動いた。……幸せ？

狐が薄ら笑いする。まだ、と心の片隅で小さな声があがる。……まだ？

まだってなんだ。悠舜は自分に腹を立てた。狐の言うとおり死んだ方がよほどマシだ。

なのに死を選ばず、まだしがみついている。——まだ、と小さな声がまた反対する。

幸せってなに。そんなのは知らない。どうして僕は今も、生きようとしてる？

急に狐の目から笑みが消え、喉に容赦ない圧迫がかかった。

瞬間——。

「——晏樹!! いたか！ まだ生きてるな!? 死んでると言ったら、怒るぞ！」

離れたところで扉が蹴飛《けと》ばされたように大きな音を立て、声が響きわたった。

悠舜の目がクッとひらいた。息を吸い、あがき、狐の手をつかんだ。

狐の少年がパッと手を離した。ちぇ、とぶつぶつ呟《つぶや》く。

「生きてますよ、旺季様。でもたぶん明日死ぬと思います。旺季様の言う通り、始末してなかったですよ。まさかと思ったけど、ぐずぐずしすぎ。目先の保身ばっかで決断力なし。ダメすぎ。お陰で僕ら、また余計な回り道することになっちゃってさ」

「お前、なにガッカリしてる！ 大体お前がほったらかしで帰るから——」

ハイハイすみませんね！ などと言い返す声が、ひどく遠い。

まっすぐに、誰かが近づいてくる。素早く、ただ悠舜のところへ。

トクトクと、凍っていた悠舜の心が不思議に鳴り始めた。なぜか息が詰まった。

悠舜を助ける人間など誰もいない。あの山にはもう悠舜しか子供がおらず、あとは老人だけ。他はみんな去り、いなくなった。誰もくるはずがない。待っていても。

（……待っていても……？）

なにを――自分は、今まで、待って。

誰かがあなぐらへ踏み入ってくる。悠舜の姿に、ぎょっと立ち竦《すく》む。

次いでカンカンな声で「〝鳳麟〟が子供とは言わなかったぞ!!」ゴイン、と狐の少年が盛大に殴られたとおぼしき音がした。

悠舜はなんだか笑いそうになった。里ではこんな風に烈火のような感情が波打つこともなく、死んだように静かだった。知らない騒々しさは、妙に愉快で心地よかった。

抱き起こされる。羽の折れた小鳥を拾うように、そっと。

「まずい、ろくな手当てもしてない。一刻も早く出さないと。立てるか？　……！」

「ダメですよ、旺季様。紅家のやつら、逃げられないように足の腱《けん》切っちゃったもん。色々つまんない薬もかがせてさ。拘束しても、姫家なら仙術とか使って逃げちゃうんじゃないかって思ってるみたい。迷信深いし、すごくびびってたから」

「……バカが!!」

怒りが悠舜の心まで吹き寄せる。

頭をあずけた胸はあたたかで、悠舜は自分がどこにでもいる普通の子供になったように思えた。まばたいて、目を凝らした。幾度も。狐の顔は見えたのに、今は何も見えなかった。灯りがあっても視界がぼやけて、歪《ゆが》んでいて、「誰かの顔」がわからない。

悠舜は何か呟いたように思う。置いていってください、とか、多分、そういうことを。連れだされても、あとは死ぬばかりの体だった。狐が正しい。助けるだけ時間の無駄だ。でも実際に自分がそう言ったかあやふやなのは、正しい解なのにこの人には口にしたくないという、奇妙な感情が転がっていたから。

悠舜が言ったにせよ、言わなかったにせよ、その人――旺季が口にしたのは一つだけ。傷ついた悠舜を抱き寄せ、慰めるように軽く揺すぶり、耳元で囁《ささや》いた。

「大丈夫だ」

……大丈夫？

何が大丈夫なのか、全然わからない。大丈夫なものなんて一つもありはしなかった。一つも。何もかも間違っていて、ばかげてる。なのに胸を突かれた。

氷の心がとけだしていく。目がじんと熱くなる。悠舜はその間違いだらけの答えに手を伸ばし、つかみ、引き寄せ、大事に胸に抱えて、目を閉じた。

故郷の梨の花が、眼裏《まなうら》に雨のように降りそそぐ。もういいと思った。これで充分。

悠舜はぽつりと呟いた。

「……連れていって下さい。僕の故郷へ……」

# 七

悠舜の傍に、その人が立つ。いま再び。

悠舜の額髪を払い、やせた頬を労《いたわ》るようになで、髪をくしゃりとかきまぜる。あれからもう三十年がすぎ、かつて二十代だったその手も、三十年ぶん歳をとっていた。

「……ずっと昔、毎日付きっきりでズタボロのお前の看病をしていたころを思い出すな。二度も助けに飛んでいくハメになったのは、三人の中でお前だけだった」

どうして、と、言ったように思う。少し怒って。どうして、ここへきたのですか。

「どうしてだと？　どうしてこないと思うんだ」

顔が見たいのに、今度も目にはぼやけた影がゆらゆら映るばかりで。

ぽんと悠舜の頭を叩《たた》いて離れていこうとした手を、ついつかんだ。ここ一年の癖。凜にしかやらなかったのに。旺季はつかまれた指を物珍しげに見た。

「……懐かしいな。あのころも、こうしてお前に指をつかまれたものだ」

幻聴かと思った。……ここ最近の癖のはず、だけど。

旺季が首をかたむけたのか、耳環《じかん》がさやぐ懐かしい音が降ってくる。

「なんだ、覚えてないのか？　まあ、いつもお前が寝ぼけてるときだったからな。体の具合を見て去ろうとすると、なんでか正確に手をぱしっと拾ってくるんだ。寝てるふりをしていて、実は起きてるのかと思ってた」

……全然、覚えていない。

あのころの自分に、そんな人恋しげなかわいげがあったとは。

「ま、私は安心したがな。あのあと一年くらいお前はムスッとしてて、ぶつぶつ文句をたれて、死んだ方がマシだったとかなんとか、毎日憎まれ口ばかり叩いていたから」

悠舜が自棄《やけ》になった時期があるとしたら、まさにあの一年がそうだった。

「お前にはほとほと手を焼かされた。死にかけてるのに、里へは私が行くから残れといってても聞かない。仕方なしに里まで看病しいしい連れてったら――」

声が途切れる。

サーッと、雨音がする。悠舜の故郷が滅んだあの日も、霧雨が降っていた。

「……私には、お前がなぜ、紅家も戩華も憎んでないと笑えるのか、わからん。助けた後、生きるだけでも難儀な人生が待ってるのは私にもわかってた。助けるのは自己満足だと晏樹はいった。その通りだ。お前はあのあと里に戻って、戩華にも紅家にも一矢報いた。お前にできる完全な勝利だったろう。だが、私は無性にむかっ腹が立って仕方なかった。完璧《かんぺき》すぎて気にくわなかった」

最後のひとくさりに、悠舜の睫毛《まつげ》がぴくりと揺れた。

「お前が、太陽も月もないあのあなぐらで、それでも必死に生きのびていたのが、そんなくだらん理由だったとは思えなかった。私がお前を拾った理由は、そんな程度だったのだ。勝手に助けたのだから、お前には怒る権利がある」

悠舜の手から力が尽きると、旺季が布団の上に置いてくれた。

梨の花咲く故郷を離れ、お婆《ばば》に小さな嘘をついて、最初で最後の旅に出た。

「けれど、死んだ方がマシだったといいながら、私の手をつかんで引き留めるのを見るたび、お前の願いは、本当は反対側にあるような気がした。李《すもも》の庵《いおり》をわざわざ見繕うくせに、本当のお前は紅家で李が大嫌いになって、故郷の梨の花だけを愛してる。……だからあの時もきっと、お前は紅家当主に会うのとは別の理由で、山を下りたんだろうと思う。何かを探しに。……悠舜、それは見つかったか？」

どうしても会ってみたくて、山を下りた。その先に待つ凶の定めを知っていても。

旺季もまたあの時、あの場所にいるべきではなかった。戩華王に刃向かい、一太守の分際で大貴族の紅家に許しもえずにのりこみ、悠舜を助けるべきではなかった。

たいていいつもそうなのだ。余計な寄り道ばかりして、左遷されどおし。けれど。

「私はお前に、そのための時間をくれてやることくらいは、できただろうか？」

けれど自分たちにとっては、そんな風に彼が遠回りして、見せてくれた景色こそ、かけがえのない正解であり、宝物であり、時間だった。

この、最後の最後まで。

間違いの扉を開けにきてくれたその人のために、悠舜は子供のように落涙した。

◆　◆　◆

……杖《つえ》と足を引きずって悠舜が故郷に戻った時には、とうの昔に梨の花は散っていて、家々は半壊し、爺婆《じじばば》たちは姿を消していた。戩華王が到着するより先に里を焼き払い、一人一人断崖《だんがい》から身を投げたと知ったのは、だいぶあとのことだった。

悠舜は滅んだ里を抜け、お婆の庵へと向かった。お婆の庵は人目につかず、幾重もの仕掛けを解かねばたどりつけぬ場所にあり、普通なら到底見つけられはしないが、戩華王の名軍師として名高いあの黒髪の宰相がいれば、解かれるのは時間の問題だった。

お婆は待っていてくれた。両目両足が潰《つぶ》れて身投げもできず、逃げもできぬお婆だけが、ちんまりと庵の椅子に座って、悠舜のためにそこにいてくれた。

よろめいて庵に入った悠舜を、お婆は変わらぬふてぶてしさで迎えた。

「……戻ってきたか、悠舜。杖の音がするわい。本当に片翼となっちまったようだの」

「お婆！」

「一人か。旺季を黄泉《よみ》の窟《いわや》で閉めだしてきたたな。あそこの仕掛けは、旺季では解けまいて……。確かにあそこで閉めだせば、巻きこむことはなかろうが。はて、さて……」

当然のように旺季の名が出てきた。お婆は煙管《きせる》をくわえ、吸った。庵に紫煙が漂う。一服したのち、煙管を盆に放り捨てる。悠舜はその煙草のにおいにあえいだ。

「お婆」

悠舜は、なぜ自分がそんなことを口走ったのか、わからなかった。

「――一緒に行こう。山を下りて。どこか遠くへ逃げよう」

ばかみたいな、叶《かな》わぬ夢物語みたいなことを言った〝鳳麟〟に、お婆は笑った。

「……ふふ。そうか、悠舜。見つけたな」

「なに……」

「おぬしがな、あの星回りを見て、それでも山を下りると決めた時、わしらはそりゃあ飛んで喜んだわい。わしらはそれぞれ自分のために生きてきた。それが悪党の条件よ。なのに不思議と、おぬしはそこだけ欠けておる。性悪ジジババと一緒に、こんなとこで骨を埋《うず》めようと考える健気《けなげ》な〝鳳麟〟なんぞおらんわ」

「……」

「わしらを助けるために里を下りたわけではない。それがわしらは嬉《うれ》しかった。自分のため。であろ？　くっく、一族の滅亡と引き換えにしてでも見たいものがある。まさに〝鳳麟〟じゃ。あれだけの凶の星回り、一切の喪失と出ながら、山を下りた。その先にあるものを知りたい。ただそれだけのために」

「――」

そう、悠舜はあの時お婆に嘘をついた。

助けを求めに行くと言いながら、本当の目的は違った。里を捨てようが、ジジババたちが死のうが、それでも行きたかった。

「悠舜、紅家だけは裏切らないのはなぜかと、前に訊《き》いたことがあったの。別に約定も何もない。主家だからでもない。それぞれに理由があった。わしにもあった。……あの阿呆《あほう》な紅家当主が、わしの両目両足つぶしときながら、お前だけはやっぱり殺せんとか抜かして、わぁわぁ泣きながら一人でここまで抱いて運びおったせいかもしれぬわ。あの阿呆は死んだ方がマシという言葉も知らん。おかげで百まで生きたわ。百まで生きたら──曾孫《ひまご》が、どこか遠くへ一緒に行こうと抜かしよる。……ふふ。『普通』じゃの」

生きすぎるほど生き、目も足も使えぬ性悪ババ相手に、足を失った傷だらけの〝鳳麟〟が、一緒に遠くへ逃げようと夢のようなことを言う。支離滅裂だ。お婆はなんだか嬉しかった。こんな夢みたいな『普通』の最期など、お婆は考えたこともなかった。

見えぬ目に浮かぶのは、在りし日の阿呆な紅家当主の顔。その男に、お前が『普通』の女だったらとよく言われたものだった。百まで生きて、ようやく叶った。

「よい冥途《めいど》の土産ができたわ……」

コフッ、と小さな咳《せき》がでた。口の端から幾筋も血が垂れた。鼻を刺す独特のにおい。口から垂れる血は、きっとどす黒いことだろう。さっきふかした毒煙草の血。

「お婆！」

曾孫の混乱した顔が見えるようだった。

悠舜が本当に旺季を置き去りにしようと思えば、黄泉の窟よりもっと早く、別な場所で置き去りにできたはずだった。けれど離れがたくて、もっと長く一緒にいたくて。きっと、迷って、迷って、どうしていいかわからなくて、変な顔をしてこんな里近くまで連れてきてしまったのだろう。盲目でも、お婆にはよくわかる。……一緒にいたら不幸にすると思ったから、彼女もこの山から二度と下りなかった。

けれど。本当は。本当の望みは――。

「ふ……仕えるに足りぬ王などには、我が姫家、誰一人、何一つくれてやらんわ。命もな。悠舜……どこか遠くへは、婆一人でゆくぞ」

　さぁっと、軒を雨が打ち始めた。

……一刻のち、悠舜は兵士につかまり、戩華王のもとへと引きずり出された。

幻めいた霧雨が降る。滅んだ里に、切り株に、住人が谷底に去った家々の焼け跡に。まるで散歩のついでみたいに現れた戩華王は、悠舜をひと目見て、兵を下がらせた。王は焼けた畑の切り株に腰を下ろすと、地面にくの字にくずおれる悠舜を見下ろす。粗末な杖は兵につかまったときにとられ、離れたところに意地悪く放られていた。

　戩華王は、子供か、と言ったきり、何か考えごとをした。悠舜も考えごとをしていた。庵の裏に埋めたお婆に供える花がなかったことについて。お婆なら、枯れ落ちる花なんぞ無用と言いそうだけど、本当は綺麗《きれい》な花が好きだったことを悠舜は知ってる。

いつ出したのか、戳華王が掌で、ぽん、と桃を手玉みたいに投げた。

「選べ。命か？　それともこの一個の桃か？」

悠舜は戳華王から顔を背けたが、結局見てしまった。腹立たしい顔だが、見ると、少しは慰められた。旺季と面影が似ていたので。悠舜は桃をと答えて、埋めた。

「俺に仕えるか？」と訊かれたので「ごめんですね」と答えた。「僕の主君は、あなたじゃない」つけ加えたら、胸が痛んだ。もうずっと痛んでる。ジジババは教えてくれなかった。心の在処《ありか》は、痛みでわかるらしい。……自分に心があったと知るのも悲しい。

死んだ里に風が吹き抜け、花のない梨の木が揺れる。

「あなたなんか、どうでもいいんですよ」

戳華王も紅家も。どうでもよかった。この絶望的な痛みに比べれば。

そんな価値しかない人生でも、……最後の旅だけは忘れ難かった。また心が痛んだ。

「それだけで、僕の人生には価値があった」

「そうか。お前が当代の〝鳳麟〟か」

戳華王はそう言った。悠舜は答えなかった。

桃を埋めたばかりの手は泥で汚れ、爪も黒い。ふっと喉元《のどもと》まで咳がこみあげたが、飲みくだした。お婆のために桃を植えられたので、やや気分がよくなった。いずれ一面に散り敷く桃と梨の花が、お婆と、無人の故郷の墓標となる。

「で、その足はどうした。体も包帯だらけだが。俺が何もしてないのに、勝手にズタボロとはなんだ？　……ああ、紅家の仕業か」

悠舜のいい気分が、たちまち最低の気分に急落した。

「そういえば近頃、挙動不審だったな。あのまぬけ当主のとこにノコノコ出かけたのか？　紅玉環や、せめて長男がいればまだしも。まあ長男はとっくに俺の手下だがな」

「…………」

「……お前、〝鳳麟〟じゃなく、実は近所のクソガキなんじゃないのか？」

ぷちーん、と悠舜はキレた。近所のクソガキ――!?

「……殺すなら、サッサと殺したらどうですか。早くしないと手遅れになりますよ」

「なに？」

「僕は頭しか取り柄はないですが、あなたを負かすことくらいは、まだできます」

今度の咳は我慢できなかった。こふっ、と、悠舜はお婆と同じ咳をした。

口をぬぐえば、赤黒い血がべったりついた。お婆がのんだ毒煙草のにおいが鼻を刺す。

ひゅーひゅーと、喉が嫌な音を立てる。

「うちの一族は、嫌いな相手に何かをくれてやるほど性格よくはないんですよ。あなたにも、紅家にも。感情や、命をくれてやるほど、お人好《ひとよ》しじゃありません」

紅家にも。戩華王はすぐに察した。

「……そうか。滅べとでも言われたか」

「ええ。一応あんなんでも主家ですんで。言われた通りにしてやろうと思って、わざわざこの山まで帰ってきたんです。仕えるに足りぬ主家に、僕が与えるものは何もない」

「それがお前の復讐《ふくしゅう》か」

姫一族が滅んで一番困るのは紅家だった。それを思い知るのは大分先だとしても。何、を紅家が失うのか、この子供だけが正確に気づいており、すみやかにそれを実行した。

この先、紅家にどんな危難が訪れても、紅門筆頭姫家は現れはしない。もう二度と。

姫家を見捨てた紅家もまた、〝鳳麟〟に侮蔑《ぶべつ》とともに金輪際見捨てられたのだ。

けふ、こふ、と、咳と一緒に血を吐きながらも、悠舜は笑った。

「……ほらね、負かすことくらいはまだできますと、言ったでしょう」

「そのようだな」

戩華王は痛くもかゆくもないといった風情で、霧雨で濡《ぬ》れた髪を鬱陶《うっとう》しげに払った。

「面白い。死に様くらいは選ばせてやる。俺が看取《みと》ってやる。羽の折れた弱々しい鳥に、末期の水くらいはくれてやろう。暇があまったしな」

げっと悠舜は呻《うめ》いた。……見誤った。最期の時間をこんな悪辣《あくらつ》な王と過ごすハメになるなんて。自分ほど馬鹿な〝鳳麟〟はいないかも。しかし後悔しても遅すぎた。

死にかけの子供を前に、戩華王は座輿の如く面白げにしている。何て最低な王だ。

「こういう言葉があるそうだな。この世にはどんな複雑な謎でも、完璧《かんぺき》に解ける者が二人いる。一人は藍家に、もう一人は紅家に。お前のことだろう、〝鳳麟〟」

「…………」

「だがな、いくら完璧な正解でも、それが気に食わん奴は世の中に必ずいる。確かに俺はお前に勝つことはできん。だが負けることもないかもしれんぞ？」

なに？　そう返そうとして、舌が動かなくなった。手足の麻痺《まひ》が始まり、びくびくと痙攣《けいれん》する。悠舜は壊れた人形のように地面に転がった。

咳をしようとしても、うまく息が吸えない。でも、これでいい。悠舜は咳《せ》きこんだ。できるかぎりの完全な解答。もういい。もうほしいものなんてない。

視界の端で、膝《ひざ》に頬杖《ほおづえ》をついて、王が悠舜を見つめていた。虚無の目で。

(骸骨《がいこつ》の王……)

多くの骨を積み上げて、歩けばガラリガラリと骨の音がする。

この覇王の中には、カラッポの藁《わら》くずのかわりに、何が詰まっているのだろう。何が見たくて、この先を歩いて行くのだろう。たった一人で。

途中で望みをあきらめた悠舜とは違って、きっと最後まで。

(僕は、これでいい)

かすむ目に、手足に巻いた汚れた包帯が映る。離れたところには、手づくりの粗末な木の杖《つえ》が落ちている。もう、手を伸ばしても、拾えないところ。

黄泉《よみ》の窟《いわや》に置き去りにしてきた、旺季みたいに。

「――――」

暗いあなぐらから悠舜を抱えだし、毎晩包帯をかえ、手当てをし、薬を飲ませてくれた。杖をこしらえ、精のつく食べ物も、道中、家々を回っては頭を下げてわけてもらい、悠舜に食べさせた。しぶしぶでも結局悠舜の願いを容《い》れ、鹿も渡れぬ数々の難所で有名な紅山を、ここまで——最後は悠舜を負ぶって山道をのぼってきてくれた。

悠舜が死に場所として、故郷へ戻ってきたのを知らずに。

与えてくれた思いやり全部。悠舜は旺季と一緒に、窟へ捨ててきた。

『大丈夫だ』

凶。変事。喪失。その先に輝く小さな蒼《あお》い星があった。見たいものがあった。

『……君、確かに殺したくなるよ。傍に置いておきたくない』

胸がきしみ、涙が滲《にじ》んだ。いつも好いた主君に憎まれて終わり。でも今なら「大丈夫だ」という言葉だけはもっていける。だからそれ以上は望まない。

毎晩自分に言い聞かせた。杖は借り物で、欲しがったりは、しない。

なのに、なんだかわからないまま、とうとう黄泉の窟まで連れてきてしまった。

切り株の骸骨の王が、嘲笑《あざわら》うように運命を告げる。

「見ろ、きた」

毎日傍で耳にした沓音《くつおと》が、近づいてくる。今度も、また。

悠舜は震えた。音から逃げようと這《は》いずった。すがるように戩華王に首をむけたが、手を下す気はないのがありありとわかる傲岸《ごうがん》さで、見返してきた。

「旺季のお陰で、俺の負けもチャラになったようだな。凶、変事、喪失——そして」

「————」

「たった一度の出会い、だったか。難儀な鳥だ。俺を主君にした方が、ずっと楽だろうに。旺季を裏切るより、俺を裏切る方が気楽だろう？」

悠舜は朦朧《もうろう》と答えた。——簡単に手に入るものに、何の価値がある？

声にはならなかったが、骸骨の王はわかったようだった。

得たりと、王が笑う。「同感だ」。霧雨がこまかに降りしきるなかで。

「なら、お前が選んだ相手は正しい。あいつは俺より優しくないぞ。お前を看取ってもやらんし、末期の水もくれてやらんだろうよ。俺ならお前を楽にしてやれるが、あいつは死んだ方がましな人生にお前を容赦なく引きずり戻す」

悠舜はおののき、迫る沓音から遠ざかろうと、また這いずった。

つかまった。悠舜の意思などぺしゃんこにする力で引きずり起こされる。

嵐のような旺季の怒りが、霧雨までも吹き飛ばすよう。

「このバカ!!　やってくれたな！　——お前か、戩華!!」

「俺は何もしてない。ちょっと里を滅ぼしにきただけだ。梨の木も剪《き》ってないぞ。まだ。それに、命より桃を選んだのはこいつだ」

「桃ってなんだ。意味不明なことというな！　黙って死ぬのを見てたくせに何もしてないだと？　晏樹、皇毅!!　井戸水くんで、その辺の家で床を調えろ！」

「一応いってみるが……死なせてやれ。俺にも紅家にもちゃんと一矢報いた。見事な散り際だろうが。もう手遅れだ。手当てすれば、死んだ方がマシな苦しみが長引くだけだ。万一助かっても、その足は使い物にならん。麻痺も残る。寝たきりになるぞ」

悠舜の口に竹筒が突っ込まれた。大量の水が乱暴に喉にそそぎこまれる。

「バカは貴様だ！　何が見事な散り際だ。私の辞書にはそんなものはない。私が勝手に助けたのだから、本当に死にたければ私が責任とって殺してやる。――だが今じゃない！　紅家と貴様に意趣返しするようなくだらんことのために、死なせてたまるか。この子供は自分で山を下りてきたんだ。大事な目的があったはずだ。絶対」

悠舜は混乱する頭の奥で、その言葉を聞いた。

「吐け！　もっと水を飲んで吐け！　トリカブトなら丸一日生き延びれば……。くそ、ヘンな窟で突然消えおって。晏樹がいなかったら立ち往生してたわ。ろくでもない子供は今まで二人拾ったが、こんな世話の焼ける子供は初めてだぞ」

指をつっこまれ、強引に吐かされる。悠舜は何度もえずいて胃《い》の腑《ふ》のものを残らず嘔《おう》吐《と》した。目からボロボロ涙がでた。それが吐きだすときの単なる反射なのか、別の涙なのか、わからなかった。ひどく苦しいのが体なのか、心なのかも。

悠舜は旺季の手を振り払った。それでも首根っこをつかまれ、水を飲まされる。悠舜はふりほどこうと暴れた。こんな破れかぶれな気分になったのは生まれて初めてだ。

「あのひどい怪我でもおとなしかったのが、急になんだ。ええい、ちゃんと助かれ！」

「……たのんでない!!」

悠舜はかすれた声で叫んだ。

『大丈夫だ』

──全然大丈夫じゃない。

簡単に手に入るものに何の価値があると、さっき悠舜は言った。戩華王は嗤《わら》った。

骸骨の王は知っているのだった。

それと永遠に手に入らないものとの差は、紙一重であり、ただの絶望ということ。

凶。変事。喪失。そしてその先の小さな蒼い星。人生の岐路。たった一度の邂逅《かいこう》。

隠れ里に留《とど》まれば、その星の持ち主と出会うことなく、悠舜は生涯を終える。だから山を下りた。一切の──足、一族、主家──喪失と引き換えにしても。

そうして悠舜は──あなぐらで彼をひと目見るなり直感し、絶望した。

生まれつき足りぬもう片方の翼は、見つけても、永遠に手に入らない場所にある。

「旺季」

小雨のなか、歌うような王の声がした。

「本当に助けるのか？　──お前に、こいつの願いは決して叶《かな》えてやれないのに？」

旺季の答えは、絶対に聞きたくなかった。

悠舜は暴れ、咳き込んで、彼が答える前に、気を失った。

……霊草が豊富な紅山帯だったのと、到着した黒髪の宰相の応急処置のせいで、悠舜は不幸にも毒にのたうち回りながら生き延び、そのあとも意識の混濁した状態で生死の境目をさまよい続けた。

◆　◆　◆

いつ運ばれたのかまるで記憶になかったが、気づけば悠舜は里ではなく、どこかの邸《やしき》の離れに寝かされていた。そのうちに季節は花の頃から夏になり、ある日風に誘われて重たい瞼《まぶた》をあければ、小さな窓から見える庭院《にわ》に、血のような彼岸花が咲いていた。

まるで里から自分を追ってきたような錯覚がした。

自分が紫州にいて、寝かされているのが旺季の所有する離れの庵《いおり》だと知るのと、両足がだめになっているのに気づいたのは、だいたい同じくらいだった。どちらの足も麻痺が残り、特に腱《けん》を切られた方はピクリともせず、立つことができなくなっていた。それと、のんだ毒煙草のために、内腑がやられたのも察した。

旺季は、戩華王に逆らったかど——悠舜を助けたこと——とかで、仕事を干された。

母屋はよく旺季の門弟たちが出入りしていたが、悠舜にあてがわれた離れは静かだった。たまに晏樹や皇毅が食事を運んできて、嫌みを言ったり、遊び相手のフリして追い出したり殺そうとしたりしたが、悠舜はひたすらぶすくれて相手にせず、不幸の桃は投げ返し、晏樹に殺されてもやらなかった。

悠舜の世話は冗官にされて暇だとかで、旺季がほとんどを引き受けた。五日にいっぺんは客がいないとかで、日がな悠舜の傍で書き物や読書をして過ごした。きっかり五日にいっぺん客が切れるなんて、政治家ならもっとマシな嘘をつけ、と思った。

悠舜はその夏、旺季を無視して過ごし、秋には皮肉ばかり言った。でも、旺季が琴《きん》の琴を爪弾《つまび》いてくれる時だけは、そっぽを向いて、黙って聴いた。

――そしてその年の冬。

こんこんと初雪が降りつもったある朝だった。

悠舜は小窓の隙間からのぞく庭木の南天に、真っ赤な実が葡萄《ぶどう》のようにたれているのに気がついた。昨日までは冬の地味な色合いに埋もれていたのに、今朝は銀世界だったせいか、白い雪と緑の葉、血のような赤い実が、悠舜の目を惹《ひ》いた。

ちょうど室《へや》に入ってきた旺季が、悠舜の視線の先に気がつき、もっとよく見えるように、キィ、と円い小窓を押しひらいた。

「綺麗《きれい》だろう。難を転じるから南天だそうだ。厄除《やくよ》けの木だ」

外の冷気が吹きこみ、庭院のどこかで、ポサッと雪が落ちた。

「……南天を植える前に、疫病神ばっかり拾ってくる癖をやめたらいいのに」

「禍福はあざなえる縄のごとしだ。座敷童《ざしきわらし》も出ていけば単なる疫病神だしな」

別に悠舜は座敷童でもなんでもない。何の幸運も運んでない。どころか、むしろ自分のせいで旺季は仕事を干されて閑職になり、悠舜の世話でこの一年また金欠がひどくなった。ばかみたいだ。嫌みを言おうとして、うつむいた。

本当にそう思われていたら、……死にたくなる。

「見てると不思議だぞ。南天の実は日ごと少なくなるんだ。どこにも実は落ちてないのに、ぽつりぽつりと消えていく。それに気づいた私は、三日三晩くらい首をひねって」

「………それ、鳥が食べてくからでしょう」

「……。まあ、そうだ。じゃあ、これは知ってるか。南天の実が全部落ちたら、いいことがある」

「……いいこと？」

「そう。私にも、お前にもな。赤い実を数えているといい。全部落ちたら、連れてくる」

連れてくる？　腕のいい医者か何かか？　悠舜はまた意地悪な気持ちになった。

どんな医者でも、足がどうにもならないことはわかっていた。麻痺《まひ》も、ひどい痛みもいまだ残り、特に冬に入ってからは一日中疼痛《とうつう》がひどく、苦痛の耐性を積んである悠舜でさえ、拷問の方がマシだと思うほど耐えかねた。痛みもそうだが、それ以上に自分の惨めさの方がいっそう心にこたえた。

「……旺季様。……『私が勝手に助けたのだから、本当に死にたければ私が責任とって殺してやる』って、言いましたね」

旺季が、悠舜を振り返った。戩華王のような派手な華やぎはないが、目を惹く端整な面差し。二人がどことなく似通っているのは、血が近いせいもある。戦に生き、軟弱な文官貴族とは一線を画す、精悍《せいかん》さと怜悧《れいり》さをまとう。

旺季の目には、怒りも失望も見当たらなかった。

自分の言葉に責任をもつ者だけの静けさをもって、答えた。

「――ああ、言った。言ったことは守る」

説得も、言い訳も、撤回もしない。それがひどく彼らしかった。

春から夏、秋と、傍で悠舜を見ていて、何も感じていないわけがない。……助けたことを、後悔しているのだろうか？　わからない。旺季は遠慮なくげんなりするし皮肉も言うし、悠舜にやり返しもするが、後悔の素振りだけは見せたことはない。ただ、最後の選択を悠舜に委《ゆだ》ねているのだけはいつも感じていた。

悠舜はなんと答えようか、考えていなかったことに気づいた。

雪帽子のつく赤い実を見やった。あの実が全部落ちたら、いいことがある？

「……南天の、実が落ちたら……」

心の中で、別な風に言い直した。――南天の実が、落ちるまでは。

悠舜はそれっきり、口をつぐんだ。

旺季はそれ以上訊《き》かずに、ただ「うん」とだけ頷《うなず》いた。

ぱちん、と、炭櫃《すびつ》で、炭が音を立てて崩れた。

その冬、悠舜は南天を見ながら過ごした。夏のように押し黙りはせず、秋のように八つ当たりもしなかった。そんな元気はありはしなかった。足がじくじくと疼《うず》き、体もひどく衰弱し、咳《せき》と発熱を繰り返した。一族調合の毒が簡単に解毒できる程度なわけがなく、毒素はこれからも悠舜の体内に留まり、抜けきることなくゆるゆると蝕《むしば》んでいく。

一切の喪失——足、一族、主家、そして、命も。

やがて悠舜は一日のほとんどを気を失って過ごすようになり、月日の感覚も忘れた。

……いつからか、トロトロと微睡《まどろ》む悠舜の耳には、霧雨の音が聞こえるようになっていた。故郷が滅んだあの日に降っていた、こまかな雨音。

そうして微睡んでいると、必ず旺季が様子を見にやってくる。

そんな静かな日々が三桁《けた》をこえたある朝。

悠舜は珍しく強引に揺り起こされて、目を覚ました。

のぞきこんできた旺季は謎なくらいニヤニヤ笑っていて、面食らった。

「……？　なんですか」

「覚えてるか？　南天の実が全部落ちたら、いいことがあると言ったろう」

「……ああ」

悠舜の気分が沈んだ。医者の話か。この冬の間、全然そんな話などしなかったのに。

（……そういえば……いま、何月何日だっけ……？）

旺季は大股《おおまた》で室を突っ切って、円い小窓も、露台の扉も、全部あけはなった。

ざぁっと勢いよく渦を巻いて吹きこんだあたたかな風に、悠舜は瞠目《どうもく》した。春一番。

「南天の実が全部落ちた。悠舜、もう、春だぞ」

旺季はそう言ってとってかえすと、黙っている悠舜に構わず、自らの片腕に腰かけさせ、軽々と抱き上げた。

「梅ももう七分咲きで、見頃だ」

もう片手で羽織を悠舜に引っかけると、露台から庭院へと連れ出した。

旺季の言葉通り、梅の香りが小さな庭院いっぱいに広がり、小ぶりだが枝の美しい梅が咲き初めていた。紅や白とりどりに、ぽんぽんと咲く音まで聞こえるよう。

「悠舜、また来年の春を一緒に見られたらいいな」

「――――」

東風が吹き渡る。

（春？）

南天の実が全部落ちたら、いいことがある。

連れてきたのは、名医でも良薬でもなく、春？　ふざけてんのか。

（バカみたいだ）

ばかみたいだ。春がなんだ。足が痛いのだって変わらないし、歩けないのも変わらない。惨めなのも同じ。むしろ冬の寒さと痛みと衰弱で、春がくるたびに自分の体はだんだん弱ってゆく。これから毎年。

「……悠舜？　な、なぜ、泣いてる？」

ずっと考えていた。だんまりを決めこんでいた夏、八つ当たりした秋、死ぬ思いで越した冬。夜中にうなされればいつも旺季がいて、「大丈夫だ」とあやした。金もないのに毎度ヘンな薬を取りよせて散財し、悠舜に付き合って閑職のままでいて、一年をまるきり棒に振った。大丈夫？　全然大丈夫じゃないだろう。

あげく、南天の実が落ちたから春がきたとか言ってる。もうだめだ。

——もうだめだ。悠舜は嗚咽《おえつ》をもらし、しゃくりあげた。

あの時、よっぽど戩華王の前で服毒自殺してしまうべきだった。

悠舜はついに観念した。旺季が、悠舜の望みを叶《かな》えることは決してない。

そしてまた、悠舜が旺季のために差し出せるものも何もなかった。何も。嘘も悪事も謀略も山ほどこしらえられるけれど、悠舜は好かれたかった。死ぬのは怖くないけれど、代々の一族のように選んだ相手に疑われ、厭《いと》われ、猜疑《さいぎ》の目で見られるのは耐えがたかった。悠舜は一族が黙って処刑されていった理由を初めて理解できたように思えた。死んだ方がマシ。だから悠舜は旺季に何もしてやることができない。それでも。

——それでもこの人の傍にいたい。

悠舜は涙をぬぐいながら、嗚咽の合間にもらした。

「……に、任官が、決まったのでしょう」

春になれば、旺季が再び復官し、この邸《やしき》を出て行くだろうことは、入れかわり立ちかわりやってくる貴族官吏たちで想像がついた。おそらく去年の秋には復官の手はずがついていたのに、旺季が断ったのだろうということも。

旺季が意外そうに眉《まゆ》をあげる。その耳で、耳環《じかん》が涼やかにさやぐ。

「なんだ、それで泣いていたのか？……起きてる時も、たまにはかわいげがあるな」

「……起き、てる時？」

「いや、別に。ああ、決まった。私と陵王は若い頃、戩華王との戦で負けたから、これ幸いとばかりに僻地《へきち》でさんざんこき使われまくるんだ。この一年は、いい骨休めになった。座敷童《ざしきわらし》のおかげだな」

「南天の、実が全部落ちたら――」

「……ああ」

「本当は、一人で山に帰ろうと思っていました」

これ以上旺季に迷惑をかけることも、遠回りさせることもない、完璧《かんぺき》な正解。

お前が一人で山で暮らせるわけがないだろう、という呆《あき》れ顔をした旺季に、悠舜はおずおずと指を伸ばした。耳環に触れると、シャラ…と鳴る。続きを、伝えた。

「……でも、あなたとまた、来年の春を、一緒に見てもいいでしょうか」

旺季はすぐには返事をしなかった。子供相手でも、嘘がつけない。

次の春はないかもしれないと彼は思っている。たった来年のことでもだ。旺季が歩く道は、常にそういう道だった。骸骨《がいこつ》の王たる戩華をその目に見据えている限り。

ややあって、旺季は悠舜の頬の涙を指でぬぐい、唇の端をかすかにもちあげた。

「……そうだな。悠舜。また一緒に見たいな」

それでも旺季はそういってくれた。彼にできる、精一杯の誠実さをくれた。

カラッポだった悠舜の宝箱に、最初の一つが入る音がする。

旺季はまじまじと悠舜を見て、得意げな顔になった。

「笑った顔を、ようやく見られたな。見ろ、春がきたらいいことがあるといったろう」

一番惨めで、一番幸福な春。旺季とずっと一緒にいられることは、多分、二度とない。

「家に座敷童がいると、帰ってきた時、いいことがありそうだな」

「さあ。わかりませんが、家財が減ったり金子が減ったりはもうないと思いますよ」

「よく知ってるな？　たまに家も消失してたりする。だから南天を植えてみたんだ」

「……災難とかいう問題じゃないと思いますけどね」

旺季は妙なところで抜けており、この一年も晏樹と皇毅と悠舜の三人で、手癖の悪い使用人をせっせと追い出したり、家計簿と残高をこっそり合わせ直したりしていた。三人が手を組むのはその時のみだ。一生そうだと確信できる。「家が消失」（焼失でなく）というのは謎だが、座敷童悠舜が残っていればその謎も解けるかもしれない。

「あと、次に帰ってきたら、杖《つえ》をついて歩けるくらいにはなってますよ」

「…………どんな医者でも無理だと聞いていたが」

「凡百の医者には無理でも、僕なら無理じゃないです。多分、走れはしないけど……ゆっくり歩くくらいなら、何とか。だから赴任先の僻地であやしい医者とか薬見つけて、金子払ったりしないでくださいね」

……ん？　ならこの一年頑張れば歩けるようになっていたのではないか？　といわんばかりの表情をする旺季。悠舜は素知らぬふりをした。

「旺季様、僕は皇毅や晏樹のようには、あなたと一緒には行けません」

梅の真下まで悠舜を抱いて連れてきた旺季が、下から見上げてくる。

切なさが胸に満ちる。心の中で繰り返した。……一緒には行けない。

悠舜は皇毅や晏樹のように、あらゆる手段を使ってのしあがり、旺季を守り、手足となって支えることはできなかった。……悠舜にとってそれは、旺季に厭《いと》われても冷酷に彼の願いを叶えることだった。悠舜はずっと二人並んで春を見たかった。旺季の前で、羽扇一つで十万の死体を積みあげる自分になることが怖かった。

けれど。悠舜は散り急ぐ花に似た旺季を見つめて、一度だけの約束をした。

「僕に守れるのは……来年の春くらいです。でも、それだけは……お約束します」

――そうだな、悠舜。また一緒に見たいな。

守れない約束は口にしない旺季がくれた、精一杯の言葉。

もしも皇毅や晏樹でも、旺季の次の春を守りきれぬ時がきたら。

その時は、彼を守ろう。旺季を裏切ってでも。それができるのは、自分だけ。

策謀と裏切りでしか、大事なものを守れない、紅門姫家。

ゆえに本当にその日がきたら、悠舜は旺季を永遠に失い、今日彼が宝箱に入れてくれた次の春を見る約束も失うのだろう。梅の下、悠舜は旺季の耳環を鳴らした。

胸をさす痛みとともに、いつか確かにそんな未来がくるような予感を覚えた。


……そして三十年後、すべてはその通りになった。

# 八

旺季の耳環が、祥景殿の一室で懐かしくさやぐ。五丞原を境に、その音が聞けるほど近くへはもう戻れまいと、覚悟していたのに。

「悠舜、戩華の言う通り、私はお前の願いを叶えてやれなかったな」

悠舜はみるみる時間が巻き戻る思いがした。

三十年も昔、梨の花咲く故郷で、あの日戩華王に旺季がなんと答えたのか、悠舜はついに一度も訊《き》けずにきた。

「……お前の主君に、私はなってやれなかった」

「────」

『大丈夫だ』

凍りついていた自分の心臓。

その針を、他人なら回すことができるのだと、教えてくれた人。

旺季は何度も大丈夫だと悠舜に言った。いつも、全然大丈夫じゃない時に。悠舜はその言葉が好きだった。旺季が言うといつしか本当になった。いつも貧乏くじを引いて、負けっ放し。愚かしく、ばかみたいで、傍目《はため》には間違いだらけの人生。でも。悠舜はその間違いだらけの解答が、どんな完璧な答えよりも好きだった。

……だからこそ、旺季が悠舜を必要としないことも、わかっていた。

悠舜が彼のために生きることを、旺季は一度も望まなかった。どんな苦しい時も。目の前に簡単な正解があっても、断じて悠舜の手をとらなかった。悠舜が自分自身の能力をいちばん恐れていることを知っていたから。そんな呆れるほど他愛ない理由で。

それでも旺季はいつでも悠舜を呼べた。命じさえすれば、悠舜はすべて叶えただろう。尚書令になったあとも。

けれど最後の最後まで、旺季は踏み越えることなく、悠舜は座敷童のままだった。戩華王がかつて言った通り、悠舜の願いは手に入らないものだった。

悠舜ができたことといえば、ただ一つ、裏切ることだけ。

「……すみません……」

手をのばし、つかんだ旺季の指先から、熱が流れこんでくる。繰り返した。

「すみません、旺季様……」

旺季の答えは、何を言う、でも、謝るな、でもなかった。

「構わん」

そのひと言で、悠舜が口にしていないことさえ、旺季が見抜いていることを知る。

悠舜が今も朝廷に留《とど》まっている本当の理由が、どこにあるのかも。

旺季はもう片方の手で、悠舜の両目を覆った。

「構わん。お前は私の望みを叶えてくれた。……お前なら意味がわかるだろう？」

いつか旺季が言ったことがあった。自分の人生を歩け、と。

願いは叶った。だから構わんと言う。悠舜が旺季を選ばなくても。

「……いや、一つだけ、残ってたな」

「……？」

「私はいつかまた、お前と来年の春を一緒に見ようと思っていた」

見たい、ではなく。――見よう。

悠舜が一度だけ旺季を守るのとひきかえに手放した、いちばん古ぼけて大切な宝物。

いつか悠舜も朝廷を辞して。長い長い歳月が経って、それぞれ立場も、官位も、過去も、何もかも関係なくなった頃。南天の実が全部落ちたら。

あの小さな庵《いおり》で、円い窓をあけて。何度だって春はくる。焦ることはない。

いつかまた。

……でももう、悠舜に次の春はこない。

「その体で、よくやったな。……奥方は、とうに気づいていたのだろう」

「…………はい」

「……お前が王の尚書令を引き受けた時、私は半分ホッとして、半分心配した」

旺季と紫劉輝は、過去何度か出会い、交錯してきたらしいことは、王の端々の言動から悠舜にも知れた。旺季が自ら語ることはなかったけれど。

時々悠舜は、旺季は自分よりも王を知っているのではないかと思うこともあった。

「悠舜、あの王は、よく似ているだろう。戩華王に」

「……。はい」

「清苑《せいえん》のようなわかりやすさはない。井戸の底のようにひどく深いところに埋めてある。普段は蓋《ふた》をして、自分でも忘れてる。誰にも知られたくないし、自分でも見たくないと思ってる。……昔からあの末の公子は、そういうところがあった。だが、自分の欠落には無意識に気づいている。そこを埋めようと必死で手を伸ばす。好かれるために、これ以上失わないために、あれやこれや縢《かが》るのが、ひどく達者になった」

はからずも璃桜公子がいった。もう半分の裏側を歩いている王。側近たちは気づかない。王が彼らにだけは、その薄ぐらい世界を一生気づかれたくないと思っているから。

「王自身も知らぬふりをしてる欠落に、気づいた相手でないと、胸の穴は埋められない。……もしもその滅多にない相手を手に入れたなら、二度と手放しはすまい」

掌の向こう側で、旺季が悠舜を見下ろすのが感じられた。

――あの王は君を殺すよ。

愛する娘を手に入れても、幸せにはなれないといった羽羽。

絶対にあの子に触れないひとがいます、と告げた凜。

倒れるところを目撃してなお、空白の尚書令位に書きこまれた悠舜の名。

……ここまできても、都を離れて休めと、ただの一度も口にしないひと。

そのひとのために、悠舜は他の全部を手放した。

この先に巡る無数の春も、凜と子供と三人で庵で暮らすことも、白い梨の花咲く故郷に帰ることも、あきらめた。最後まで片翼を引きずり、いたくもない朝廷で横たわる。

深すぎて出られない井戸の底、薄闇の世界に留まる。

そこにそっと落としたひとのため。

「お前は、昔からこうと決めたらテコでも譲らん。来年の春のために、私を負かすことさえした。おかげで死に損なった。あげく……私より先に逝くのか」

声が途切れる。もし視界がきいたなら、きっと永遠が見えたような、沈黙。

「……お前が、朝廷に残る理由があるのだろう。まだ何か、ここで拾うものがあるのだろう。お前のためでもあり、別の誰かのためでもあるものを」

悠舜の唇が――両目はまだ旺季の掌《てのひら》の下におかれていたから――微《かす》かな笑みをかたちづくった。ぎこちなく。

ためらいなく。

「……はい」

旺季は手を外した。やっぱり悠舜には全部が白くかすんで、旺季の顔が見えなかった。

懐かしく、別れ難い声だけが届く。

「大丈夫だ」

悠舜はその言葉に笑った。全然大丈夫じゃない時に、いつもそう言う。

「また一緒に春を見に行ける。終わりの先で待っていろ。……そんなに遅刻はせん」

終わりの先。それは旺季が好きな漢詩の、最後のひとくさりだった。

――最期《おわり》の先で君を待つ。そしてまた盃《さかずき》を酌み交わし、夢を見よう。

「夢を見よう、悠舜。……今度は、もう少し、長い夢を」

はい、と、悠舜は答えた。……いい夢を見た。悠舜を一度も恐れることも、疎んじることも、疑うことも、遠ざけることもなかった旺季。

また次の春。今度は何の夢を見ようか。

……でも、あともう少しだけ。

コツリ、コツリ、と、聞き慣れた冷たい沓音《くつおと》が、遠くから聞こえてくる。

その音に、悠舜はずっとつかんでいた旺季のあたたかな指先を、自ら手放した。

それが、悠舜の選んだ人生だった。

## 九

そして最後の沓音が、扉を開ける。

それきり、一切の音が途絶えた。

扉を後ろ手で閉じたあと、彼はそのまま微動だにせずにいるようだった。

サーッと、白い雨音だけが、室《へや》いっぱいに満ちていく。

どこかで、鳥の羽ばたきが聞こえた。悠舜は久しぶりにその音を聞いたと思った。

里で見かけた黒い鴉《からす》がいた。肢《あし》の数は見えなかったが、悠舜を見下ろす目は、もしかしたら炎の色をしていたかもしれない。何かを見にやってきたような目をしていた。

長い長い、静寂があった。やがて、かすれて小さな囁《ささや》きが、落ちた。

「……怒っているか？」

悠舜は不思議と、いくらかの力が戻ってきているのに気がついた。

「いいえ」

「余を嫌いになったか」

「いいえ」

「嘘だ」

「本当です」

悠舜はおかしくなった。どんな嘘をつこうが決してばれないのに、本当のことを言えば、信じてくれない。

「嘘だ。元気になったと言ったのに、そなたは嘘をついた」

悠舜は困った。嘘をつこうかどうか、迷ったことはほとんどないのだが。

「さて……実はぜんぜん健康じゃありませんと申し上げたら、あなたは尚書令を解いてくれたのですか」

今度は王が黙りこくる番だった。

あのときは本当に元気だったのだと、嘘をつくほうが、王のうしろめたさはいくらか減るだろう。だがそんな気には全然なれなかった。そう、悠舜はあのとき嘘をついた。

「……ええ、我が君、大嘘つきだと言ったでしょう。尚書令を拝命し、この王都にくることを選んでから、こうなることはわかっていました。時間がないこと……何かを為《な》すなら、私の機会は一度しかないこと」

味方はろくにおらず、たった一人で激務をこなしたあの一年で、悠舜は文字通り、もともと少ない命をすり減らした。演技などする必要もないほどに。

「嘘だ」

王は頑是ない子供のように同じ言葉を繰り返した。

「嘘だ。大嘘つきなら、それもきっと嘘だ。そうだろう。休めば元気になる」

「どこか、空気の綺麗《きれい》な別の場所で？」

王が顔を背ける気配がする。ここまできても許す気はないらしい。

こんな風に、少し意地悪な気持ちで、ありのまま率直に話すことは、心地よかった。

王は悠舜の小さな意地悪をちゃんとわかっているようで、ボソッと言う。

「……なぜ、余に何も言わない？」

「不思議なことを仰《おっしゃ》る。最初にお約束したことを、お忘れですか、我が君」

悠舜は寝台に横たわり、目を閉じたまま、歌うように言った。そう、いちばん初めに。八色《やくさ》の紐《ひも》が結ばれた白い羽扇を、若い王から渡されたあの日。約束をした。

「『あなたの望みを叶えましょう』」

「――――」

「『あなたが、いつかカラッポになって、消えてしまわないように』」

籠《かご》の鳥。深すぎて出られない井戸の底。

上からのぞいて、逃げないようにいつも気にしてる。

「……逃げたりしませんよ。それがあなたの願いなら。私がいないと、あなたがカラッポになってしまうというのなら。……もう少し、我が君のお傍にいられる時間があれば、よかったのですけどね……」

「悠舜」

いつ王が傍にきたのか、悠舜にはわからなかった。気づけば、頬を凍えた手がはさんでいた。悠舜の体温より低い手は初めてだった。それとも悠舜が、前より血の通った人間になったのだろうか。怒ったような嘆願が、我が儘《まま》で淋《さび》しい命令が落ちてくる。

「起きろ、悠舜。頼むから」

ずっと願っていた。生まれながら凍りついたような心臓の奥。深い闇の奥底で。

『……起きろ、悠舜』

ただ一人の主君が、いつか自分の閉じた世界を揺すぶり、むりやりにでも引きずり起こす時を夢に見た。

お前が必要なのだと、声がする。

それは旺季からは一度も聞こえてこなかった願い。

ぱち、と、悠舜は瞼《まぶた》をもちあげた。王の顔が見えた。全然綺麗な顔ではなかった。

薄暗い影に沈み、引きつり、ぐしゃぐしゃに歪《ゆが》んでいた。おそらくはまだ悠舜以外誰も見たことのない表情《かお》。王の暗闇。

「嫌だ。約束した。余の傍にいると。嘘つきだ」

「すみません……」

今の悠舜には、お婆《ばば》の気持ちがよくわかった。両目両足を潰《つぶ》されても主君を裏切らなかったお婆。それぞれに理由があるのだと言った。悠舜の主君は紅家にはおらず、旺季が無理なら、得ることはあるまいと思っていた。

そう、悠舜は真実、旺季を裏切った。いつからだったのかは、悠舜にもわからない。

『……もしもおぬしが、欠けた翼をどこかで見つけたのなら。飛ばずにはおれまいて。空へ飛び、墜《お》ちて死ぬだけよ』

お婆は正しかった。深い井戸にそっと落としこみ、放さない王。弱って死ぬだけとわかっていても、お前が必要なのだと駄々をこねる。悠舜は苦笑いして、井戸の底でその強欲な顔を見上げながら、……それでもその心を裏切りたくはないと思ったのだ。

「余の願いを叶えると言ったろう。全然叶えてない。全然足りない。わかった。休んで元気になるなら、少し……の間だけ、尚書令を休めばいい。少しだけ。元気になって、絶対戻ってくると約束するなら。いや、そうだ、余も一緒に行けばいい。巡察とかなんたらとかで。どうして気づかなかった」

絶対元気になる、でなく、絶対戻ってくる、なのだ。悠舜は笑った。

――全然足りない。

「嫌ですよ……。今さらそんな体力は残ってません。……おわかりでしょう、我が君」

後にも先にもこの王だけだった。悠舜に裏切られ、騙《だま》され、迷い、不安になっても、もう一度信じ、悠舜の手をとった。自分にはそなたが必要だと言った。

……まさか、死ぬまで傍にいてほしいというほど、必要とされるとは思わなかった。

ついに悠舜を完全に屈服させるまで。

「わからん！　死ぬのは許さない。そなたはずっと約束を守ってきた。今度もそうだ」

それがどんなにか、贅沢《ぜいたく》で、幸福な言葉であることか。

死ぬまで傍にいてほしいなどと、他の誰にも彼は言えない。いつも我慢し、願いをあきらめてきた。紅藍の側近や兄に彼以上に大事な存在があっても許し、愛した少女にも時間をくれてやった。悠舜にだけ、初めてありったけの我が儘を言う。

井戸の底からしか見えない顔で。

遠くで、赤子の泣き声がした。まるで父親の最期を知らせるように。

その泣き声で、以前璃桜公子と話したことが心をよぎった。

公子には伝えずにいたが、王は同じ件で、悠舜のもとにも足を運んでいた。

『璃桜が……言っていた。秀麗に子供ができる可能性は、ほとんどないと』

その時悠舜は、自分と王とで、璃桜公子が伝え方を変えていることに気がついた。

悠舜はそれより前に璃桜公子からできるだけ正確に聞いていた。秀麗の母は――仙女が宿った縹家の娘の肉体は――使用期限が切れ、ほとんど死体であり、秀麗を身ごもるはずは、万に一つもなかったこと。だが、奇跡的に秀麗を身ごもり、生まれた彼女は、母親と違って残り時間は長くはなくても、肉体はちゃんと『生きて』いること。ゆえに、秀麗が身ごもる可能性は低くても、確かにあること。そのかわり。

『……本当に万が一……身ごもったら、紅秀麗の命と引き換えになると、思います』

健康な女性でも、子供と引き換えに死ぬのは珍しくない。だが「可能性は確かにある」と言うのと「可能性はほとんどない」という言い方では、印象がかなり違う。

『……残念ですか』

悠舜は真夜中に忍んできた王を、じっと見つめて、聞き返した。

『いや。余は秀麗がいればそれでいい。ちゃんと聞いてホッとした』

間髪いれず返ってきた。別に、なんてことのない言葉だ。妻を愛する夫なら誰でも口にする。けれどその瞬間のぞいた王の虚無の横顔に、悠舜はとっさに「可能性はほとんどない」と言い方をかえた璃桜公子の気持ちを理解した。

生まれ育ちを思えば、妙に素直で、白紙で、邪気がない。異様なほど。親兄弟の情は薄く、誰とも関わらず、清苑が流罪になった後は赤の他人の愛情だけを糧として生きてきた。両親が死んでも他人ごとのようだったという王。

もし王に一番厭《いと》わしいものがあるとしたら――。

(自分の血)

璃桜公子を養子にすることに簡単に同意した。秀麗に子供ができなくても構わないと、たやすく言い切る。そして悠舜の赤子に、決して触れない……。

どこかに残らず埋めて、置き去ってきた王の暗闇の箱。だが埋めはしても、清算はされず、消えてなくなりもしない。胸にあいた欠落は、別の形で折々に顔をのぞかせる。異様な人懐こさや、愛する者への執着で。

王がどうしていいかわからないといった顔で、悠舜の袖《そで》をつかんだ。

「行くな。なんでもする。なんでもするから」

「……我が君」

王都を落ちる前、悠舜が一度だけ、彼に素顔をさらしたせいか。薄闇の世界でぼうっと佇んでいたもう一人の王は、ある日同じ世界をブラブラする悠舜を知ってしまったのだろうと思う。ボンヤリ立ち止まっていたときは曖昧でも、悠舜の袖をつかんで歩きだせば、ずっと目を背けてきた場所にいることに気がついた。

悠舜が死ねば、王は再び一人で世界をさまようしかない。だからしがみつく。

「――――」

胸がつぶれそうになった。目も眩《くら》むような強い感情がこみあげる。

凜の時も感じた。あの時はつかみ損ねたもの。生まれて初めて、悠舜は願った。

――残して逝きたくない。

一緒に連れていきたかった。悠舜がこれから向かうところ。自分がいなくてはカラッポになると泣く主君のために。

それができないならせめて。

もっと生きたかった。もっと傍にいてやりたかった。

悠舜は確かに朝廷を退き、庵《いおり》に戻り、平穏な生活をすることを夢見ていた。それは本当。けれどどうしても朝廷を離れがたかった。こんな王を残してどこへ行けよう。

薄闇の世界で穴だらけの心を引きずる、頑是ない王の声がする。

『もう、待たなくて、いい』

二年前、王都を落ちる時、そういって悠舜の手を離した優しい王。

でも、待たなくていいなんて本当は嘘だと、悠舜にはちゃんと聞こえていたのだった。

引き留めたい。行かせたくない。振り返らせたい。――傍に。

悠舜の足を、心を、ついにとめて、振り返らせたほど。

待たなくていい、と泣いて悠舜の手を離した王も、嫌だと駄々をこねて手を離さない今の王も、どちらも悠舜は好きだった。いつも、もの問いたげに悠舜を見つめていた。

何かが足りないことに気づいても、悠舜が傍にいれば、欠けたものが少しは埋まると思ってる。願い通りに欠落を埋めてやりたかった。時間さえあったなら。けれど、もう。

彼岸花の向こう、黒い鴉《からす》が羽を揺らす。魂をくわえて黄昏《たそがれ》の門まで運ぶという神烏《しんう》。

悠舜は胸の痛みの中、袖をつかむ王の手にそっと触れ、別れの言葉を告げた。

「我が君……お時間です。そろそろ、骸骨《がいこつ》を乞《こ》うときがきたようです」

身を捧《ささ》げた主君へ、退くことを願い出る。

王はゾッとした。文字通り、悠舜はすべてを捧げてくれた。最後の最後まで。そして官位だけでなく、王の人生からも永遠に去ろうとしていた。王はわめいた。

「――嫌だ!!」

「泣かないでください、我が君……。私がいなくても、あなたは大丈夫ですよ」

「嘘だ。嘘だ」

「大丈夫……いつかきっとわかります。私は、あなたに最期まで必要とされて、とても嬉《うれ》しかった。誰も殺すことなく……我が君に最後まで信頼され……少しはいいひとに、なれたでしょうかね」

いつか凜が言った。全部終わったら、行こうと。

――そこにはきっと、あなたが隠していた大事な宝物が、一つ残らずあるのでしょう。ここ、に、ある。故郷をなくした日、二度と完全な、心を知らぬ〝鳳麟〟になれなくなったのとひきかえに手に入れた、悠舜の薄闇の世界に昼と夜をもたらした愛するもの。

今、最後の宝物となる王の言葉をしまい終え、全部が暗闇の宝箱におさまった。凜や、王や、旺季に、晏樹や皇毅にも、見せてやりたかった。

一緒に井戸の底に座ってくれた妻が、血相を変えて駆けこんでくる。赤子を抱えて。火のついたように泣いていた子供が、悠舜を見ると泣きやんだ。悠舜が笑えば、子供も笑う。あの子はどんな大人になるのだろう。

……そして王は、どんな道を歩くのか。悠舜のいない世界で。

「いやだ。悠舜はここにいるんだ」

かき抱かれ、熱い涙がいくつも悠舜の肩にしたたりおちる。王の悲しみが、触れたところから胸に響き渡る。淋しくて切ない命令に胸がつまった。

旺季が悠舜に言ってくれたように、言えるだろうか。いつかきっと真実になる。

「大丈夫。大丈夫ですよ、我が君……」

もう半分の世界を悠舜が支えているようだと言った璃桜公子。悠舜が側近たちに苛立《いらだ》ったのも、そのせいなのだろう。自分が死んだ後の王を、託せる者がいないこと。彼らが王を愛しているのは確かでも。

「あなたのおかげで、とても贅沢な時間をいただきました。最後まで……。秋の除目は書き直しておきましたからね。さあ、お別れです。鄭悠舜……もう御前を辞さねばなりません。残して逝くことを、どうかお許しください……。お許しください……我が君」

王は悠舜を抱きしめ、何か不明瞭《ふめいりょう》なことを言っていた。

悠舜の姿が見えないと、いつも心細げにさがしにきた王。もう傍にいてはやれない。五丞原に赴いた日、悠舜はいちばん大事な心をなくした。……この王へあげてしまった。ついに悠舜に一人も殺させず、なのに他の誰よりも自分を必要としてくれた王。片翼の鳥。難儀な人生。けれどそこでしか得られない人生だった。山を下りたことを正解だったと言ったなら、お婆《ばば》は「それでこそ姫家の当主じゃ」と笑うだろうか。

悠舜は袖で王の涙をぬぐってやり、偽りのない微笑みで返礼とした。

「あまりお泣きなさいますな……。我が君……私がそう呼ぶのは、生涯あなただけです。どうか、先へ進まれませ。おそれずに……」

見えない枝が、しなる。闇色の鴉が、ついに飛び立つ。

赤い彼岸花が囲む祥景殿の庭院《にわ》を、三本肢《あし》の鴉が滑空する。悠舜の前に舞い降りると、鴉から人の形に変化《へんげ》する。その顔を見て、欠落していた記憶が舞い戻る。納得もした。

黒い人影は、悠舜に手を差し伸べた。

遠くで、すべての宝箱の蓋《ふた》が閉じていく音がする。

……終わりがくる。

仰向けば、刹那《せつな》と永遠が見える気がした。

悠舜は差し伸べられた黒い手をとり、最後に凜と我が子を見つめて、……目を閉じた。

「……悠舜？　悠舜……。――悠舜！」

王の絶叫を聞きながら、凜は泣いた。

――おや、何を？　何か訊《き》きたいことが？

悠舜にだって答えられはしない。

神様がいるなら訊きたかった。どうしたら、旦那《だんな》様に次の春をくれますか？

次の春も、凜は悠舜と一緒にいたかった。また次の春も。その次も。ずっと。

凜はしゃくりあげた。抱きしめていた子供も、一緒にわぁわぁ泣いた。その体温の高いぬくもりだけが、凜を慰めてくれた。自分にはこの子がいてくれる。

でも、悠舜が最後の最後まで心配しつづけ、取り残された王は、誰が支える？

「――――」

王は悠舜のからっぽの亡骸《なきがら》を抱きしめた。

◆　◆　◆

――鄭悠舜。その出身も、朝廷にくる前の経歴も、一切が謎に包まれ、判然としない。

彼が紫劉輝に仕えたのは、僅《わず》か三年足らず。

鬼才とうたわれ、宰相在位はもっとも短い年数でありながら、鄭君十条をはじめ、後世に関わる多くの改革に着手し、紫劉輝の治世において随一の名宰相と称される。

問題の噴出した揺籃期《ようらんき》に王を傍で支え、紫劉輝が王都を落ちた際には病身を押して単身北方行きを敢行、五丞原にて王を救いだした。王の信頼は誰より深く、彼が病に倒れても最後まで傍から離さず、朝廷から辞するのを許さなかったという。

鄭悠舜が甲斐《かい》無く病没したあと、王の悲しみはひとかたならず、柩《ひつぎ》の傍から離れることなく、一晩中涙を流したと伝えられている。

のちに、病床にて書き遺《のこ》したとおぼしき治政に関する多くの書翰《しょかん》が、後を継いだ宰相・景柚梨に送られていたことが判明する。景柚梨の長く安定した治政は、多くその書翰によるものだとされているが、それらは景柚梨が死ぬ前に自らの手ですべて焼却し、後世まで伝えられることはなかった。それもまた、鄭悠舜の遺言であったと言われている。

……また彼が最後に書き直した秋の除目には、尚書令位のみ、王の筆蹟《て》で鄭悠舜の名が書き加えられている。

そして劉輝治世において尚書令位が埋まったのも、それが最後となった。

これより以後、紫劉輝に仕える名宰相がいくら輩出されても、王は在位の間、他の誰にも尚書令位を与えることはなかった。右腕と呼ばれた李絳攸にさえ。

〝王の心臓〟と美称される尚書令位を贈られたのは、ついに鄭悠舜一人だけであった。

自分の尚書令は鄭悠舜の他にはいない――それが口癖だった王は、時折、その面影をさがすように、宰相の好んだ四阿《あずまや》をさまよった。

そこまで王の寵愛《ちょうあい》を深くした理由は、誰も知らない。

# 第二話　霜の軀《むくろ》

——旺季——

# 第一章　うたかたの白い記憶

王には忘れられない記憶がある。

それは父・戩華がまだ病床にある頃のことだった。

落ち葉がカラコロと石畳を鳴らし、こびとの扇のような銀杏《いちょう》があちこちに降りつもる季節だった。秋の終わり。夜明け前だったように思う。

ひどく寒くて、夜空には凍るような冷たい星が瞬いていた。

公子だった劉輝は、一人、がらんとした後宮を歩いていた。その頃、公子争いをしていた兄や妾妃《しょうひ》らはすでに御史台によって一族郎党処刑され、城に残る公子は末の劉輝だけになっていて、かつて栄耀栄華《えいようえいが》を誇った後宮は死に絶えたように静かだった。

当時の劉輝はよく城を脱走しようとし、この日もそのつもりで後宮を忍んでいた。

とはいえ、もはや城をでて兄の清苑をさがしにいくという目的に何の現実味もなく、彼自身、心の底では本気で父の性悪宰相から逃げられるとも思ってはいなかった。まさに無気力で形だけの、卵の殻みたいな脱走だった。当時の自分そのものの。

不思議にその晩は後宮に人っ子一人見えず、外れまできてしまった。

木々の向こうに、誰かが佇《たたず》んでいた。

それが誰か気づいた劉輝は、ぎくりと足を止めた。

劉輝は彼が嫌いだった。まともに言葉をかわしたのは一度きり。公子争いを終息させるべく後宮に大鉈《おおなた》を振るいにきた彼が、本を読んでいた劉輝の室《へや》に沓音《くつおと》と耳環《じかん》を鳴らしてやってきたあの日から、ずっと彼を避けていた。

苦手だった。彼のあの眼差《まなざ》しも、言い草も、優しくない態度も、何もかも。

会わずにすむならそうしたかったが、時折城のどこかで彼と遭遇すると、足が竦《すく》んで逃げだせず、変な動悸《どうき》がしてばかみたいに立ち尽くした。たいてい相手もそんな劉輝を見つけるが、もはや後宮で会った時と違って一瞥《いちべつ》さえくれなくなり、今では完全に無視して通り過ぎる。宰相のように嫌みや小言を言わぬぶんマシなはずなのに、うつむく自分に目もくれずすれ違っていく時が、一番惨めで、無様な気持ちになるのだった。

だが今日は、相手は劉輝にまるで気づいていなかった。

たった一人で、彼――旺季は夜明け前の昊《そら》を仰ぎ見ていた。

垣間《かいま》見えたその表情《かお》に。

「――――」

劉輝の心が、どくんと、鼓動を打った。どくどくと、早鐘を打ち始める。

どこへ行こうとしていたのかも忘れて、劉輝はただ立ち尽くした。

……心のどこかで、薄闇の箱がずれる音がした。

◆　◆　◆

黄金《こがね》色をした銀杏がひとひら、開けていた露台から舞いこんできた。外で枯れ葉がカランコロンと鳴る。懐かしい音に誘われ、椅子で書翰を読んでいた旺季は顔を向けた。窓の向こうの景色は、もうすっかり晩秋だった。

手元の料紙が秋風にさらわれて指をすりぬけ、天井へ舞い上がる。

旺季は立つこともなく、目だけで行方を追った。隣を晏樹が横切っていき、露台の扉を左手で閉め、落ちてきた料紙を右手でつかみとった。

旺季は束の間、門下省に戻ったような錯覚がした。あるいは御史台か、どこか地方府の執務室。どこであろうが、いつも晏樹はこんな風に傍にいたので。

けれどいずれでもなく、紫州旺季領の閑静な私邸だった。仕事はなく、旺季は休みの日だった。もう何年も、毎日が休暇となって久しい。悠舜がくれた、長い休み。

その悠舜も今は休暇中だ。

夏の終わりに悠舜が永眠してから、もう八年が過ぎ去っていた。

「旺季様……もう秋も終わりなんですから、露台を開けないでください。風邪引きますよ。……ん？　これ公文書の写しじゃないですか。また勝手に誰かに頼みましたね」

「ああ。先日榛蘇芳《しんすおう》が訪ねてきたから、気になってな。小悪党が最近この辺りをうろついてるから気をつけろとか、なんとか。で、領内の情報を紫州府からとりよせてみた」

旺季が朝廷を辞してずいぶん経つが、中央地方で旺季一門は多く要職についており、今でも朝廷の情勢や文書の写しを手に入れるくらいの融通は利く。

「紅秀麗も仕事で近くにきてるみたいだな……」

紅秀麗も二十代後半となり、御史台の『戦績』は一二を争う。任される案件は今や国の要事が多いが、他方中央より地方を歩き回って相変わらず小悪党でも追いかける。

晏樹のほうは何の関心もない手つきで、ひら、と写しを振った。

「まだ、読みます?」

「いや、片付けて構わん。なんとなくとりよせただけだから。あ。……晏樹。今床から拾ったやつは、一番いらん。ずーっと向こうに捨て置いとけ」

「おや、珍し――って。なんだ。恒例の王様からのお便りか。ナニナニ……『こないだ、池の鯉に一人で餌やりしました』なんじゃこりゃ。日記か。はたまた『旺季様と一緒に池の鯉に餌をやりたいデス』という暗号ですかねぇ」

晏樹はいっそ感心した。美文の誉れ高い旺季に、このバカ殿日記を寄こす度胸。

悠舜が死んですぐの頃から、王の文が届くようになった。最初は旺季の都合がついたら会いたいと単刀直入に書き送ってきていたが、数年無視されるに及び、だんだん遠回しに、しかし季節の便りとかでしぶとく地道に色々書いてくる。そして今や暗号解読なのか、書くことがないのかのどっちだ、と思うような文面になっている。

晏樹は旺季の言う通りずーっと向こうの物入れまで行って、ぺいっと文を葬った。

「いっぺんも旺季様からお返事もらえないのに、マメだな……。僕も最初は邪険にしてましたけど、ちみちみ恋文を送ってくる根性だけは認めてもいい。僕とか、旺季様に渡す前に文を破り捨てたり、黒ヤギさんに食べさせてんじゃないかって、すごい濡《ぬ》れ衣《ぎぬ》かけられてるんですよ。一度くらい、会ってやったらどうです？」

「いやだ」

旺季はふん、とそっぽをむいた。

「誰が一緒に鯉の餌やりなんてするか」

晏樹は機嫌のいい顔で腕を組んだ。旺季に会う気が全然ないとわかってるから、『会ってやったらどうです』なんて心にもない軽口もたたけるわけで。

「ですよねー。旺季様って珍しく、王様だけは昔から袖《そで》にしまくってますよねぇ。王も、可愛い子ぶって相手の懐に入りこもうとするやり口は、子供の頃からサッパリ変わらないな。旺季様には通用しないって、まだわからないのですかね」

晏樹は窓の外を見た。カラコロと鳴る秋の落ち葉。

「……池の鯉に、王様ね……。懐かしい組み合わせついでに、旺季様……無聊《ぶりょう》のお慰めに、今日は朝廷でのちょっとした噂話でも、お聞かせしましょうか」

「噂話？」

「ええ。最近朝廷で面白おかしく囁《ささや》かれてる怪奇話が三つあるんですよ。一つは『誰が先々王を殺したか』。先々王の寵姫《ちょうき》紅玉環が、戩華公子が踏みこむ前に絹紐《きぬひも》で絞め殺してトンズラしたってもっぱらの噂ですけど。二つめは……『誰が戩華王を殺したか』」

ぴく、と、旺季の眼色《まないろ》が薄闇に染まった。

「最後の三つめの主役は王の母君です。『誰が第六妾妃を殺したか』」

池に沈んで怪死した第六妾妃。その場に最初に駆けつけたのは旺季だった。

池の鯉と紫劉輝。懐かしい組み合わせだと晏樹は言った。

――誰が第六妾妃を殺したか。

「……第六公子だった王も、あそこに居合わせてたんですがね。本当にあの時のこと、全然覚えてないみたいですよ。溺死《できし》ってのをボンヤリ思いだしたくらいで。すごい防衛本能ですよ。で、僕ならもう一つ怪奇譚《たん》を付け加えますね。『誰が悠舜を殺したか』」

「………………」

誰が悠舜を殺したか。

悠舜が病没した後、紫劉輝は祥景殿で不気味に群れ咲く彼岸花を一本残らず引き抜いて、捨てさせた。まるであの花が咲いたから、悠舜が死んだとでもいうように。

旺季も齢《よわい》六十を過ぎ、王も三十一歳。もはや若い王と呼ぶ者はいない。

悠舜の葬儀の日を最後に、旺季は一度も王とは会っていない。

悠舜が逝ってから通り過ぎた歳月は、紫劉輝と会わずにきた年数と同じだった。

彼岸花が揺れたあの夏の終わりから、もう九度目の秋がめぐっていた。

◆　◆　◆

『誰が――を殺したか』」


不意にそんな言葉が聞こえ、うたた寝していた劉輝はバチンと覚醒《かくせい》した。

視界は仄暗《ほのぐら》く、卓子には書籍が乱雑につまれ、灯火の蠟燭《ろうそく》はだいぶ短い。古紙や巻物のにおいで、劉輝は自分が府庫《ふこ》にきていたことを思いだした。

つい悠舜を目でさがそうとして――心臓にあいた穴を冷風が通り抜けた。

「……あ。ようやく、起きましたか、主上」

杖《つえ》の宰相はどこにもおらず、かわりに傍には静蘭、楸瑛、絳攸がいた。

静蘭と絳攸はいま地方に赴任しているが、珍しくそれぞれの用事で一時的に貴陽に戻ってきており、久しぶりに三人が顔をそろえていた。

絳攸がしかめっ面で、赤々と燃える手燭《てしょく》を、卓子に一つ増やした。

「まったく、府庫で調べ物もいいが、もう少し灯を入れろ。目を悪くするぞ。あと、出歩くなら、衛士《えじ》か女官に行き先を告げて行け。せっかく静蘭が紫州府から城まで足を延ばしてきたから早く会わせてやろうと思えば……お前をさがすのに難儀しただろうが。

いったいこんな夜中に、一人で何を調べてたんだ？」

「いや、別に……眠れなかっただけだ。ところでさっき……何か変な話をしてたな？」

劉輝は話をそらし、あらかじめ用意していた分厚い書物や巻物をさりげなくかきよせ、一番下のものを隠す。三人の側近は、何も気づかなかったようだった。

「誰が……殺した、とか、なんとか……」

――殺した。

すぅっと心臓が冷える。劉輝の脳裏に、こびりついて離れぬ赤い花がちらついた。

『さあ、お別れです。鄭悠舜……もう御前を辞さねばなりません。残して逝くことを、どうかお許しください……。お許しください……我が君』

……自分が、籠《かご》の中に弱り切るまで閉じこめた、ただ一人の尚書令の声がする。

誰が、殺した。

「ああ、それですか。よくある朝廷の怪奇話ですよ。七不思議みたいな感じの。色々ありますけど、近頃じゃ『誰が戩華王を殺したか』。あとは『誰が第六妾妃《しょうひ》を殺したか』とか、『誰が先々王を殺したか』。後宮って、妙な死に方が多いですからね」

絳攸がすぐ苦々しい顔でたしなめた。

「おい、楸瑛、やめろ。不謹慎だろう。こいつら……こいつの両親なんだぞ」

「……そうだった。すみません」

楸瑛はもう一人、静蘭の方にも目を向けて、謝った。

――誰が戩華王を殺したか。

父・戩華のことかと、劉輝はむしろ胸を撫《な》で下ろし、そんな自分を片隅で小さく嫌悪した。だがもう一つの、母の方の『誰が第六妾妃を殺したか』というのには、妙に頭の奥がぐらつく感じを覚えた。何か……忘れていることがあるような。

（……？）

静蘭は気のなさそうに肩をすくめた。

「戯言《ざれごと》ですよ。病床でも、あの方を殺せるような人がいるとは思えませんね。あなたも戩華王と子供の頃会ったことがあるでしょう。あの方を殺せると思いますか」

「……いや」

楸瑛は苦笑いした。気まぐれで冷酷、剣を片手に無数の戦をし、玉座まで駆け上がり、暗黒の大業年間を終わらせた英君。先王戩華はまさに覇王だった。楸瑛は己の主君を見た。……愛すべき王ではあるが、正直、父王のような威風や負の神性などはトンと持ち合わせがない。一瞥《いちべつ》で人を跪《ひざまず》かせるような戩華王と相対し、殺せるほどの凄《すさ》まじい意志をもつ人間はいない、と彼も思うのだが。

「でも病死ってのも戩華王にしちゃ平凡で、あれこれ噂が出回るんだよね……。誰も死に際を見てないっていうけど、それも変だろう。その日、誰かが訪れた沓音《くつおと》がしたとかいう話もあるし。主上はあの時、この城にいましたよね？　何かご存じですか」

「いや……？　でも父の傍にいたというなら、そんなのは一人しか――」

口をつぐんだ。刹那《せつな》、顔が黒く塗りつぶされた男が浮かんで、消えた。朝廷にいたはずの『誰か』のことを、劉輝はもう誰にもいわなくなって久しかった。

「あー……えっと、だいたい余は、父が死んだのを仙洞官のお触れで知ったくらいで。父が正確にいつ死んだのかも、いまいちわかってなくてだな……」

子供の頃から滅多に会うこともなく、父親とは思えないほど遠い存在だったこともあり、見舞いに行ったのも数えるほどだった。しかも当の父のことは薄情にもあんまり覚えてない。むしろ劉輝は、そこで何度かすれ違った旺季の印象の方がずっと強い。

(旺季)

その名を思うと、劉輝は胸がぎゅうっと苦しくなる。年を経るごとに。

「あ。でも、実はその『誰かの沓音』って、旺季殿じゃないかってもっぱらの噂ですよ」

劉輝は久方ぶりに出た名に、心臓が跳ねた。

「戩華王の臥室《しんしつ》に一人で入れる人間は限られてますからね。不思議なことに戩華王、仇《きゅう》敵《てき》の旺季殿に単独謁見許してるんですよね。あの二人って、わからない関係だな」

「ああ……そういえば。俺も昔、奇妙に思った。あの戩華王なら真っ先に滅ぼしそうなのに……何度刃向かわれても、なぜかいつも旺季殿だけ生かしてる。自分より血が濃くて、継承権も高く、最後までずっと敵対してた相手だったのに」

絳攸や楸瑛の会話を、劉輝はもくっと聞く。目の前で灯火が伸び縮みする。

「司馬《しば》のじいさんから聞いたことがあるけど、戩華王って、たまに気に入った敵を助命する癖があったみたいだね。旺季殿もその一人で……。ただ、そういう相手も結局は戩華王に降《くだ》って幕僚になるか、でなければ屈さず自刃するかを選んだのに、旺季殿だけがどちらでもない唯一の例外だった、って。でも私だったら、負けた相手に助命されておめおめ生きるなんて、生き恥というか惨めというか……。みっともよくはないよね」

劉輝は楸瑛の姿を視界から外した。

楸瑛は何気ない気持ちで言っただけらしく、すぐに話題は別なことに飛んだ。

「旺季殿と言えば、〝紫装束〟と、〝莫邪《ばくや》〟のことも軍では結構噂になっててね。武将として最高位の紫装束を、文官の旺季殿が所持してるのが解せないって。確かに孫陵王殿ならまだしもだったんだけど……。まさか孫の璃桜公子に継がせる気かって、最近若い連中からよく訊《き》かれる」

劉輝は気のないフリをしようと努めたが、嫌でも静蘭の返事は耳に入ってくる。

「まさか。孫に勝手に継がせるなんて真似はできませんよ。どちらも王から下賜されるものです。〝紫装束〟は別名死装束と言われて、死に戦に出陣する将への餞《はなむけ》にも贈られる。つまり、わりあいすぐ王へ返品されてくるんですがね。旺季殿も貴陽完全攻囲戦で先々王から下賜されたわけで。……まさかあの戦で、ご自分が生き残るとは、思ってなかったはずですよ。確か旺季殿のお父上も、あれをまとって戦死したとか……」

劉輝の額に、じっとりと汗が滲《にじ》み始めた。ぬぐえば、掌《てのひら》も汗をかいていた。どうにかして話題を変えたかったが、唇が乾いて、一声もでてこない。

「……一度下賜されたら、時の王でも取り上げることはできませんが、旺季殿が亡くなられたら、当然王へ返上ですよ。〝紫装束〟も、〝莫邪〟もね」

「それまで待たなくちゃ、返ってこないってことか。〝莫邪〟も『王の双剣』だしね。朝廷から消えた旺季殿がずっともってるってのも……もう十年経つし、そろそろ返品してもらってもいいんじゃないかなぁ。あれももとは蒼《そう》家の剣だっていうけど……」

蠟燭の火がぐらつく。劉輝はそれ以上聞いていられず、口走っていた。

「――もういい。旺季が死んだ後の話など、余は聞きたくない」

しん、と三人の側近が口をつぐんだ。

劉輝は顔を背けて立ち上がると、府庫を出ていった。

……王が去ったあと、絳攸は王が残していった書物をどけてみた。一番下から、史書が出てきた。貴陽完全攻囲戦や、蒼家の系譜――。絳攸は眉《まゆ》を顰《ひそ》めた。

「……まだ、旺季殿を気にしてたのか。話ができないかとか……そういったこともここ数年、ようやく言わなくなったってのに……」

楸瑛は扉に目をやった。府庫の空気はすっかり重苦しくなった。久しぶりにそろったのに、王は会話もほとんどせず、立ち去った。

「うん……。旺季殿と会ってどうしたいんだろう？　それに今の主上、少し変に見える。五丞原のあたりまでは普通だった気がするけど……。悠舜殿が亡くなった後あたりから、旺季殿の名前が出てきた気がする」

「いえ、その前から、少しおかしかったですよ。柩《ひつぎ》から離れなくて……」

静蘭も楸瑛も絳攸も、鄭悠舜の意図が完全には読めないことに気がついてから、以前のように何でも相談することはなくなった。時折敵方を利するようでもあり、信用しきれず、一抹の不信や疑惑をぬぐえないままだったので、杖《つえ》の宰相の病や死を喜びはしなかったが、完全に悲しむこともまたできなかった。

だからこそ裏表のない王の悲しみとは乖離《かいり》した自覚はある。

けれども、それを差し引いても、王の喪失感は尋常ではなかったように見えた。

「ようやく悠舜殿の柩から離れてくれて、まともに戻ったって思ってたけど……」

楸瑛はぽつっと呟《つぶや》いた。いつからか、王のこともまたわからなくなった。

王の変化が、彼らには理解できなかった。


劉輝は深夜の城を闇雲に歩き、小さな廟《びょう》へ隠れるように逃げこんだ。文字通り逃げこんだ。側近たちの不審な眼差《まなざ》しから、軽々しい会話から、自分の心の痛みから。

劉輝は額に手を当てた。凍えるような晩秋なのに、べっとりと汗が浮いていた。

小さな廟には壇が置かれ、四方に四つの不夜灯が朝夕問わずに灯《とも》っている。

今の劉輝が一人きりになれる場所は僅《わず》かで。その一つが、この廟だった。

四隅の不夜灯がぼやけて揺れる。劉輝は魂が抜けたように、長方形の壇へ近寄った。

祭壇《さいだん》の上には今は何もない。だが八年前は、そこに悠舜の柩があった。

劉輝は花の壇の前で、過ぎ去った歳月を思った。

五丞原から、十年近く。その月日は決して短くはなかった。旺季も孫陵王もとうに朝廷を去り、悠舜も死んだ。時の流れに多くが容赦なく忘れ去られ、かつては当たり前だった真実が色褪《いろあ》せ、風化し、砂のようにさらわれて、小さく小さくなっていく。

……その筆頭が、旺季という存在だった。

（……悠舜が、生きていたら）

何度も劉輝は考える。きっと今とは違っていたのではないかと思えてならない。

『愛する者が変われば あなたも変わり、喪《うしな》えば深く絶望する。明日も明後日も世界は続くのに、そのときとあなたは昨日と同じあなたではいられないでしょう』

以前、旺季にそう言われた。……正しかった。

悠舜を喪ってから、劉輝の心は穴が空いたままだった。周りの世界は変わらないのに、劉輝は何かがちぐはぐになり、同じ自分には戻れなかった。静蘭たちの、少し怪訝《けげん》そうな目。自分一人が、少しずつずれていく……。

コツ、と、廟の扉口で、沓音がした。

劉輝はぎくっとした。振り返り、佇む人影を見留めて、安堵《あんど》する。……側近たちが追ってきたら、少し困ったけど。

「璃桜か……。……もしかして、ずっと余を追ってたか？」

「そう。府庫から。様子が気になったからな」

全然気づかなかった。──府庫。

側近たちの会話が蘇《よみがえ》り、劉輝は胸が塞《ふさ》ぎ、居たたまれなくなった。

「すまなかった、璃桜。府庫に入ってこなかったなら、……聞いていたんだろう」

璃桜は否定しなかった。話を聞いていたのは事実だ。祖父が死んだら、〝紫装束〟と〝莫邪〟が戻ってくると、会話に花を咲かせていた。璃桜は呟いた。

「……茈静蘭に訊きたいことがあったんだが、その気が失《う》せたのは、事実だな……」

「静蘭に訊きたいこと？」

「紅秀麗が抱えてる案件で、少し。……お祖父《じい》様の領地近くに関するものがあって。茈静蘭が王都へ足を向けた理由、聞かなかったか。妙な山賊が跋扈《ばっこ》してるって」

「ああ……。念のため紫州府に援軍要請にきて、ついでに朝廷に寄ったといってたな」

「そう。お祖父様の領地近くまで逃げこみそうだっていうんで、こないだ里帰りした時、榛蘇芳がわざわざ邸《やしき》まで寄ってきてたんだ。それで、多少気になって、どうなってるか訊こうと思ってたが……やめた。茈静蘭が紫州府からわざわざ道草をして朝廷に滞在してる程度なら、多分、たいしたことじゃないんだろう」

淡々と話しながら、璃桜が中に入ってくる。その横顔を、劉輝は見下ろした。

前は縹家の美貌《びぼう》の父親似と思っていたが、十五をすぎる辺りから印象が違ってきた。すらりとしているが、どちらかといえば小柄で、今も劉輝のほうが掌一つぶんくらい高い。そして子供らしさが消えていくごとに、祖父の旺季にはしばしば似通ってきた。

旺季と違って――これは恐らく父譲りの――冷たい雅《みやび》さがちょっぴり加味されてるぶん得をしてるが、人目を惹《ひ》くほど派手な華やぎはない。だが目鼻立ちは涼やかに整い、一度気づくと、一向に見飽きない硬質な美貌だった。そんな璃桜に年輩官吏たちが口をそろえていう決まり文句が、若かりし旺季を彷彿《ほうふつ》とさせる、だった。

おそらく顔だけでなく、仕草や雰囲気も似ているのだろう。

あまり笑わないところも、ずけずけとした物言いも、器用な生き方をしないところも、確かに劉輝の覚えている昔の旺季と重なる。……昔の。

もうずっと、会えてはいない。

「…………」

かわりに、璃桜を眺めるのが、最近の劉輝の好きなことになった。

璃桜の目が動いて、劉輝を射抜いた。不意を打たれ、ちょっと心臓が跳ねた。でもそれだけでもあった。璃桜には、旺季がもっていた冷たい闇や、他と一線を画す静かな烈しさはなく、慰められはするが、いつもほんの少しだけガッカリもする。

「あんたに訊かれてた件だけど……慧茄《けいな》様、もう少しで城に帰ってくるそうだ」

くよくよしていたので、反応が多少遅れた。

「え？　ああ。ようやく貴陽に帰ってくるのか。慧茄はいつもどこをほっつき歩いてるのかわからん上に、連絡もよこさんで。正月でも会えん大官なんぞ慧茄だけだぞ」

劉輝は渋面で不平を言った。朝廷の重鎮・慧茄は、現宰相景柚梨の補佐にもかかわらず、ちょくちょく中央をほったらかして地方巡察に飛び回り、空飛ぶ副宰相との異名をとっている。とはいえ景宰相を助けにちょくちょく戻ってもくる。夕方に気づけばいて、朝には忽然《こつぜん》といずこかへ消えてる、幽霊の如く神出鬼没な宰相補佐であった。

「璃桜からも顔をだすよう言ってくれ。慧茄は余の呼び出しを無視して、すぐに地方にフラフラ出て行ってしまうのだ。最近は余の顔を見るなり、ものすごく嫌な顔をする」

「……？　慧茄様に何か訊《き》きたいことがあるのか？」

「ああ、まあ」

璃桜は意外に思った。慧茄は王にたびたび苦言を呈す——というには生やさしいくらい辛辣《しんらつ》で、一匹狼で派閥はこさえないかわりに嫌みや皮肉やだめ出しは山ほどこさえる。根性も少々（？）ひん曲がっていて、性根の直ぐな景宰相がボロボロ取りこぼすものを渋々拾って回るにはうってつけだが、単独だとひどく孤高で付き合いにくい。

（……ていうか慧茄様……王のこと、わかりやすく好きじゃない光線出してんだよな）

結構、王はめげない。

「あと璃桜、今度里帰りするとき、旺季に余の文をもってってくれ。何か旺季の気に入りそうな季節の贈り物も添えて。凌晏樹は黒ヤギに食べさせてるように思うのだ」

……本当に、めげない。璃桜はガックリした。

「……あのさ、王、もう十年もお祖父様にフラれてるんだぞ」

「うむ。だがまあ、余には普通のことだから。別に、季節の便りくらい、いいだろう」

確かに紅秀麗など、もう十年以上待ちつづけている。石の上にも三年以上いる。でも一般常識的にはそろそろあきらめていいころだ。待ちつづけるのと待ちぼうけというのは、ちょっと意味が違うのだ。いやかなり違う。

「あ、あのな――」

璃桜はそのときの王の表情を見て、口をつぐんだ。

行く当てのないような、あまりに寂しい目に、胸を突かれて、わかった、と、璃桜は呟いた。王がホッとする気配がした。

璃桜は王を見つめた。

祖父・旺季は五丞原を境に徐々に権力を削《そ》がれ、やがて自ら朝廷を辞した。爾来《じらい》、祖父のすべてが過去のことと軽んじられていき、年々評価は下がり、今では陰口も珍しくない。愚か者。敗北続きで、死に時を知らず、おめおめ生き恥をさらす――。

府庫での側近たちの立ち話は陰口と言うより軽口とはいえ、五丞原の変当時なら口が裂けても言わなかっただろう。

璃桜の目には、変貌《へんぼう》したのは王ではなく、あの三人の側近たちのほうだった。

その中で、この王だけは確かに、当時の気持ちを変わらず祖父に持ち続けている。璃桜にとって数少ない一人。

不思議にも思う。璃桜がこの朝廷に仙洞令君《れいくん》として赴任してきた当初、王は祖父など気にもかけていなかったはずだった。朝議でも祖父を苦手にし、避けたがっているのをたびたび目撃した。

いつから？　かつて五丞原に立ち会った折、璃桜は王と祖父の間に流れる謎めいた過去の糸を感じた。以来ずっと紫劉輝は、その糸をたぐっているよう。

璃桜は供えた線香の向こう、悠舜の柩があった場所に顔を向けた。

……時折璃桜は、王の亡き鄭悠舜に対する愛着と、旺季に対する執着が、似通っているように思えることがある。

——亡き……。

璃桜は祖父のことを思い、微《かす》かに顔を歪《ゆが》めた。

祭壇のちびた蠟燭《ろうそく》を手ずからかえる王に、璃桜は問いかけた。

「……あんたが、お祖父様と、最初に会ったのはいつなんだ？」

王が「ん？」と璃桜を顧みる。

知りたいと、璃桜もまた、思うようになった。

王のこと。璃桜の知らぬ祖父のこと……。璃桜は床に目を落とした。

「俺も……お祖父様と過ごしたのは、この十年だけで、その前は……全然知らないから」

劉輝は顎《あご》に手をやった。もらい火をして新しい蠟燭を灯《とも》すと、香木の粉末を散らす。パッと廟《びょう》に薫香が漂う。最初に旺季と会った時……。

「実は余もな、その辺りの記憶が曖昧《あいまい》なんだ。長い間、思いださなかったくらい」

誰だったろう――顔が黒く塗りつぶされた男が――「本当は全部思いだしているのではないか」と劉輝に言った。だが、違った。劉輝にとってはいまだ、穴だらけ。

子供の頃、この城で、確かに旺季と何度か会った。忘れていいようなことではなかったはずなのに、どうしてか完全には思いだせないのだった。断片的で、不確かで、途切れ途切れの記憶。だが最初にいつ会ったかは、考えてみたことはなかった。

「六歳の木登り……？　いや。もっと前……多分、母が死んだ時には――」

誰が第六妾妃《しょうひ》を殺したか。

急に劉輝はその言葉を思い出した。頭の中に、何かが閃《ひらめ》く。

池の傍。何かを放りこむ自分の姿……。

◆◆◆

旺季が末の公子と初めて会ったのは、久しぶりに地方から中央に出戻った時だった。

陵王と一緒に数え切れないくらい左遷されて国中駆けずり回った二十代を経て、それでもしぶとく中央朝廷に返り咲いたころ。旺季は三十代半ばになっていた。

戩華の後宮には六人の妾妃と六人の息子ができていて、その周囲を狡猾《こうかつ》な貴族や官吏たちがうろつき、内朝に根を生やしはじめた時期でもあった。

その日、旺季は任官挨拶という名目で嫌な顔をする妾妃たちのもとをずけずけと訪ね、監察がてら後宮を歩いていた。

　先に旺季の耳目を引いたのは母親のほうで、その傍で体を丸めて震える幼児を付録のように見つけたというほうが正しい。打擲《ちょうちゃく》の音と、腹立たしげな甲高い怒鳴り声がした。

「――私の目のつくところにいないで！」

　すでに五人の妾妃には挨拶を終え、それが六番目のもっとも若く勝ち気な妾妃だった。感情のままに不満や苛立《いらだ》ちを傍の女官にも当たり散らし、うずくまったままの子供をなおも蹴飛《けと》ばそうとした。

　見かねて旺季が制止し、割って入れば、彼女は息を呑《の》んだ。

　我が君……と頰を染めたのを見れば、戩華と間違えられたらしかった。旺季はげんなりした。全然似てないと思うのだが、たまに印象が重なる、と言われる。

　妾妃はすぐに気づいて失望の顔をし、今度は旺季に嚙《か》みついた。王に助命されておめおめ生き恥をさらしてる零落貴族が何の用だの、無礼だのわめいた。仔犬《こいぬ》が精一杯吠《ほ》えるように。それが妓女《ぎじょ》上がりの無力な彼女を守る、なけなしの楯《たて》だった。

　旺季は別に不愉快になったりはしなかった。間近で見た第六妾妃は美しい娘だった。目の前で旺季に隅々まで検分され、娘はやがて黙りこみ、恥じるように頰を赤らめ、そっぽを向いた。

　旺季は腕組みした。足もとではちびすけが木の葉のように震えている。

「……この子をぶつ、理由は？」

「……わたくしの……お守りを……振り回して、池に投げ込もうとしたので」

存外素直に、彼女は白状した。他の五人の妃と違って、本当になんの飾り気も打算も思わせぶりなものもなく、ただぽつっと言われ、旺季は内心面食らった。

「お守り……？」

丸くつぶれている幼児を見下ろせば、確かに指の先に藤色の紐《ひも》が引っかかっていた。紐はちぎれ、薄汚れたお守り袋が離れた床に落ちている。旺季は意外に思った。華美好きと噂の第六妾妃が、こんな古ぼけて汚いお守りを後生大事にもっているとは。

「前も……紐をひきちぎったので……わたくしが新しくつけなおしたばかりなのに」

旺季の表情をなんととったのか、娘は紅唇を尖《とが》らせてキッと睨《にら》んだ。素の娘はそんな仕草も可愛げがあった。

「わたくしは……貴族の娘ではありませんもの！　なんだってやってきましたわ！」

「……気分を害したなら謝りますよ。私も自分の芋は自分で剝《む》きますがね」

ふえふえと泣き始めた幼児を拾いがてら、旺季はお守り袋もすくいとった。袋は使い古しの粗末な端布《はぎれ》でできていて、色褪《いろあ》せ、かろうじて元は朱色だったことと、可愛らしい小菊模様だけが見てとれた。村や町で見る、女児用の晴れ着に似て。

「……芋剝きですって？　由緒正しい紫門家大貴族だという、あなたが？」

「没落貴族ですからね。姫君の仰《おっしゃ》るとおり。飛蝗《ばった》も好物ですね。はしっこく跳ねてるのを追っかけて、焼いて塩ふるとご馳走《ちそう》に」

娘は嫌な過去を思いだしたとでもいうように顔を背けた。

頬を引きつらせて嘲笑《ちょうしょう》を浮かべたが、すぐに泣き声にかわった。娘はしゃくりあげてポロポロ泣いた。貴族の娘の泣き方でなく、どこにでもいる、普通の少女のように。

旺季がお守りを返すと胸に抱き、寂しさと孤独と戻れぬ人生に泣いた。

「嫌なことを、思い出させないで。わたくしは……もう、戻らないと決めたの」

妓女上がりの娘。十代で貴陽随一の名妓までのぼりつめ、その美貌《びぼう》と教養に目をつけた官吏によって王の後宮に押しこまれた。その前の経歴は、誰も知らない。

よすがもなく、一人の身よりもない、孤独な身の上。

……いや、そうでもない。

末公子は母が泣くのを見て、ふえふえと泣いていた。旺季は洟《はな》を拭《ふ》いてやったあと、娘に差しだした。娘の美しい顔はまだ泣き濡《ぬ》れていたが、癇癪《かんしゃく》はもう治まっていた。

幼児は大きな目に涙をうるうるとため、しゃくりあげながら母を見つめていた。

娘はしばらく顔を強張《こわば》らせていたが、ややあって、華奢《きゃしゃ》な腕がそろりと動いた。

その時、涼しやかな宝石飾りが、回廊に鳴った。

「……旺季将軍、弟は、私が」

落ちついた微笑みの、面差しの清らかな少年が立っていた。第二公子清苑。

身につける珠《たま》飾りの如く冷涼たる少年公子は、チラと妾妃を一瞥《いちべつ》した。刹那《せつな》ではあったが、明敏な彼の双眸《そうぼう》に苛立ちや敵愾心《てきがいしん》が確かによぎった。それに気づいた第六妾妃も途端に態度を硬化させ、ハリネズミさながらの鎧《よろい》をまとい、清苑を睨み返した。

娘は伸ばしかけた腕を引っこめ、少し震える足で踵《きびす》を返し、そのまま去っていった。

「ご面倒をおかけしたようで、すみません旺季将軍」

清苑が優雅に近づいてくる。聡明《そうめい》で、そつなく、少し困ったような、陶器の人形のようによくできたつくりものの笑顔を旺季が見返すと、少年公子はたじろぎ、目を逸《そ》らした。目端のきく清苑にとって、敗将の自分に近づいてもなんの益もないはずだが、登城するとたまに清苑の視線を感じるのが謎だった。

「後宮監察ですか……。もうすぐ、御史大夫《ぎょしたいふ》に昇進されるとか。お祝い申し上げます」

変な世辞には無言で返した。が、別に適度にやり過ごすだけの会話でもなかったのか、清苑は珍しくもっと他の話題をさがす素振りを見せた。

旺季の腕の中で、末公子は母親が去った方向を見送っていた。ちぎれたお守りの紐を握りしめて。旺季は溜息を押し殺し、黙って清苑に弟を返した。

聞こえの高い少年公子は、弟公子を抱きとり、ぽつりと礼を言った。

「旺季将軍……劉輝を助けてくださって、ありがとうございました」

明晰《めいせき》さゆえ自分の正しさを疑わず、一度敵と見なしたら冷徹に排除する第二公子。清苑のつくる微笑と第六妾妃の棘は同じ。一人きりで戦うしかない者の、自分を守る楯。

けれど今の礼は心からのもの。

清苑が末弟を思う気持ちに偽りはなく、未熟な母親が子供を捌《は》け口にして言い訳も許されない。それでも旺季は、人前で素直に泣ける第六妾妃の一途《いちず》さと、伸びかけた彼女の白い腕を思った。……少しずつ掛け違い、いつか歯車が大きくずれる予感がした。

風が吹き、旺季の耳環と、清苑公子の宝石飾りがさやいで交錯し、回廊を渡った。

後宮の女たちが戲華のために粧《よそお》う白粉《おしろい》や紅《べに》の匂い、足繁く通い詰める官吏どもの焚《た》きちらす安っぽい香や、貢ぎ物の金臭さが鼻をついて、旺季は不快げに目を細めた。

胸の悪くなるにおいだった。まだ話したげな清苑に構わず、踵を返した。

袖口《そでぐち》に何かが引っかかった。

末の公子が袖《そで》をつかみ、うるうると見あげていた。旺季は冷淡に袖を引き抜き、そそくさと立ち去った。背中に二人の公子の視線を感じたが、振り返らなかった。

以後旺季は、つとめて公子たちには接触しないようにした。

すでに後宮には、ぷんぷんたる脂粉と残り香を隠れ蓑《みの》に、風でも一掃できない薄汚い臭気が這《は》いずり回っていた。案の定、その臭いは薄れることはなかった。成長していく六人の公子と妾妃《しょうひ》を中心に、日を追うごとに、後宮の争いは水面下で激化した。

旺季が内朝で御史台の「仕事」を執行するのは、時間の問題にすぎなかった。

◆　◆　◆

ざわりと、晩秋の風が庭木の梢《こずえ》を鳴らした。旺季が椅子から夜の窓に目をやると、すっかり銀髪になってる自分の顔が一瞬硝子《がらす》に映って、消えた。

『誰か一人を愛しすぎる血統なんだろうな。……あの坊ちゃんは先王陛下に似すぎてる』

昔、陵王がそう言った。旺季はといえば、両親どちらにも似てるように思った。

あの若く幼い第六妾妃は、あまりに一途に戩華だけを愛した。贅沢《ぜいたく》な暮らしでも栄華でもなく、戩華の愛のみを一心に求め、得られぬと気づいてなおあきらめきれず、他の妾妃と違って我が子で代用することも考えなかった。晏樹が皮肉ったことがあった。

あのひたむきな烈しさを愛する男だけに注いだから不幸になったんですよ、と。

ありあわせで埋めることを知らぬ強欲な想い。旺季は後年、悠舜が祥景殿から出られずに死んだ時、紫劉輝の母である彼女のことを思いだしたものだった。

脇の小卓に、小さな茶碗《ちゃわん》がでてきた。旺季が碗の帽子をとると、湯気が漂う。

「第六妾妃ね……あのころ、旺季様は、苛々《いらいら》してましたねぇ」

午間《ひるま》の怪奇話をふと思い返しただけなのに、晏樹は旺季の思考をすぐ見ぬく。

晏樹が寄こした湯飲みには、茶でなく白湯《さゆ》が入っていた。旺季はすすりこんだ。

後宮利権にたかりはじめた貴族や官吏たちの政争。だがそんなのは、旺季には見慣れすぎて珍しくもない日常茶飯事でもあった。それこそほんの子供の時分から。

十三歳の初陣で、旺季の父や兄、叔父《おじ》が残らず戦死したのも、朝廷のくだらない目論見《もくろみ》ゆえだった。当時各地で勇戦していた旺家の声望が広がることを朝廷は気に入らず、勝ち目のない死に戦にぶつけた。朝廷のために妖公子《ようこうし》戩華と戦っていたのに、当の朝廷の嫉《ねた》みそねみで殲滅《せんめつ》の憂き目にあった。

それに比べれば後宮で繰り広げられる権力闘争など可愛いものだったはずだが、確かにあの頃の旺季は毎日、無性に苛ついていた。

「別に、後宮の争いに癇癪を起こしてたわけじゃない。むかっ腹は立てていたが」

「知ってますよ。何もしなくなった戩華王に怒ってたんでしょう」

旺季は答えず、もう一口白湯をすすった。

「僕も旺季様に、苛々してましたよ。朝から晩まで登城して、毎日疲れた顔で働いて、落ちこんでた旺季様が、戩華王に会った途端、元気になるから。……昔っから、そうでしたけどね。左遷されれば逆に怒って中央に帰るし。悠舜や皇毅を拾ったのも、やることなすこと戩華王の邪魔をしてまわった結果でしょうが」

「…………いや、……断固違うぞ」我ながら言い訳がましく言い張った。

晏樹は旺季の手から湯飲みを抜きとり、まだ少し残っている茶碗に、白湯を足す。のどかな音だった。旺季は耳を傾けた。今の旺季は、左遷されて発憤した昔とは違っていた。権力の座を逐《お》われても、何もしないで自分の邸《やしき》でぼうっと白湯をすすってる。

——オメェはただ生きてるだけの人生に満足できるような男じゃないはずだ。

慧茄が隠居暮らしを始めたばかりの旺季を訪ね、そう憤慨した時があった。

——なんのために、今、お前は生きている？

後進の指導や育成もし、今も入れかわり立ちかわり旺季門下の官吏たちが邸を訪ね、請われれば議論の相手もする。けれど慧茄は勘づいていたのだ。かつて旺季を旺季たらしめていた情熱が、いつからかふっつり消え失《う》せていること。今の旺季は蟬の抜け殻と同じで、全然本当の旺季ではないことに。

（なんのために……か）

昔、同じことを旺季も言ったことがあった。戩華王に。

第六妾妃が池で死んだ、あの寒い冬の日に。

……第六妾妃が池で溺死《できし》した日、旺季はまさに当の彼女から呼びだしを受けていた。考えごとをしながらボケッと湯飲みに口をつけようとしたら、晏樹に止められた。

「旺季様、白湯だけ飲まないでください。おくすり用の白湯なんですからね」

渡された薬包を、旺季は苦笑いと一緒に受けとった。

◆　◆　◆

そのころの後宮は、旺季の予測できぬ方へ向かっていた。

いちばん予想外だったのは、後宮で呪殺《じゅさつ》と暗殺の縹家が見え隠れしはじめたことだった。だがいくら調べても、縹家がいずれの妾妃から依頼され、「誰の」暗殺を引き受けたのか、皆目見当がつかなかった。

旺季は自分や御史台の配下らの目をも欺き、尻尾《しっぽ》をつかませぬような相手が、六人の妾妃や公子、あるいはその裏で跋扈《ばっこ》する小狡《こずる》いだけの官吏や貴族どもにいるとは思っていなかった。その上、縹家を動かすその人間の狙いがずっと判然としなかった。

それが清苑公子の母・鈴蘭《すずらん》の君と知れたのは、もっと後のこと。

不可解な懸念はあれど、早晩火種となる後宮の巣窟《そうくつ》を切り崩すのは変わらず、公子たちのうち誰をまっさきに陥《お》とすかも、旺季はすでに決めていた。

かつて珠飾りを鳴らして末弟を迎えにきた第二公子・清苑。

彼の祖父というよりも、小利口な清苑の取り巻きが厄介だった。清苑の怒りを買わずに立ち回れるくらいに如才なく、奸智《かんち》に長《た》けた輩《やから》ぞろいで、それらに囲まれた清苑がいずれ兄を落として自ら玉座につく気があると察したことも、最終的に旺季を動かした。迷いはしなかったが、清苑と劉輝を眺めている内に、動くまで間があいてしまった。

そうして慎重に網を張っていた矢先、第六妾妃から内々に一通の文が届いたのだった。

唯一彼女だけは旺季の名簿にのっていなかった。誰にも利用されることすらなく、今や侍女にも距離を置かれるほど孤立し、精神の異常さえ囁《ささや》かれる第六妾妃。だがその文面は、異常どころか他の妾妃に立ちまさる端正で見事なものであり、何より礼儀正しかった。そして最後に、お話ししたいことがあります、と静かに結んであった。

最初に後宮で彼女と末公子に出くわして以来、話すことはなかったが、彼女が自分を覚えていることは何となく感じられた。

監察の長である旺季がじかに後宮に入ったとなれば、第二公子の一派が警戒し、用心深くなるのを承知で、それでも会ってみる気になったのは、……単純に話とやらが気になったからだ。当時の晏樹や皇毅にもしょっちゅう叱られたものだが、旺季にはフラフラ目先ごとに寄って失敗するうかつな癖があった。その時も、全然後先考えてないでしょう!?　と皇毅にカンカンに怒られたが、知らんふりして押し切った。

（……後宮を去る決断をしたか……？）

それもいいかもしれない。旺季は明け方、白い息を吐きながら後宮に入った。

季節は初冬になっていた。朝晩の風が都中を容赦なく掃き清めて日ごと冷えこむのに、相変わらず後宮だけは胸の悪くなる甘ったるい脂粉と欲望に満ち、澱《よど》んで腐りはじめていた。やがて虫がわいて落果するだけの城から、あの娘が逃げ出せるのならいい。

凍える風が吹き、梢をざわつかせ、無人の小径《こみち》をゆく旺季の耳環《じかん》を鳴らした。

手紙の話がなんであれ、彼女自身か、末公子のことか、いずれかのはずだった。

あの娘がもっているのは、いまだにその二つだけ。彼女が手紙の相手に、偶然一度会ったきりの自分しか、思い浮かばなかったくらい。

会うのは、少し楽しみでもあった。勝ち気で、傲慢《ごうまん》。派手な美貌《びぼう》ときつい言葉で精一杯虚勢を張り、なりふり構わぬ一途《いちず》さと、おそらくは根の素直な気性で、必死でつっぱっている様は、一回りも歳上の旺季から見れば、仔犬《こいぬ》と同じだった。

庭院《にわ》を抜けて第六妾妃の宮に足を踏み入れた時、旺季は言いしれぬ悪寒を覚えた。いつもと違う不穏な空気が足もとをゾッと這《は》いのぼる。視線を巡らすと、不気味な影みたいなものが、ゆらゆらと回廊の向こうに消えていった。

(なんだ?)

見間違いかと思った次の瞬間、厳寒の朝につんざくような女の悲鳴があがった。

まさに今し方、妙な黒い影が消えていったその方角から。

旺季は即座に悲鳴の方へ走った。

庭院の池が見えたころ、水しぶきの音がした。それきり、女の声はふっつりやんだ。

旺季が最初に見つけたのは、池の畔《ほとり》で呆然《ぼうぜん》と尻《しり》もちをつく小さな子供だった。

「――劉輝公子?」

びく、と、末公子の痩《や》せた体が、何か恐ろしいものを目撃したように跳ねた。相変わらず年より幼く、他の兄公子のように母親や女官に過保護に目配りもされず、薄汚れた衣の中にある小さな体は、最初に見た時からほとんど成長していないように見えた。

公子は旺季を見て、ようやく思いだしたように震えだした。

「……あ……う、あ………」

旺季は池に目を走らせた。池というより沼のように真っ黒く、水面は今も幾重もの波紋を広げ、ぶくぶくと不吉な気泡を立てている。

真ん中に、女物の小さく華奢《きゃしゃ》な絹の室内履きが、ぷかりぷかりと浮かんでいた。

女官用でなく、妾妃《しょうひ》たちがあつらえる絹の沓《くつ》だった。

反射的に池に駆け寄ろうとしたら、袖《そで》に何かが引っかかった。劉輝公子の指だった。

旺季を止めるように、公子が袖をつかんでいた。公子の目は揺れ動き、混乱していた。自分でも何をしているかわかっていないようだった。小さな体に不釣り合いな力で。まるで母親が助かるのを、恐れているかのように。目に溜《た》まっているのはいっぱいの恐怖。袖からのぞく細い腕には、できたばかりの青あざがいくつもついていた。

旺季と視線があうと、公子はいっそうわななないた。旺季の袖をつかみつづける己の手に初めて気がついたように目をやり、息の吸い方を忘れたようにあえいだ。

「違、違うのです。ぼく……ぼくは……ははうえ……」

ばさりと、背後で誰かが衣服を脱ぎ捨てた。

「──旺季。俺が引き上げる。お前はそのガキまで飛びこまないよう見てろ」

この世のありとあらゆるものを跪《ひざまず》かせ、支配する声だった。

振りむけば、戩華王が捨てていった上衣《うわぎ》と沓だけがそこに丸まっていた。再び池を見れば、新たな波紋が広がっていた。ほとんど水しぶきをたてずに飛びこんだらしい。あれやこれや王を憎らしく思っている旺季は、いざ我も王を助けにゆかんなどとは全然思わず、蟬の抜け殻みたいだ、と服にまでムッとした。

公子は一陣の旋風《つむじかぜ》のごとく行き過ぎた父親には気づきもしなかったらしい。ふと旺季は固く握りしめた公子の指の隙間から、細長い藤色の房が垂れているのに目が行った。

……旺季はその紐《ひも》に、見覚えがあった。

『前も……紐をひきちぎったので……わたくしが新しくつけなおしたばかりなのに』

だが手にあるのは紐だけで、先端にあるはずの小菊模様の朱《あか》いお守り袋は見当たらない。旺季の視線の在処《ありか》に気づいた劉輝公子は、アッと叫んで、紐を後ろ手に隠した。

劉輝公子はガタガタと首を横に振った。まるで言い訳をするように。

「ち、違うのです……ぼくは……だって……だって……母上だって、前に、ぼくの大事な……兄上がくれたお手玉……怒って、あの池に……捨てたもん……」

司法畑を中心に官歴を積んできた旺季の勘が、働いた。顔色を変えぬよう注意した。

「そうですか。それは、悲しかったですね」

「そう、なの。清苑あにうえいなくて……他のあにうえたちがきて……いっぱいぶったの。きょうの朝になっても、まだ痛かったの。きのうよりね？」

戩華が捨てて行った分厚い上衣を勝手にかき寄せると、怯《おび》える公子をなだめるようにくるんだ。その上から、おそらくは体中にある青あざに触らないよう、そっとかぼそい両腕を抱いた。まるでそのぬくもりで心の氷がとけたように、じわじわと公子の目に、涙がいっぱいたまりはじめた。

「それで……痛くて、母上のところに行ったの。隅っこでじっとしてると、母上、あんまり怒らないの。それにね、朝はやく、おきゃくさまがくるから、そこにいていいって」

お客様。旺季は適当に頷《うなず》いた。――おそらく自分のことだ。劉輝公子に一緒にいていいといったのならば、彼女の話は、この公子に関するものだったのだろう。

「母上……おけしょうするって、隣に行って……ぼく……つくえの上にあった母上の大事なお守り見つけて……ちょっとだけって、思ってさわったら……。そしたら、すごい悲鳴が聞こえたの……」

何か、引っかかった。確かに妾妃の情緒不安定さは聞いていたが――。

「……公子がお守りに触れただけで、ですか？」

「わかんない。母上……すごい顔で入ってきて……ううん、あれ、母上じゃない……あ、あんな顔……違う。叫んで、暴れて、近寄ってきて、ぼく、すごく、怖、怖くなって」

ざぶ、と池の畔で、水音が立った。

「――それで、寄ってこないように、お守り袋をちぎって池に投げこんだわけか」

戩華王の、腰から背骨を這い上ってくるような、低く鮮烈な声がした。

「旺季。水死体だ。手遅れだ。ガキの目を閉じさせろ。モチみたいに伸びても知らんぞ」

自分の嫁と末息子のことを、よくもそんなふうにしれっと言えるもんだ。旺季は腹を立てた。命令に従うのは癪《しゃく》だが、さりとて確かに劉輝公子に見せられるものではない。

旺季は公子が振り向かぬよう頭をおさえ、くるんだ上衣ごと腕に抱き上げた。

公子は驚いたように身をすくめたが、やがて自分から首にかじりついてきた。

「……おい、旺季。俺の上衣が一枚も残ってないぞ。凍死したらどうしてくれる」

「温泉につかってると思ってればいいですよ。湯気も出ててちょうどいい感じですな」

「出てるのは冷気だ、タワケ」

戩華の息だけは真っ白だが、氷が張る寸前の池につかっていても震えもしない。本当に温泉につかってるみたいで、見ていて余計ムカムカする。やることなすこと、イチイチ旺季の癇《かん》に障る男なのであった。

「着るものがほしけりゃ、自分で調達してくることですね。残念ですが叫ぼうがわめこうが、ここらにはあと一刻ほどは誰もきませんよ。御史台に人払いさせましたからね」

「お前が第六妾妃と面会するためにな」

池から水を滴らせて上がる戩華王を、旺季は睨《にら》みつけた。

御史台の長になってから、旺季は徹底した情報管制を構築してきた。今日の面会の件も当然外部に漏れぬよう、極秘にしてある。なのに戩華王には全部筒抜けている。

王の左腕の下から何かがずるりとあがってくる。最初に黒い藻みたいな髪がゆらゆらと水面に揺れ、次に不吉な色に青ざめた肌や衣服が水の下からのぞく。深い藻に衣がからまっているらしく、ぶちりぶちりと戩華王が妙にこまめにちぎっている。

一目で、旺季にも彼女の死亡は見てとれた。

青白い手足が順々に引きずりあげられ、ごろりごろりと地面に転がっていく。

死んだ娘を残らず引きあげると、戩華は第六妾妃の顔にまつわりつく黒髪を丁寧な仕草で払い、生え際に触れ、指で撫《な》でつけた。おそらくは娘が焦がれるほどに望み、ついに生前は一度も与えられなかったはずの、優しい愛撫《あいぶ》だった。

旺季のこめかみ辺りが神経質に引きつった。

戩華は気まぐれで無情で一切情け容赦がない。だが例外があることに気がついたのは、いつだったか。一度だけなら——そして戩華の気が向けば——相手に何かをくれてやってもいい、という瞬間が確かにあった。公子の幾人かは、一度ずつ戩華に窮地を救われている。そしてこの憐《あわ》れな第六妾妃は、求め続けた自分だけにそそがれる愛情深さを、……死のあとに贈られたのだ。施しすらも冷酷。

望むものを望む時に叶《かな》えてやれるくせに、戩華がそうすることは決してない。

劉輝公子を懐に抱えたまま、旺季は低く吐き捨てた。

「……私は、あなたのそういうところが嫌いです。いつも自分の基準で何かを選別する」

戩華は髪の先から雫《しずく》をしたたらせながら、ゾッとするほどの暗闇の目を向けた。

「……俺よりお前の方が、よほど残酷だと思うがな。伸ばされた手を全部拾って歩く」

音もなく立ち上がり、旺季に近寄ってくる。孫陵王が百獣の王のように忍び寄るとしたら、戩華は人の形をした闇だった。その手に囚《とら》われれば、闇に堕《お》ちる他はない。

戩華が目の前に立つ。宰相をのぞき、ことごとくを跪かせてきた男の威風にも旺季は退《ひ》かなかった。くつくつと戩華が喉《のど》の奥で笑う。逃げぬ旺季を面白がるように。

「手を伸ばされたらとっさにつかむ。第六妾妃や、そのモチでもだ。遠くであがる煙には勇んで駆けてくくせに、近くにあるものは気にしない。誰にでも公平で平等。俺は嫌いじゃないが、毎度あいつが逃げだすわけだ。報われんな」

あいつ？

誰のことだと首をひねっていると、戩華の指が伸びてきて、旺季の羽織の結び目をほどいた。旺季から力ずくで厚手の羽織をむしりとると、飄々《ひょうひょう》と裸の上半身に自分のもののようにひっかけ、髪をぬぐい始めた。羽織を強奪されて身震いしたが、さすがに返せとは言わなかった。自力で調達しろと言ったのは自分だ。苦虫《にがむし》を噛《か》みつぶした気分で、しぶしぶ我慢する。生の湯たんぽも温かい。いや、と旺季は我に返った。間違ってる。父親なら旺季の羽織より息子湯たんぽを選ぶべきだろうが。

「ところで旺季、妾妃の顔を見てみろ。面白い謎が解ける」

「……顔?」

末公子の目に触れぬよう気を配って、娘の顔をまともに見た旺季は、驚いた。

その顔は片側がひどくただれ、皮膚は剝《は》げ落ち、赤い肉がのぞいていた。もう半分が綺麗《きれい》なままなだけに、いっそう醜怪だった。彼女が誇った絢爛《けんらん》な美貌《びぼう》は見る影もない。

——母上じゃない。あんな顔、違う。

怒った顔、とは一度も言わなかった公子。

化粧をしに行ったという第六妾妃《しょうひ》。上がった悲鳴。顔の半分だけ、ただれた傷。

(……誰かが故意に、第六妾妃の化粧具に劇薬を混入させた……?)

池の傍に横たわる、青ざめた娘の指には藤色の縒《よ》り糸が巻きついていた。公子の握る房と同じもので、娘の手には、いつか見た汚れたお守り袋があった。

……彼女が妙に大事にしていた、朱色に小菊模様のお守り。

さっき戩華は何て言った？

『――それで、寄ってこないように、お守り袋をちぎって池に投げこんだわけか』

旺季の全身から冷や汗が吹き出した。腕に抱えた小さな塊を、見下ろした。

あれだけ大切にしていたものを池に投げ捨てられるのを目にして、彼女は追いかけようとしたかもしれない。息子が投げたお守りを追って、彼女が池に転落したとしたら。

彼女が死んだのは……。

「血は争えんな」

戩華は鼻で笑って、息子の隠れている着物を剝ぎとった。下から、真っ青に怯えて震える劉輝公子が現れる。戩華は仔猫《こねこ》をつまむ如く公子を旺季からむしりとると、無造作に霜のおりた地面に放り出した。一応、息子の目から第六妾妃の死体を隠すように立っているのを見れば、配慮しているのか、それともたまたまか。

ぺたりと地面に尻餅《しりもち》をついたまま、幼い公子は呆然《ぼうぜん》と父親を見あげていた。

「母殺しか」

劉輝公子の指がびくんと跳ねた。旺季は総毛立った。なんてことを。

「気にするな。俺だって自分が生きのびるために、邪魔な両親を殺して王位に即《つ》いた。俺の息子だ。驚かんな。おあいこだ」

「――戩華!!」

公子の歯がガタガタ鳴るのが旺季にまで届いた。

「……ち、ちが……違います……ぼく、ぼくは……母上をころしてなんて」

「旺季が助けに飛びこもうとするのを止めておいてか？」

公子が戦慄《わなな》く。どうやらあの場に到着したのは、旺季も戩華王も同時らしかった。

王の視線の先には、乱れた衣服からむきだしになった、ぶたれたような痣《あざ》や切り傷だらけの幼い手足がある。全部見透かす恐ろしい目から逃れるように、幼公子は衣をかき集めて傷を隠した。違うと言いたげに。

「いい加減にしろ、戩華。よくもそんなことを――」

「事実だ。それに妾妃も、器用に生きられないだけで、幸か不幸か頭の悪い女ではなかったからな。自分が息子に日々何をしてるかくらい理解していたし、正気の時はいつか息子を誤って殺しかねないことも、自覚してたはずだ。だからお前に手紙を書いた」

不意に旺季は、王が池に潜ったのは第六妾妃を助けるためでなく、死なせるためだったのではないかと思った。死んでいく娘を、黙って見ていたのではないかと。

先の見えない世界で、もうどこにも行けなくなった娘の本当の願い。

一度だけなら無条件で何かを与える王。旺季とは正反対のやり方で。話があると最後の手紙を寄こした娘に旺季が会う前に、戩華はサッサと息の根を止めて、死を贈った。

今度もまた。それを目にするたび、旺季は目も眩《くら》むほどのやりきれなさに襲われる。

幼い公子の喉から、陸に揚がった魚のように何度も息を吸いこむ変な音がした。

過呼吸。劉輝公子の焦点がぶれ、錯乱し始めていた。旺季は公子を拾いあげた。

怒鳴りあいを聞いたのか、最初にやってきたのは、頬から首まで傷のある男だった。

「獏《ばく》」旺季はホッとした。旺季の初陣からずっと一緒の従者は、その場の様子をいち早く理解すると、すぐに手配りしてあった御史たちを呼んだ。旺季は幼公子を抱え、死体の検分や第六妾妃の臥室《しんしつ》を調べるように指示をした。それから背を返した。

「――旺季」

旺季の足を、戩華王は声一つで止めさせた。

「お前は本当に、変わらんな。どうしようもない後宮や朝廷でも見捨てられない。獲物を取り逃がしてでも、第六妾妃の文に応《こた》える。……そのままだと逆手にとられるぞ」

旺季は振り返った。

「……では戩華、あなたは変わったんですか」

戩華王が首を傾げる。だが旺季の言いたいことなど全部わかっているはずだった。

権勢や栄達、富貴に目の色を変え、彩八家や腹に一物ある貴族や官吏どもがはびこりはじめた朝廷。かつて戩華が叩《たた》きつぶした、前の、腐臭に満ちた時代のにおいがする。

なのに今の戩華は昔と違って無関心に、後宮も公子の争いも放置していた。

「今のあなたはなんのために生きてるんです？　昔のように、目先の些末事《さまつごと》は全部踏みつぶして、目障りな虫けらは一掃して、くだらない輩《やから》は全部殺して、山積みの骨をガラ鳴らして、どこかに歩いて行ったらいいじゃないですか。今のあなたはそこにいるだけだ。何もしてない。後宮なんかぶらついて……」

闇の炎をまとって、十三歳だった旺季の目の前で、父や兄、一族を殲滅《せんめつ》した妖公子《ようこうし》。最後の貴陽完全攻囲戦でも、旺季や陵王ら、打ってでた将兵らは助命したが、先王をはじめ、朝廷でただ震えて助命嘆願をした貴族や官吏どもは、残らず叩き斬って皆殺し、玉座に即いた。気に入らなければ臣下の首さえ簡単に飛んだ。

髑髏《どくろ》の道を駆け抜け、一切合切を支配した。何を考えているか誰も知らない。けれど確かにどこかへ歩いていた。今、戩華の足もとで卑しく蠢《うごめ》く役人どもや、利権にたかる小狡《こずる》い貴族など、昔の戩華ならば一人残らずぶった斬っていたはずだった。

今さら王位だけが目的でしたとか、そんな凡庸な男なんか許し難かった。今さら。

「――イライラするんですよ。まともぶって、普通の正論とか、当たり前の忠告とか。言えた義理か。私が何をやらかそうが、私の勝手だ。あなたの知ったことか」

辻《つじ》斬りみたいな罵倒《ばとう》に、居合わせた御史たちの方が肝を冷やした。配下の一人が「旺季様」と小声で諫《いさ》めたが、旺季は右から左に忠告を蹴飛《けと》ばした。

「余計な世話なんですよ。私はあなたと同じにはならない。それくらいなら、やるなと言われたことを片っ端からやってやる。私は最後まで、あなたを絶対認めない」

戩華はまじまじと旺季を見た。世に一つきりの、気に入りの珍品を検分するように。やがて、ただ笑った。怒りも苛立《いらだ》ちもありはしなかった。

旺季にはそれが無性に癇《かん》に障るのだった。いつも。

戩華は濡《ぬ》れた前髪を鬱陶《うっとう》しげにかきやりつつ、白い息を吐いた。

「なんのために生きてるといったが、まだ見たいものがあるから、だな」

「見たいもの？」

初めて旺季の気が惹《ひ》かれたが、戩華はそれ以上言いはしなかった。

「旺季、お前が俺のガキどもに近づきたがらないのは賢明だ。珍しくな。特にそいつは、人の心につけこむのは一級品だ。こいつが後宮で生き残る術《すべ》だ。磨いてくるぞ。邪魔になったらとっとと殺せ」

自分の息子相手に、戩華はそんなことをあっけらかんと言い放った。

「半端な情けをかけるな。お前から残らず奪っても、ニコニコ笑ってまだ何かをねだるやつだ。自分の穴を埋めるためにな。お前だけは何も与えるな。どうせお前がくれてやらんでも他の人間がやる。残らずくれてやれるなら別だが、お前には不可能だ」

「……それは」

なぜそんな言葉を言ったのか、旺季にもわからなかった。

「それは、この子のために言ってるのですか。それとも私ですか」

戩華王が黙った。

不意を打てたのは、これが最初で最後だったかもしれなかった。

王は踵《きびす》を返した。一羽の黒い鴉《からす》が木に留まっていた。戩華王はじっと鴉を見た。

「……さあな。答えがわかったら、教えにこい」

旺季の腕の中で、小さな塊は微《かす》かに震え続けていた。

旺季はただちに第六妾妃の宮を御史台でおさえ、出入りを制限し、管轄下に置いた。

それをすり抜けて第六妾妃の怪死の噂は朝廷中に面白おかしく広まったが、旺季は公には病死で押し通す決断をして、早々に調査も打ち切った。化粧瓶から劇薬は見つかったが、混入させた者も、入手経路も不明だった。ただ幾つかの顔や名は浮かんだ。縹家を使う謎の相手のこともよぎったが、挙げられるほどの証拠はなかった。まだ。

……それに第六妾妃を殺したのは、本当はその誰でもないかもしれなかった。

卓子には他の遺品と一緒に、第六妾妃の手に残っていたお守りが置かれていた。

公子が握っていた藤色の紐《ひも》は、室《へや》に連れて行った時には手から消えていて、途中でどこかに落としたようだった。旺季にはそれがわざとのように思えた。あの紐の存在を恐れるように、どこかで故意に指を離して、捨てた気がする。

子供の晴れ着からつくったような、朱色に小菊模様が散らばる可愛らしいお守りも、池の汚泥で黒ずんでいた。第六妾妃の遺品なら、息子に渡すべきだろう。が――。

旺季の袖《そで》をつかんで止めた末公子の、怯《おび》えた目がよみがえった。

……結局、そのお守りは第六妾妃と一緒に埋葬するよう、配下に言い置いた。

それから、末公子の様子を見に行った。

旺季が室に運んでからずっと、劉輝公子は高熱を出していた。ひどくうなされ、たまに目を覚ましても意識は混濁し、感情もひどく不安定だった。うわ言で余計なことを口走られても困るので、傍には配下をつけ、侍官や女官は一切排した。

　室に入ると、狐が一匹いた。いや、狐の面をつけた少年がいた。顔の上半分を隠す面の奥には茶色の双眸《そうぼう》がひそみ、長い巻き毛が肩口でふっさりたれる。旺季は驚いた。

「晏樹？　なんでお前がここにいる。今の時間は獏と皇毅に任せたはずだが」

　室内の暖気が旺季の手足に触れ、外へ流れでていく。旺季は扉を閉じた。

　ぱちん、と炭櫃《すびつ》で炭が小さくはじけた。

　退屈そうに壁際で足を組んで佇《たたず》んでいた狐は、機嫌が直ったように口もとをゆるめた。

「僕が仕事押しつけて追っ払いましたー」

「……僕の仕事を押しつけて、だろう。……待て晏樹。あやすのやめろ。なんか、めちゃくちゃ怖がってメェメェ泣いてる」

「ホラー、狐ちゃんですよー」などと晏樹がわざとらしく寝台をのぞきこんだ途端、末公子はぎょっと息をのみ、手足をバタバタさせはじめた。狐の妖怪《ようかい》でも見たよう。

「……いやあ、おかしいなぁ……。僕の色香って、年々急落してるんじゃないの……」

「妙によくできててその面は私も不気味だ。外せ。夜道にでたら化け狐だと思う」

　昔から晏樹が好んでつける面だが、暗闇でぼうと浮かび上がって結構怖い。渋々外した面の下から、大人と子供の狭間《はざま》にいる美少年が現れる。旺季は寄る年波（↑自分）を感じて内心ガッカリした。会った時の晏樹はほんの子供だったのに、今や二十歳《はたち》そこそこだ。身長を抜かれて密《ひそ》かに落ちこんだのも何年も前。いやでもまだ自分三十代。

「知ってますよ。そんで出てきた僕を見て、おむすび渡して、『これ食って腹がくちくなったら悪さしないで巣に帰れ、子狐』って言ったの、旺季様ですもん」

「そうだったか？」

一向に泣きやまない末公子に、旺季は困った。

「うーむ……。娘や悠舜が近くにいれば、呼べたんだがな」

「……飛燕《ひえん》はともかく、なんで、悠舜なんですか」

「お前たち三人の中で、一番子守ができそうだろう。なんとなく。皇毅は年々顔が固まってて、いずれ屏風《びょうぶ》の絵が動いてるとか言われても知らんぞ。それにあいつは子供が泣いても泣きやむまで頑固に待ちかねんやつだ」

「ああ、睨《にら》めっこしてね。『泣くのなら、やむまで待とう、耐える俺』みたいな」

「お前だって『泣くのなら、殺してしまえ、笑う僕』だろう。全然使えんわ。その点悠舜はニコニコと『泣くのなら、止めてみせます、できる僕』という感じで」

「……ああ、まあ、旺季様のお願いなら、あらゆる手段で泣きやませるでしょうね」

晏樹は捨て鉢に吐き捨てた。ニコニコと妖《あや》しいクスリを使いかねず、末公子は一生笑わなくなるかもしれない。

「ん？　なんか泣きやみましたよ、旺季様」

「お？　本当だ」

旺季の袖がひっぱられた。うるうると目にいっぱい涙を溜《た》めて、末の公子が袖をつかんでいる。晏樹は何が気に入らないのか、舌打ちして蝿のように無情に公子の幼い指をはたき落とした。鬼畜の所行だが、旺季も前に逃げたので責められない。

晏樹はじろりと末公子を睨みつけ、腕組みして狐面をふった。

「……ねえ、旺季様、ついてくるなと言われてましたけど、言いつけ破って僕もあの現場にいて、見てたんですけどね」

「お前ならそうだろうな。全然上司の命令をきかん……まあいい」

こういう時、晏樹はいつも不思議な表情をする。微かな苛立ち。時々、晏樹が言いつけをことごとく破るのは、旺季から何かを引き出したいからのように思うことがある。

「で、ねぇ。戩華王の言うこと、イッチイチ当たってると僕も思ったんですよねぇ。多分旺季様は半分くらいしか意味わかってないし、これからもアヤシイですけどねぇ！」

「私は今のお前が何にプンスカしてるのかが全然わからんわ」

「はあ……。ともかく、この公子に近づくなっていう忠告は僕も賛成ですね。……僕、だいたいこの手のやり口、わかるんですよね。無自覚なぶん、僕よりタチ悪いですよ。清苑にしてるみたいに、イイ子面《づら》して愛されたいとかなら、まだいい。愛されるために自分が我慢するから周囲に被害ないし。……でも表があるなら裏もあるんですよ。旺季様も少しは勘づいてるでしょう？」

炭櫃の灰の上、真っ黒な炭が赤々と呼吸をする。旺季は返事をしなかった。

「大事な相手より、自分を選ぶ子供なんですよ。それも立派な防衛本能ですけどね。愛されるためならいくらだってニコニコする。逆に素がバレてて我慢しなくていい相手には強欲にたかってくる。戩華王の言う通り。旺季様が何かをくれてやったら最後ですよ。関わり合いにならないほうがいい」

また、袖を引かれた。いとけない公子の指がそこにあり、熱で充血した赤い目が旺季を見あげている。晏樹の目つきが険しくなった。

「……旺季様。まさかこんなうるうる目にほだされて騙《だま》される安い男じゃないですよね」

「……私もあまり近づきたくないが、今は、仕事だ。仕方ない」

「旺季様！」

「う、うるさいぞ。仕事なんだから仕方ないだろうが。とりあえずお前、今は出てけ」

空気が凍った。

晏樹は旺季ではなく、寝台で洟《はな》をたらしている幼児をギロリと睨んだ。

「……わかりましたよ。出ていきますよ。このごろやる気なさげに物憂げな顔で溜息《ためいき》ばっかついてたのに、戩華王に会った途端元気になっちゃってさ。しょせん――」

晏樹は唇をかむと、狐面をつけた。自分の表情《かお》を隠すように。

そして、ふい、と背を向けて、出ていった。猫のように、音もなく。

晏樹が消える時に流れこんだ寒気が室内を一度かきまわし、静かになった。

首を下に傾けたら、両耳の耳環《じかん》がさやいだ。

劉輝公子は旺季の袖をつかんだまま、ボンヤリ涙を流していた。旺季は袖にかかる指を外し、小さな両目を片手で覆う。

手の下から子供の高い熱と、しめった涙が伝わってきた。

公子はもう一度旺季の袖を握ってきた。すがるように。

「……ぼくが、母上を、殺しちゃった……」

旺季はまだ公子に何も答えてはいなかった。是とも否とも言っていない。

どうしても旺季の答えを聞きたいとでもいうように、公子は何度も手をのばす。

「…………」

化粧瓶の劇薬。ちぎれたお守り。池から長いこと上がってこなかった戩華。

誰が第六妾妃《しょうひ》を殺したか。

掌《てのひら》の下で、公子は裁きを待つように横たわり、熱にあえぎ、震えていた。

多分。

公子が本当に訊《き》きたいのは、旺季を止めた自らの手のことなのだろうと思う。

戩華や晏樹は自分の身を守るためだと言った。日ごとに酷《ひど》くなっていく折檻《せっかん》や生傷。池から母親が無事に生きて上がってくれれば、どうなる。自分に向けられるだろう今以上の怒りや仕打ちを恐れた。いっそ、もう、このままあがってこなければ。

（それが戩華の解答……）

……だが旺季は少し違っていた。

単純に自分のしたことから目を背けたかっただけではないかと思った。勝手にお守りをいじくり、悪さがばれて、またひどく叱られること、少しでも先延ばしにして隠したがる。結果として旺季の袖をつかみ、母親は死んだという事実だけが残った。

それもしょせん、旺季の仮定にすぎない。

今の公子の頭はぐちゃぐちゃに混乱していて、わけもわからずに崩壊しかけていた。答えを欲しがっていた。バラバラの心をつなぎとめ、すがりつけるもの。

幼い公子に優しい嘘をつくことも、殺してないと慰めることも簡単だった。もっともらしい作り話を聞かせるのも。清苑公子ならそうするだろう。

「母上……どこ……。違う……ぼくが池にぽちゃんてしたから……沈んじゃった」

だが旺季は清苑ではなかったし、戩華でもなかった。淡々と伝えた。

「ええ、劉輝公子。あなたのお母上は、もうどこにもいません。二度と会えません」

火鉢で、炭がはじけた。……袖《そで》からいとけない手が落ちていった。小声がもれた。

「ぼくが……母上を……殺したんだ……」

やっぱり是とも否とも、旺季は答えなかった。

呆然と池を眺めてへたりこんでいた公子。どこかへ捨てた藤色の紐《ひも》。周囲の保護も愛情も薄く、清苑がいなければ傷ついた自分を守るのは己だけ。晏樹の言う通り、恐怖で無意識に母親より自分を守る方を選んだのかもしれなかった。だとしても。

……責められはしない。公子はぶたれても罵《ののし》られても、母親をそろりそろりと訪れ、隅っこにいていいと言われただけで喜び、母の暴発を恐れながらも清苑の宮へ移らず、傍にいつづけた。母を恐れることも、嫌うことも、愛情を求めることも、愛しているこ とも、どれも本当。小さな公子の精一杯で。

是とも否とも、旺季は言わない。母親を殺した？　結果はそうかもしれない。けれど。

「……それが、あなたの精一杯の愛し方だったのでしょう、劉輝公子。あなたの全部で」

掌の下で、睫毛《まつげ》が震えた。まるで蝶《ちょう》を閉じこめているみたいだった。パタ、パタリ。もう眠らせてやりたかった。旺季も疲れていたが、この公子も休息が必要だった。

旺季は低く旋律を口ずさんだ。娘が小さい時に、琴で弾いた子守歌。掌に閉じこめた蝶の羽音が、次第次第にゆるやかになっていく。

しばらく待って、公子の両目からそっと手を離した。

旺季は寝息を立てはじめた小さな公子を見下ろした。……戩華の末の公子。

戩華王の変わらぬ虚無、第六妾妃の青白い死体が眼前にひらめく。

破滅の妖公子《ようこうし》。幾千もの屍《しかばね》の上をいつも平然と歩いてきた。傍にいれば死が待つだけと知っても、戩華を愛した女たちは、第六妾妃は、幸せだったのだろうか。本当に？

死んだ末の姉がよぎった。旺家を裏切り、朝敵となった戩華の傍らで〝黒狼〟として生き、逝った姉。

闇と負と虚数の王。誰かを死なせることしかできない男。

それでもどこかへ歩いていたのに。

時を追うごとに何にも無関心になっていく。あんな王。

「……ないてるのですか？」

公子が目を覚まし、旺季の震える手をつかんだ。「いいえ」と答える声がかすれた。

『今のあなたはなんのために生きてるんです？』

甘ったるく胸くそ悪い脂粉の漂う後宮を、あの男は何も思わず毎日かきわけて歩き、腐って饐《す》えていく欲まみれの朝廷に、王として玉座に座ってる。

今も昔も、戩華の何一つとして認めはしない。

けれど、ただそこにいるだけの戩華よりも、歩いても歩いても何も変えられずにいる自分の方が、遥《はる》かに惨めで無様なこともまた、わかっていた。

火鉢で炭が崩れた。外で、鳥の羽ばたきが聞こえた。

◆　◆　◆

あれきり、あとのことは配下に任せ、旺季は二度と末公子を訪れはしなかった。

公子が高熱から回復した後、第六妾妃が死んだ日の記憶がほとんどないようだという報告を受けた時、旺季の胸に言いしれぬ苦さが広がった。見たくないものはどこかに落としておしまいにする。消えた藤色の紐のように、記憶を消去した公子。忘れなければ、あの後宮でこれからも生きてはいかれない。そう理解はすれど、感じた後味の悪さはどうしようもなかった。

公子の裏側の顔を、自分だけがのぞき見たような居心地の悪さだったかもしれない。

不味《まず》い薬を飲み終え、旺季はしかめっ面で、椅子に姿勢悪く寄りかかった。

『池の鯉に一人で餌やりしました』か……その文面のが私には怪奇話だ。ありえん」

不機嫌に頰杖《ほおづえ》をつけば、愛用の耳環がシャラ…と鳴った。晏樹はニヤニヤした。

「いまだに全部忘れてるから、書けたんでしょうね。まさかあの池じゃないでしょうけど。ゾッとしない話ですねぇ。まったくありえない。僕だって旺季様と鯉の餌やりなんてしたことないのに。鯉いないから、今度スズメに雑穀まきましょうね」

「……何の対抗心を燃やしてるんだお前は……」

――誰が第六妾妃を殺したか。

それは誰もわからない。

庭の木々が夜風にざわりざわりと鳴る。過去から、池の水音が聞こえてくるよう。

あの時、なんのために生きてると戩華に訊いた。見たいものがある、と戩華は答えた。

(なんのために……か。いま誰かが私に訊いたら、なんと答えるかな……)

火の消えたようないまの自分に、旺季は束の間、怒りに似た気分を味わった。

池のなかほどで、鯉がぱしゃんと大きくはねた。

『……それが、あなたの精一杯の愛し方だったのでしょう、劉輝公子』

劉輝は唐突にその言葉を思いだした。

(いまの……は)

──劉輝公子。声は確かにそう言った。劉輝公子。

旺季の声。言われたとしたら、いつのことだ？

◆　◆　◆

「おい、ボンヤリするな。餌がダダ落ちてる。なんでこんな夜中に鯉の餌やりに……」

「そなたの祖父に遠回しに言っても返事をくれないから、孫を身代わりにしてるのだ」

「堂々と言うな。あんまり餌をやって、鯉が太って泳げなくなったらどうするんだ」

「どうなるんだ。……沈むのか？　沈んでいく鯉は魚といえるのか？」

「うーむ……沈んでいく鯉……哲学的だな……。うっ、結構でかくて薄気味悪い……」

まるまる太って虚《うつ》ろな目つきで寄ってくる鯉は妙に怖い。鯉こくにして食べる気もわかない。などと、隣で璃桜がぶつぶつ言いながら餌をまく。

劉輝は額を押さえた。……さっき、水しぶきの音で、何かを思い出しかけたのに。

病死だと思っていた母が実は水死だったことや、死体がプカプカ浮かんでるような光景は、十年前に薄らボンヤリと思いだしている。だが他のことは今もほとんど白紙のまだった。幼かったせいだろうとは思うけれど。ぽちゃんと、自分も池に何かを投げ込んだような気もするが、結局劉輝はそれが何を意味するかも、何を投げこんだかも、まるでわからない。……まあ、大したことではないのだろう。多分。

鯉に餌をやりながら、劉輝はある旋律を口ずさんだ。

寝こんだ自分のもとに初めて清苑兄上が見舞いにきてくれたのは、母の死から数日経ってからだった。その前に、自分を抱いて寝台へ運んでくれた誰かがいた。しくしく泣く自分に歌ってくれた。何かを話した。全然覚えていないけれど。

ああいうのには、御史台が出てくることが多いから。

もしかしたら、あれは……と、劉輝は思ったりする。少し慰められ、元気がでた。

「……璃桜、旺季は、元気か？」

璃桜が餌を投げる手を止めた。麗しい眉目《びもく》の間に、微《かす》かな翳《かげ》りがよぎった。

「……あの、あのな、王」

「うん？どうした、璃桜」

「お祖父《じい》様、の……、……らだは……」

風が吹いて、聞きとれなかった。

「うん？」

璃桜は言葉に詰まったのち、「なんでもない」と、呟《つぶや》いた。

劉輝は首を傾げたが、深くは訊《き》かなかった。
夜昊《よぞら》を見あげたら、ある星に目がいった。小さく輝く蒼《あお》い星。
旺季みたいな星だ。
そう思ったら、その蒼い星が不意に、ゆらゆらと危うげに揺れた。劉輝の前で。
今にも絶え入りそうに、星がまばたきをした。
『……それが、あなたの精一杯の愛し方だったのでしょう、劉輝公子』
同じ言葉を、劉輝は旺季から言われたことがある。公子の時ではなく、八年前に。
悠舜を亡くしたときに……。

# 第二章　紫の公子と雪の夜

それは、夜明け前のことだった。

劉輝はたった一人で柩《ひつぎ》の傍にうずくまり、嗚咽《おえつ》していた。引きはがそうとしても離れぬ自分に、根負けした側近たちが別室に移っていったのは、ぼんやり覚えている。

廟《びょう》には無数の灯火が揺れていた。葬送の献花、線香の煙が絶えず床を這《は》い、真新しい白木の柩のにおいと、焚《た》かれた香の中、悠舜はいつまでも起きなかった。

頭が働かないほど泣いても涙は流れ、劉輝はぼうっと壇に寄りかかっていた。

どれくらいそうしていたか——不意に扉がひらき、コツ、と辺りを払う沓音《くつおと》がした。

うつむきっぱなしだった劉輝は、ふ、と顔をあげた。

涙でぼやけた視界の向こう、本当に久しぶりに、旺季が彼の前に立っていた。

五丞原の時と何一つ変わらぬ眼差《まなざ》しと、冷厳な風貌《ふうぼう》で。そして礼装ではあったけれど喪服ではなく、その姿はかつて朝廷で大官として在った時そのものだった。

劉輝は洟《はな》を啜《すす》り、袖《そで》で頬をこすったが、また涙が落ちた。立つ気力はなかった。

香煙をかきわけてやってくる旺季は、そんな劉輝を目にしても怒らなかった。みっともないと言いもしなければ、顔をしかめて柩から離すこともなかった。側近たちのようには。そして情けなく鼻水を垂らして泣く劉輝を、慰めることもまたなかった。

ただゆったりと、柩の周りを歩いた。やわらかな沓音と、耳環《じかん》がさやぐ鈴音、優雅な衣擦《きぬず》れの音だけが、薄青い夜明け前に、葬送の音楽のように小さく響いていた。

鼓動のように一つ一つの音が劉輝の心を打った。後から後から涙があふれた。

旺季は誰に言うでもなく、呟いた。

「……悠舜は、夜明け前のこの薄青い時間が、昔から一番好きでした」

太陽も月ものぼらない時間。

旺季の声は静けさに満ち、奥底には悠舜への敬意と愛情が流れていた。その声がちぎれて散らばりそうな劉輝の心を縫い合わせ、繫《つな》ぎとめ、元の場所に押しこんでいく。溺《おぼ》れる者が必死にあがくように、劉輝はその声をつかまえたかった。

円を描いて柩を巡り、沓音が劉輝に近づいてくる。コツ、コツリ。

沓の先が劉輝の視界に入り、止まった。真正面。

「けれど、夜は明けます。——立ちなさい」

一人でも。

劉輝はしゃくりあげ、目尻《めじり》をぬぐった。今まで誰になんと言われてもテコでも動かなかったのに、気がつけばヨタヨタと立ち上がっていた。目の中に旺季の礼装の裾《すそ》が映りこみ、帯に上がり、やがて整った面貌《おもて》と向き合った。

そこに、悠舜と同じ、薄闇の瞳《ひとみ》があった。

記憶の箱がずれて、忘れていた何かを思い出しかける。カラコロと、遠く落ち葉の音がする。昔、ずっと昔、劉輝はこの旺季の瞳を、どこかで見かけた。どこで。

旺季に見返され、劉輝は恥じて、頬をこすった。

「……み、みっともないと、叱、叱る、かと思った」

「人を悼むことの、どこが？」

まるで旺季は、全部わかっているようだった。

誰も、劉輝が何を失ったのか、本当に理解する者はいなかった。自分自身さえそうなのだ。時折、心に穴でもあいてるが如くゾッと冷風が抜けるように感じる時も、得体の知れぬ不安も、孤独も、悠舜が傍にいるなら、落ちついた。

何もかも捧《ささ》げてくれたのに足りずに、ついに死なせた。

劉輝は顔をくしゃくしゃにした。強い感情があふれだした。もっと旺季と話したかった。悠舜のこと、側近たちにはうまく話せないこと、心がちぐはぐなこと……。間に、傲然《ごうぜん》と旺季が引く一線を飛び越えたかった。でも何も言葉にできなかった。

旺季が踵《きびす》を返す。劉輝の胸が大きく上下した。とっさに口走った。

「余が、悠舜を、殺、殺したのだ」

旺季が足を止めた。けれど、振り返ることはなかった。

まるで溜息《ためいき》のように耳環が鳴った。仕方ないといった風に、旺季は答えた。

「……ええ。それがあなたの精一杯の愛し方なのでしょう。……知っていますよ」

「――――」

ゆわんと、頭の芯《しん》がたわんだ。

――それがあなたの精一杯の愛し方なのでしょう。

「引きずって、歩きなさい。立ち上がれないほど重くても、苦しくてへたりこんでも、何度でも。いつか悠舜のいる場所へ行きたいなら」

旺季が歩き出す。劉輝は慌てて後を追い、袖をつかんだ。

時が巻き戻るような、既視感がした。それも僅《わず》かの間にすぎなかった。

「……旺季様。お時間ですよ」

扉にもたれていた凌晏樹に旺季は頷《うなず》き、素っ気なく袖を引き抜いた。

一瞥《いちべつ》もせず、劉輝を残して出ていった。――それっきり。

旺季は彼を拒絶し続けて、八年もの月日が流れた。

……あれからかもしれない。側近たちとは、どこかが少しずつずれてしまったのは。

◆　◆　◆

数日、寒い日がつづいた。一日ごとに冬が近づく足音がする。

「旺季様、今日のおくすりです。あと、風邪をひくのでもういい加減、早朝に馬の世話に精を出すのやめてください」

「小姑《こじゅうと》かお前は」

旺季は露台の向こうで、葉をすべて落として寒そうに震えてる木を見た。

邸《やしき》に一本だけあるその梨の木は、昔、悠舜のために旺季が植えたものだった。

悠舜が天の邪鬼《あまじゃく》にも嫌いな李《すもも》の木がある庵《いおり》を選んだので、ためしに旺季が自分の邸に梨の木を植えてみた。植えたら、白い花が咲く頃に、悠舜がノコノコ旺季の住まいに花見にやってくるようになった。毎年。杖《つえ》をついて。

懐かしさに、少し笑ってしまった。

今も時折、旺季は悠舜が生きていて、庭を見ればそこに佇んでいるような気がする。

悠舜の柩の傍で呆然《ぼうぜん》と泣く王を見た時、戩華が死んだ日のことがよぎった。

……戩華が死んでも、旺季はあんな風には泣けなかった。

自分が殺したと言った王。あれが当時の王なりの、精一杯の悠舜への愛情の示し方だったのは確か。穴だらけの心を埋めるため。だから自分が悠舜を殺したと思っている。

半分は正解。もう半分は間違ってる。

……いつか、誰かが、教えてやれる日がくるだろうか。

もちろん旺季に教える気はさらさらない。

(私が殺した、か……)

……それは、旺季にも覚えがある感覚だった。

それでも、自分とは、違う。

「……そういえば、昔悠舜に『隠居しましょうよ』と言われたことがあったな……」

飲み薬用に、今日もまた白湯《さゆ》をついでいた晏樹が、変な顔をした。

「悠舜がそんなことを？　……あ、わかった。第六妾妃《しょうひ》が死んだ後でしょう」

「そうか。お前、あの時狐の面つけてでてったきり、一年以上も帰ってこなかったな」

「一年以上いなくても、旺季様は全然僕を追いかけないですよねぇ。何度家出しても、理由も訊《き》かないし。……今だって、なんで朝廷から帰ってきたか、訊かないし」

今日は晏樹が火鉢を出していて、炭火が威勢良くぱちんとはじけた。

「だから、僕は余計、全部終わりにしたくなったものですけどね……はい、薬湯」

今まで飲んでいた薬とは全然違う色合いの薬湯をだされても、旺季は特に聞き返さず、すすりこんだ。舌に、痺《しび》れるような苦味が広がった。

「隠居しましょうよ、ね……。さすがの悠舜も黙ってられなくて、諫《いさ》めたわけだ。旺季様は僕ら三人の言うこと、全然聞かないですよね。清苑に手を出すのはもう少し後にしてくださいって、あれだけお願いしたのに手を出すし」

旺季は目を泳がせ、後ろめたさをごまかそうと不味《まず》い薬湯を飲みこんだ。

悠舜がああ言ったのも、まさにその件だった。

もうこのまま清苑に勝手にやらせて、僕と一緒に隠居しましょうよ、と。

当時、若手随一と言われ、貴族の子弟を多く門下に入れ、御史大夫の地位も得ていた旺季だが、戦華にたびたび楯突《たてつ》くために逆臣と見なされており、有象無象が蠢《うごめ》く朝廷勢力図を見ても、まだ小勢にすぎなかった。

一方清苑を擁立する一派は――心から期待する官吏もいるにはいたが――太子でなくわざわざ次子の清苑を選んだ輩《やから》だけにおしなべて狡猾《こうかつ》で、外面は穏健派を装っても忠義心など紙より薄い、抜け目ない奸臣《かんしん》ぞろいだった。

清苑にたかって水面下で利権争いを繰り広げ、中央でのさばりはじめた狐狸《こり》妖怪《ようかい》どもを一網打尽にするには、清苑一派を真っ先に落とすのが一番効果的だった。

だが当時の旺季の勢力を考えれば、あまりにも無理押しで、多くの危険があった。

あの時旺季を止めたのは、晏樹や皇毅、悠舜だけではなかった。自分以外の全員止めたと言ってもいい。従者の獏まで、ボソボソ意味不明な理由をつけて止めた。お日柄が悪いので日取りは先延ばしにとか何とか。

(「隠居しましょうよ」か……)

そう言われた時ははぐらかして答えなかったが、少しして、悠舜の方から邸に訪ねてきた。そして、本当に珍しく、真剣に、辛抱強くもう一度旺季に願った。

――お願いですから、せめて僕が国試に通って仕官するまで待ってください、旺季様。

旺季のすることに滅多に口を挟まなかった悠舜が、二度諫言《かんげん》したのは、あれが最初で最後だった。……けれど、旺季は耳を貸さなかった。

意固地になっていた自覚はあった。やけにもなっていた。

相変わらず、戩華は後宮や外朝の権力闘争をほったらかしで。待ってどうなる、むりやりでもできることがあるのに、これじゃ戩華と同じになると、毎日鬱屈《うっくつ》していた。

たまに旺季は、結果が見えていても、ほんの刹那《せつな》の、嵐のような感情に任せて動いてしまう瞬間があった。失敗するのも大抵そういう時。

それでもいま去来するのは、後悔でなく懐かしさだった。捨て鉢だろうが、あの頃は火花が散るような激情が確かにあった。

骨の大地をいつまでも駆けていける、あの気持ち。……今はもう失われた、情熱。

結局、悠舜が及第するまで、旺季は待ってやれなかった。

あの頃、旺季は朝廷で一人だった。

薬湯を飲んだのに、こん、と、旺季は咳《せき》をした。

◆　◆　◆

……最後に清苑を追い落としたのは旺季でなく、彼の母親・鈴蘭の君だった。

だが、実際に清苑を迎えに行き、牢《ろう》に入れたのは、御史大夫である旺季だった。

第六妾妃が初冬の池で死んでから、一年もたたぬ秋の終わりに。

旺季は清苑公子を他ならぬ劉輝公子の目の前で捕縛し、流罪に処した。

あの日、旺季は劉輝公子のもとへ、第六妾妃の死以来久しぶりに向かっていた。

（……戩華のために、実の父親も息子も、平然と罠《わな》にはめるか……）

第二妾妃鈴蘭。薔薇《ばら》の如き絢爛《けんらん》たる美貌《びぼう》の第六妾妃とはまた別の、清麗で儚《はかな》げな、少女のような透明さをもつ美姫《びき》だった。病弱で、いつも奥でひっそりしていた。帷《とばり》の奥深くにいながらにして、鈴蘭は実父どころか、清苑を隠れ蓑《みの》に朝廷で幅をきかせていた貴族や官吏をも御史台が残らず挙げるのに充分すぎる証拠をお膳立《ぜんだ》てしてくれていた。まさに旺季は鈴蘭の掌上で動かされるだけの役どころだった。真相を知っていても、結局彼女の思惑通りに御史台を動かすほかはないほどに。

父親が謀反となれば、鈴蘭自身も連座となる。……そして、清苑もまた。

旺季は後宮にのびる銀杏《いちょう》の小径《こみち》を歩きながら、無数に降る黄金《こがね》の葉を、暗い顔で一枚つかみとった。……第六妾妃が死に、今度は第二妾妃。戩華の周りで女たちが一人一人死んでいく。旺季は女が死ぬのを見るのは、昔からあまり好きではなかった。

（……だが、鈴蘭の君は、いったい縹家に『誰』の死を依頼した……？）

それだけが判然とせず、旺季の引っかかるところではあった。

女主人のいない六番目の宮は閑散として、劉輝公子は回廊で一人遊びをしていた。公子は現れた旺季に、初めて会う大人、というような顔をした。おずおずと旺季に微笑み、拒絶されないとわかると、無邪気に、注意深く、そろりそろりと寄ってきた。一年前に見ただけの大人など、幼児が覚えていなくても不思議ではない。けれど忘れるというより、抹殺したような完全な記憶の排除に、旺季はむしろ、公子の負った爪痕《つめあと》の深さと、何かの仄暗《ほのぐら》さを覚えたものだった。

前よりも末公子は表情豊かになり、ふっくらし、小綺麗《こぎれい》になっていた。それは間違いなく清苑の手柄であり、彼の良心の在処《ありか》は、この弟公子という形で存在していた。

清苑を待つ間、旺季は一緒にお絵かきや、お手玉をして付き合った。

劉輝公子は愛らしく、お行儀のよいいい子だった。顔色をコッソリうかがう素振りはあったが、旺季からすれば異常なくらい愛くるしい。拾ったばかりの晏樹や悠舜、皇毅でさえ、旺季に反抗したり、気を惹《ひ》こうと画策したり、感情をぶつけ、駆け引きをし、かと思えば黙りこみ、機嫌とるなと急にぶすくれたかと思えば、放置するとカンカンに怒る。いい子とはほど遠い、手に余る厄介な小動物どもだった。

比べて、目の前の公子は、誰かの好みに完全にあわせて、注意深くつくりあげられた人形のようだった。

すずらんの絵を描いていた公子は、旺季と目が合うと、僅《わず》かに怯《おび》えの色を見せた。まるで、今まで誰にも気づかれずにきた箱を暴かれたかのように。

「ぼく……何か、お気に召さないことを、したでしょうか？　お絵かきは嫌でしたか」

旺季は呆《あき》れ果てた。六歳かそこらの子供が『お気に召さないこと』。なんじゃそりゃ。

「そうですね。そんな風に私の気分をさぐったり、人に合わせてばかりのところは、気にくわないですな。私がお気に召そうが召すまいが、本当にお絵かきが好きなら、気にせず描けばいいでしょう。本当にしたいことはないのですか？」

公子はぽかんと口を開けた。真っ白になったように、描き上げたすずらんを見た。

「……あの……いえ……」

旺季は黙っている。

公子は旺季が何か助け舟を出してくれたらそれに飛び乗ろうと待っていたようだったが、旺季がそんなもんは出さずに無言で見守っていると、ちょっと膝《ひざ》が震えだした。

「……あの、骰子《さいころ》遊び……とか……その……お好きでしょうか……？」

「私はあなたのしたいことを訊いているのですが」

公子は可哀相なくらい震えている。まるで旺季がいじめてるみたいな気分だ。

我慢比べは旺季が勝った。旺季の気に入りそうな答えを総ざらってみたけれど見つからず、残ったのがもはや本音《それ》しかなかったみたいに。消え入りそうに囁《ささや》いた。

「……木登り……してみたいとは、思ってました。あの、一番大きな木……」

指の先には、大人でも見あげるような樫《かし》の大木が伸びている。かなりいい枝っぷりで、悪ガキなら争っててっぺんをとりたがるような、大変心そそる木である。

なるほど、と旺季は思った。だがあれほど高い木では、過保護な清苑公子にネタを振ってみるまでもなく却下されるであろう。

旺季は劉輝公子を小脇に抱え、庭院《にわ》におりていき、樫の木に尻《しり》を押し上げた。

「できるところまで自分で登りなさい。後ろにいます。下は見ないで上だけ見なさい」

「え、ええ!? あの、でも」

「? やらないなら下ろしましょう。清苑公子も戻ってきてしまいますしね……」

遊ぶ約束は清苑公子が戻るまでだった。旺季も木登りなど面倒だし、やらない方が楽だ。公子の尻を引っ張ったが、……離れない。トリモチみたいに木にくっついている。

「や、や、やります」

小さな公子はそう言い張ると、最初はおそるおそる、けれど次第に熱心に登りはじめた。危ない時はさりげなく旺季が腕や肩を出していたが、それにも気づかない。もう少しでてっぺんというところで肩で息をつき、思いだしたように下を見た。見て、あまりの高さに叫ぼうにも言葉もでなかったようで、公子は白い灰と化した。

すぐ下から追っていた旺季は、幹にしがみついている劉輝公子をひっぺがし、二人乗っても折れなそうな太い枝を選んで移った。旺季は戯れに、草笛を吹いた。公子が見上げてきたので、もう一枚あった葉を渡せば、見よう見まねでヘンな音を出した。

二人で並んで、眼下に広がる景色を眺めた。

そこからは、貴陽の城下町が碁盤の目のように見えた。

眠らぬ都。ごった煮で、精力的で、整い、欠けたところがない、発展した王都。

……昔は、違った。

何度も戦火に焼かれ、幾たびも王の首は落ち、朝廷官吏や貴族らの度重なる政争で都は荒廃し、毎日のように大量の屍《しかばね》が積み上がり、瓦礫《がれき》の街と化した。政事《まつりごと》の機能はほとんど失われ、動けずに死んでいくだけの老婆みたいな都だった。人の心も、街も、ボロボロに蝕《むしば》まれていた。巣くっている朝廷に、内部から食われていく虫に似ていた。

貴陽完全攻囲戦のために、陵王と最後の王都入りをした時、旺季はあまりに無惨な有様に、ただ立ち尽くすしかなかった。

……あの時、旺季には、何もできなかった。王都を戩華に明け渡す以外、何も。何も。

黄金の銀杏が舞う。情けなさがこみあげ、拳を強く握りしめた。

何が違う。何もできなかったあの頃と。今と――何が？

……風の中、時間がすぎていき、やがて、梵鐘《ぼんしょう》が鳴った。

清苑が戻ってくる時刻だった。そして、旺季が清苑を捕まえる時間だった。

「……帰りましょうか」

旺季はそれだけ呟《つぶや》くと、帰りは彼が公子を横抱きにして、木から地上へ降りた。

「面白い景色を見られました。劉輝公子。あなたは面白かったですか？」

公子はもじもじとしていたが、やがて蚊の鳴くような声で頼んだ。

「兄上には、木登りしたこと、言わないでくださいませんか。怒られる、ので……」

旺季は公子を見下ろした。そうか、と思う。結局何も変わらないのだ。

この公子は、愛されたい誰かが目の前にいる限り、ずっとこうして生きていくのだろう。相手の好みに完全に合わせて、自分をつくりかえていく。

しょせん、旺季が一つ二つ碁石をずらしたくらいで、何も変わることはないのだ。

旺季は唇を歪《ゆが》めて、素っ気なく言った。

「……わかりました。では、清苑公子がくるまで、お手玉で遊んでいましょうか」

小さな公子は束の間、何かひどい間違いをしたような顔でうつむいたが、それも結局は愛する清苑がくるまでのことだった。

清苑の沓音《くつおと》が聞こえれば、たちまち無邪気な笑顔で迎え、お手玉とお絵かきをしたと報告した。旺季は空々しい気持ちで、それを聞いていた。

現実はこんなものだ。割り切れば楽になれるのもわかっていた。それでも。

まだ。

捨てたくはなかった。夢を見たいと思っていた。まだ。

自分にも何かを変えられると。……信じていたかった。

◆　◆　◆

火鉢の音と、晩秋の風を聞く。

旺季は書籍を膝に置いて椅子にもたれ、葉のない庭の梨の木を見た。

あのあと、旺季は清苑を手づるにしていた官吏や貴族どもを片端から挙げた。……必要以上に。まだ手を出すべきでない大官にまで手を突っこんだ。周囲や皇毅に自分の身が危なくなるといくら止められても、きかなかった。

なぜ急ぐとたしなめられても、当時の旺季は返事をしなかった。

（――本当は）

……公子と木の上で、あの風景を見てしまったからだろうと思う。

欠けたところがない城下町。未完成でも力と希望にあふれ、荒削りな可能性に満ちて脈動する。絶望と怨嗟《えんさ》で荒廃していたかつての貴陽とは、比べものにならない再生。

旺季が長い間、思い描いていた世界がそこにあった。

やってのけたのは、……旺季ではなかった。

瀕死《ひんし》の老婆みたいだった王都を――この国を、あそこまで生き返らせてみせたのは。

（戩華と）

黒髪の――と、考えて、ふらっと眩暈《めまい》がする。誰、だったか……？　脳裏から、一つの名と顔が消えていき、目もとをおさえた旺季は一瞬の空白に少し、首をかしげた。

圧倒的な力と頭脳で玉座につき、根本からこの国をつくりかえていった妖公子《ようこうし》。

障害は踏み躙《にじ》り、邪魔な輩《やから》は片端から殺戮《さつりく》し、数多《あまた》の髑髏《されこうべ》を置き去りに駆け抜けた。

でもいつからか、戩華は先に進もうとしなくなった。

旺季は梨の木から目を離し、栞《しおり》代わりに銀杏《いちょう》を挟んで本を小卓に置いた。逆側に手を伸ばして、怠け怠け手入れをしていた琴《きん》の琴を、ぽろ、とはじいた。

清苑を流罪にしてから、旺季は後宮で、たまに琴の琴を弾くようになった。消えた兄を捜して、後宮を幽霊みたいにさまよいはじめた末の公子。隅っこでうずくまっていると、小汚い雑巾《ぞうきん》が丸く積まれてるのかと勘違いしたくらいだった。ふっさりした髪で子供とわかる程度で、ボロ雑巾の塊がむくむく動いて歩きはじめるさまは、まるで影だけが切り離されたようだった。ぼんやりと、魂もなく、あてどなく歩き回る。

真夜中の後宮で、心を失ってうろつく変わり果てた公子を見たとき、旺季は初めて、琴の琴を爪弾《つまび》いた。城では戩華王に命じられようが頑として弾かなかったのだけれども。別に罪滅ぼしではなかった。やったことを後悔してはいなかったので。

やがて、しゃくりあげるような泣き声が聞こえてきた。

百年ぶりに泣いたみたいな慟哭《どうこく》だった。

誰に合わせたわけでもない本物の嗚咽《おえつ》は、旺季の胸を打った。後ろめたさはなかったが、自分があの公子から、確かに心と兄を奪ったことを認めた。

泣き声がやみ、忍び足で見に行ってみると、小さな末公子は疲れ果てたように回廊の隅で眠っていた。冷たい廊下で、誰かが捨てていった毛布みたいに、くしゃりと寂しげに丸まって。あどけなく、孤独で、泣きながら何かを探す顔をして。

旺季はようやく、この公子の真実の姿を見たような気がした。相手が傍にいればすぐに合わせてしまう公子は、こんな風な寂しい場所でしか、本当の自分をさらせないのかもしれなかった。……いつまで？　それは旺季にもわからない。

旺季は今まで空けていた距離を詰め、公子を抱き上げて臥室《しんしつ》まで運んでやった。それからごくたまに後宮に足を運んでは、なんとなく末公子の臥室の近くや、さまよっている場所から遠くないところを選んで、琴を弾くようになった。けれども公子が音をたぐって近寄ってくる気配を感じれば、すぐに手を止めた。後宮で見かけても、近づいて優しくすることはなかった。それは旺季にも謎だった。

「……。……考えてみると、今とたいしてかわらんな……」

旺季は調弦しながら、ぼやいた。一通も返事を出さなくても紫劉輝が全然めげないのは、あれで慣れてしまっているのかもしれない。

相手の好みに完全に合わせてつくられる末公子。旺季が近寄る気になるのは、思えば、いつでもそうではないときだけなのかもしれなかった。悠舜の柩《ひつぎ》でメソメソしていたときもしかり。あれほど主君にばか丸だしで泣かれれば、悠舜も甲斐《かい》があったろう。

「……袖《そで》にしながら構うから、余計トコトコ寄ってくるんじゃないですか」

旺季の椅子の腕に浅く腰かけて器用に林檎《りんご》を剝《む》いていた晏樹が、旺季の独り言のみで考えを見抜いたようで、嫌みを言う。

そうかもしれない……。旺季は楊枝《ようじ》にさした林檎をかじったあと。

久しぶりに、気まぐれを起こした。

晏樹は林檎を剝くのをやめた。小刀を卓に放り投げ、機嫌のいい猫みたいに寝椅子に行って寝そべると、目をつむった。

旺季は琴の琴に両手を置き、『蒼遙姫《そうようき》』を奏ではじめた。

……戩華が足を止めるのと一緒に、朝廷もまたゆるゆると停滞し、何もかも没落していった。坂を転がり落ちてゆくのに、誰も止めない。

一人で苛立《いらだ》ち、腹を立て、周囲に耳を貸さず、次々と官吏や貴族を挙げた。

清苑公子を流罪にし、その一派を根こそぎ粛清し、それ以上の手柄を求めた。

……結果、次に追い落とされたのは、旺季の方だった。

あの、雪闇の夜に。

◆　◆　◆

璃桜が小袋を抱えて入室するなり、執務机にいた王が弾《はじ》かれたように顔を上げてきょろきょろしたので、璃桜はぎょっと身をひいた。

「うわ!?　な、なんだ……林檎のにおいに気づいたのか？」

「林檎？　……あ。本当だ。やたら甘酸っぱい林檎のにおいがするな」

王が璃桜の小袋に目をそそいだ。

「ああ。お祖父《じい》様が好きな林檎。里帰りしたときにわけてもらったんだ。これは鯉の餌にはしないからな。女官や景宰相たちにお裾《すそ》分《わ》けするために持って帰って――」

璃桜は王の顔つきにたじろぎ、しぶしぶ袋から一つとりだした。酸味が強くて璃桜の好物だったけれども、数がないので隠しておこうと思ったのに。

「半分こにしよう……。林檎じゃないなら、さっきのはなんだったんだ？」

「旺季の琴が聞こえた。実はコッソリきてないか？　林檎みたいに隠してないか！」

「隠せるか！　きてるわけないだろ。お祖父様は今――」

璃桜はぐっと言葉をきった。小刀で林檎を半分に割って、片方を王に放り投げた。

「……今さら、朝廷にこられるわけないだろ。悠舜様の時、相応の官位がないのに禁を破って祥景殿に強引に踏み入ったのはお祖父様の咎《とが》だ。俺を養子に出す時、鄭君十条を知って受け入れたのもお祖父様だ。お祖父様は自分がしたことをわかってる。悠舜様のような時でもない限り、お祖父様は二度とこない」

今度黙ったのは劉輝の方だった。璃桜の率直さは、ひどく旺季と似ていた。

劉輝は半分の林檎を齧《かじ》った。涙が出るくらい酸っぱい。――旺季は二度とこない。

「……悪い、王。つい……言い過ぎた」

「……いや。本当のことだ」

窓の外は薄ぐらい曇り空だった。耳をすませても、城のどこからも琴の琴は聞こえてこず、遠くでカラコロと落ち葉が寂しげに鳴っていた。

……幼い頃は、一年にほんの数度、後宮のいずこからか琴の音が響いてきた。誰が弾いているのかもわからず、ある日、その音はふっつり城から消えた。

そして今は弾き手が誰かわかっているのに、この城で耳にすることはない。

劉輝の胸が不意に締めつけられた。さっき旺季の琴だと思ったのは。流れてきた旋律が『蒼遙姫』だったからだ。

城の楽官に命じても、琴の琴で弾くのはあまりに至難だと誰もが音を上げた。けれど劉輝は一度だけ、完全な音色を聞いたことがあった。遥《はる》か昔。

雪の夜。誰もいない後宮。

赤々と火の粉を散らす灯籠《とうろう》の道。どこかから響く別れの旋律。

黒い影が不気味に伸び縮みする中、流れる『蒼遙姫』を追って無我夢中でひた走った。今でも不思議な夜だった。あの夜に何があったのか、誰も口にしない。

重鎮・慧茄に訊《き》けば教えてくれたかもしれないが、どうせ卵の殻みたいなものだった。本当に知りたい真実の中身は教えてくれない。いつもそう。慧茄に何を訊いても、旺季については、絶対に口を割らない。

劉輝が覚えているのは、歪《ゆが》んだような変な物音や、旺季と奇妙な暗闇を走り抜けたこと、雪の降りこむ無人の回廊で、旺季と話をしたこと……。

蒼《あお》の君、と劉輝は彼を呼んだ。名を知らなかったから。

(……そういえば、教えてくれたのは、無駄に偉そうな態度の男だったな……)

劉輝は不機嫌に林檎を齧った。追うといつも途切れる琴に、回廊の隅っこで落ちこんでいたら、うしろからつまみあげられ、弾いているのは「蒼の君」だと教わった。

あの雪闇の晩にようやく発見した人は、蒼い剣をさげ、〝紫装束〟をまとい、夜空のような双眸《そうぼう》をもっていて、まさに呼び名そのものだった。
お久しゅうございますな、と蒼の君は言った。
果てしないほど、劉輝はその夜のことを思い返す。雪の彼方《かなた》から今も声が響く。
『私は今日を限りに、この城を出て行きます。しばらくお会いできないでしょう』
――あの雪の晩、旺季は確かにこう言った。
『私と一緒に。この城から出て、何もかも捨てて、一緒にくる気はありますか』
今は行けない。けれど待っててくれますかと訊いた自分に。
旺季はっと、何かを答えた。
『――――』
激しい夜風にあおられ、灯籠の火影も、大粒の雪も、舞い狂っていて。
その風のせいで、旺季がなんと答えたのか、劉輝には聞きとれなかった。
あれから旺季は城を去り、ずっと――もうずっと、戻ってこなかったのだった。
しゃり、と、劉輝は林檎を齧った。とらなかった手。訊けなかった答え。
『一緒にくる気はありますか？』

◆　◆　◆

あの晩、旺季が〝紫装束〟を着こんだのは、最後の意地みたいなものだった。

清苑公子を流罪にしてから一年。

配下たちの再三の諫言《かんげん》を押し切っての勇み足がすぎ、また公子のうちもっとも期待の高かった清苑公子を城から逐《お》ったことで、旺季は朝廷中を一気に敵に回していた。特に他の公子や親族の警戒・危機感は凄《すさ》まじく、旺季排除に結託し、手を打ってきた。

旺季の配下が次々に狙い落とされ、不可解な左遷、変死や謀殺が相次いだ。晏樹は第六妾妃《しょうひ》が死んだ日以来ずっといずこかへ消えていて、陵王は地方に飛ばされ、目下旺季の後継者と目されていた皇毅も何度も暗殺されかけた。

旺季が中央を離れろといくら言っても皇毅は頑としてきかなかったが、娘の飛燕まで手が及んで、ついに折れた。旺季は皇毅を侍御史《じぎょし》から監察御史に降格し、娘ともども傍から離した。そうでなければ皇毅もまた、遅かれ早かれ謀殺されていただろう。

あのとき、旺季の傍に残っていたのは、初陣から付き従う獏くらいだった。

各地の配下や友人からは、もうずいぶん前から、一刻も早く王都を出ろと矢のように文《ふみ》が届いていた。長らく各地を巡って官歴を積んだ旺季にとっては、地方こそが陣地だった。今は中央から出て、地方でほとぼりが冷めるまでやり過ごせ——と。

確かに地方で何年か雌伏すればすむ話だった。斜陽の朝廷など見捨て、腐敗していくに任せればいい。旺季が消えれば勝手に共食いを始め、いずれ自滅する。

……だが、旺季はそうせず、毎日、毎日、中央で役にも立たない仕事を続けた。

ずるずると、貴陽に留《とど》まり続けた。

（地方に逃げて、それで？）

戩華は依然として朝廷の情勢に何の決断もくださず、めっきり姿も見えなくなって久しかった。戩華の姿が消えた朝廷を、旺季は朝晩うろつきまわった。

黒髪の宰相に王への面会要請を慇懃《いんぎん》無礼に一蹴《いっしゅう》されるごとに、戩華の存在が見えなくなるごとに、旺季の心からもまた、ふっつりと火が絶えていった。生まれて、初めて。

かわりに感じたのは底なしのむなしさと絶望だった。

地方に逃げても、今までのように中央に返り咲く自分も思い描けなかった。

旺季は逃げなかったのではなく、逃げる気力までも失っていたのだった。

……だからあの晩、供も連れずに一人で後宮に向かった。もう、影を引きずって歩くのさえ、億劫《おっくう》だった。ひどくくたくただった。もういい、と思ったのだ。

持っていったのは、三つだけ。紫装束と、愛用の蒼い剣。それと、小さな桐の、琴《きん》の琴。自分の宝箱の、ささやかな持ち物全部を持っていこうと、ただそれだけだった。

その日は、おそろしく冷えこんだ。晩秋とは思えない、季節外れの寒さだった。

その書状を見つけたのは昼間だった。御史台の執務室の机案《つくえ》に、差出人のない手紙が一通置かれていた。一人で内朝へくるようとの、呼びだしだった。こなければどうなるかも書かれていたが、途中で読むのも面倒になって放りだした。

執務室を後にする時、机案に、よく栞《しおり》にした銀杏《いちょう》の葉だけを置いていった。

配下に止められることはなかった。

……御史台には、もう配下は誰もいなかった。最後まで残ってくれていた僅《わず》かな御史たちは一人残らず、その日、誣告《ぶこく》によって刑部《けいぶ》に拘束されていた。そして御史大夫・旺季への弾劾請求が、王と宰相へ、四省六部長副官全員一致で提出されていた。

その夜、旺季は書状通り、内朝を抜け、奥の後宮へと一人で向かった。

後宮までの門扉は残らず開いており、門衛はいなかった。帯剣・鎧《よろい》姿で内朝をうろついても、旺季を咎める見回りの衛士《えじ》の姿もない。しかも奥へ行くごとに、灯りの数は目に見えて減っていき、人っ子一人いなくなっていく。

(…………せめて、もう少し、頭を使ったらどうなんだ…………)

開いた口がふさがらない。あまりにもむなしい現実に、旺季は肩を落としてトボトボ小径《こみち》を歩いた。呼び出し状にはどっかへくるよう指定されていたが、途中でうっちゃったので覚えておらず、だいたいなんだってそこまで言う通りにせねばならんと、旺季は自分で勝手に場所を選んだ。

やがてもの寂しい庭院《にわ》の奥に、六角形をした四阿《あずまや》が見えてきた。六本の柱の中に、落ち葉の降りつもった休憩用の卓と椅子がぽつりと置かれている。

旺季は落ち葉を払い、小脇に抱えていた琴を置いた。柱に備えつけてある燭台《しょくだい》に、順繰りに火を入れていった。凍えるような寒気に、炎が寒そうに身震いする。六つ全部に明かりが灯《とも》れば、真っ暗な夜の中、幻想的な光に四阿が浮かび上がった。

少し気分がよくなった。

夜空では三日月が嗤《わら》っていて、ムッとした。戩華が昔、よくあんな風に嗤ったのを思いだしたので。

愛用の剣を鞘《さや》から抜いた。刀身に蒼い刃紋がゆらめく剣を、抜き身のまま隣に立てかける。そんなことをしたのは、やはり嗤う三日月のせいかもしれなかった。

椅子に座ると、琴の琴に両手を添え、奏ではじめた。

……やがて、爪《つま》弾《び》く曲の向こうから、ずいぶんと無粋で、ひどく懐かしい、鎧兜《よろいかぶと》のさざめきが聞こえてきた。遠くの暗闇に、ポッポッと松明《たいまつ》が灯りはじめる。

旺季は皮肉げな微笑を唇に浮かべた。

いつだって、琴を弾けば何もないところでも誰かがひょっこり現れた。それを見るのが、旺季は結構好きだった。軍中ではよくせがまれたものだった。どんな狼藉《ろうぜき》者も、琴を弾けばたちまちおとなしくなり、鼻水をたらしてすすり泣いた。だが今日の客は、膝《ひざ》を丸めて聴くようなかわいげも、風情も、微塵《みじん》も持ち合わせがないらしい。

足音や声が行き交いはじめ、四方八方に灯火が無限に増えていく。

旺季が戦装束を着込み、抜き身の剣を卓に立てかけているのに気づいたのか、多少近づく速度はにぶったが、それでも松明の囲みはじりじりとせばまってくる。

旺季は一心不乱に琴を弾き続けた。

——この曲が、終わったら。

赤々と燃える無数の松明、甲冑《かっちゅう》のさやぎ、白刃のきらめき。

四阿は今や、まばゆいばかりのきらめきで満ちていた。長い惰眠から目覚めるように蒼剣《そうけん》がゆらめく。どこかで、りぃんと、不思議な音がした。何の音だ？　旺季は不思議に思った。……遠い遠い昔、どこかで聞いたことのある、音だった。

気づけば白い雪がチラチラと降りはじめていた。

今まで幾たびも絶望し、立ち止まり、一人になった。そのたび真っ黒い影を引きずって、また歩き出してきたけれど。

弦をかき鳴らしていく。葬送の『蒼遙姫』。すべてに別れを告げる曲。

——それも、もう、終わりだ。

曲が最後にさしかかった、そのとき。

……茂みから突然、もさっとした小汚い塊が、すってんと転がり出てきたのだった。

旺季は呆気《あっけ》にとられた。

兵士が密集するド真ん中に転がりでてきた、あの物体はまさか。今夜後宮にきたのは彼のためでは全然なかったので、はっきりいって存在すら忘れていた。

名前を呼んだかもしれない。それを聞きとめた兵が、雑に顎《あご》をしゃくった。

「劉輝公子……？　ああ、末の公子か。おい、こいつなら大丈夫だ。始末しろ。他の四公子と妾妃も、公子が一人減れば喜ぶだろう。斬り捨てて、池に投げ込め」

耳を疑った。旺季はすぐさま鋭く制止した。

「――やめろ。劉輝公子は関係ないはずだ」

誰も聞くものはいない。まるでゴミを捨てに行くみたいに、兵が槍《やり》を手に丸まってる公子の傍に無造作に寄っていく。旺季の目に松明の火が移ったかのように、暗い輝きが戻った。刹那《せつな》の半分で旺季は決断した。

立てかけていた蒼剣をとると、斬れと命じた男へ一足飛びで距離を詰めた。槍をもつ腕を斬り飛ばすと、柄をつかみとって投げ放った。腕がついたまま、槍は公子を殺そうとしていた兵士の背を貫通し、雪交じりの地面に標本のように縫い留めた。

辺りは影絵の如く静まり返り、時が凍った。

旺季は一切を無言で処理した。松明をもつ兵士を片っ端から斬り殺していく。次々に火が消え、または燃え移って叫び声があがる。たちまち深い闇が押し寄せ、領域を拡大し、旺季の姿を隠していく。ようやく悲鳴と怒号があがりはじめた。混乱の中を一人自在に駆け抜けながら、目前の障害物は一切合切始末していった。負け戦ばかりの旺季には、乱戦は得手。灯火に揺れる影絵は、旺季の目にはあまりに動きが遅くて無様で、へたな人形劇の中に迷いこんだみたいだった。

夜目を凝らし、劉輝公子をさがしだす。

入り乱れる兵らを斬り殺して抜け、ボンヤリうずくまる公子を拾い上げる。子供特有の、高い体温が手に伝わってきた。旺季はその熱と重みに、妙にホッとした。生きて動いているのが、自分一人ではないと、ようやく思えたので。

（～仕方ない）

末公子を胸に抱いて、血飛沫《ちしぶき》の中を疾走した。

公子の宮に向かったのは、単にその一角が今や誰からも忘れられた場所だったからで、思った通り、別に罠《わな》でも何でもなく、四六時中火が消えている幽霊御殿同然の宮までくると、兵の気配は消えた。

追ってきた最後の一人を回廊で斬り殺すと、旺季は息をついた。

闇に、雪がしんしんと降っていた。

雪闇。真っ暗で、先の見えない世界が、茫漠《ぼうばく》と広がっていた。

旺季は暗闇から目を背け、第六公子を床に抱き下ろした。文字通り、火が消えた――というか、一日中消えっぱなしの回廊に、一つだけ、火打ち石で灯りをつけた。

末公子が、まるで今までの殺戮《さつりく》など知らぬげな、一心な眼差《まなざ》しで、旺季を見あげていた。……また、記憶を消したのかもしれない。公子は相変わらずのようだった。

旺季は投げやりな気分で挨拶《あいさつ》をした。まったく、こんなはずじゃなかったのに。

「……お久しゅうございますな、劉輝公子」

「おひさしゅう、ございます。蒼《あお》の君」

思いがけぬ呼び名に、旺季は完全に不意を打たれた。まじまじと公子を見つめた。

蒼の君。今の朝廷で、その呼び名を知っているのは、一人しかいない。

氷の美貌《びぼう》。三日月の微笑。——戩華。

不意に旺季は、戩華がこの後宮のどこかにいるのを、強烈に意識した。

この愚かで、無様で、あまりに情けなく、馬鹿馬鹿しい顛末《てんまつ》を、どこかで一つ残らず眺めているように思えた。一瞥《いちべつ》で人の心を奪い、膝をつかせ、反逆も許さぬ男。彼方《かなた》から注がれる戩華の目に射抜かれた気がして、旺季は闇の帷《とばり》を睨《にら》み返した。

公子の前にしゃがみ、小さな手足や衣服から、雪や泥の汚れを落としてやった。すると、ちびちゃい手で指をつかまれた。そのまま頬に引き寄せて、人恋しげに放さない。じろ、と、公子を見た。だが珍しくされるがままになってやったのは、その時の公子には、つくったような感じがどこにもなかったせい。清苑が消えた世界で、一年近くも一人でさまよい、初めて荒野で誰かを見つけたような表情。駆け寄り、触れ、本当かどうか確かめているような、心からの泣きそうな顔。

本物の寂しさを邪険にするほど、旺季も悪党ではなかった。

「劉輝公子……どうして、あそこにおいでになったのです？」

「琴の音が、聞こえて」

旺季は黙りこんだ。……確かに、弾けば、たいていこの公子が音をたどって、フラフラと寄ってきていた。今回だけ例外なわけもない。

旺季は公子の手から指を引き抜いて、かわりに頰の汚れをぬぐってやった。前髪をかきあげた。……いつも逃げ切ってきたのに、ついに見つかったというわけだった。

それにしても、あの会心の出来栄えの『蒼遙姫』を、たった一人のまともな観客こそがぶち壊してくれたのが皮肉だった。

そうでなかったら、今頃――。

「どうしてか、この雪にまぎれて、今夜を限りに、消えて、しまうと思って」

旺季は小さな公子を見下ろした。回廊の外では凍るような零下の風が吹きすさぶ。その暗い寒波の雪闇の中を、僅《わず》かな衣服と薄い室内履きだけで、たどたどしく、一途《いちず》に、必死に旺季をさがして追いかけてきた幼い公子。

旺季はもはや朝廷の誰からも必要とされてはいなかった。そんなことは今までも何度もあった。だが、今回は、……自分自身さえ、もう不要に思っていた。

この城で旺季をさがし、惜しんでくれたのは、同じくらい孤独なこの公子きり。

しんしんと降る雪はいっそうひどくなり、回廊まで吹きこみはじめていた。

先が、見えない。世界も、自分自身の行く先も。

旺季は気まぐれを起こした。最初で最後、この時だけ。

「……劉輝公子、一緒にきますか？」

公子に、自ら手を差し伸べた。

「私と一緒に。この城から出て、何もかも捨てて、一緒にくる気はありますか」

是と、答えるはずだった。

旺季の知っていた、あの弱く、人の好意にすがりついて生きる公子なら。けれど。

「いいえ、行けません」

断った。

旺季は目を見ひらいた。決然とした、静かな声が、足もとから届く。

「行けません。ここが僕の居場所です」

身も凍る夜風の中、小さな公子は白い息を吐いて、もう一度繰り返した。

この時旺季は、逃げに見えていた、嫌なことを残らず忘れる術《すべ》は、現実から逃げないために公子ができる、たった一つの方法だったのだと気づく。変わらぬ孤独と寂しさ。弱さ。それでも逃げずに、自分の居場所に留《とど》まり続けるための戦い。

「……前に、本当にしたいことは何ですか、って、あなたは言ってくれました」

「…………」

「そんなこと、僕は一度も考えたことはなかったのです。ただ……あなたの隣で見た、景色に、息が詰まって、何も言えなくて。あの時だけ、一人でも頑張れば何でもできるような気がしました」

一つだけの灯火が、片隅で生き物のように伸び縮みする。

「なのに僕はあなたにお礼も、言いませんでした。清苑兄上に、嘘もつきました。あのあと……木にのぼって見た景色が全部、変な風に歪《ゆが》んだような、あなたが僕と遊んでくれたことも全部、自分で嘘にしてしまったような気がしました。僕……あなたに、もう、嘘はつかないと、決めました」

火影で、旺季の顔が光と闇の半々に沈む。暗闇の世界に、風が轟《とどろ》く。

「兄上がいなくなって、一人ぼっちになって、何度も何度も、あの時のことを思い返しました。一人きりでも考えました。……僕、今は、あなたに、ちゃんと伝えられます。僕が本当にしたいこと。——蒼の君」

公子は寒さにかじかみながらも、笑った。媚《こび》など一つもない、強い微笑で。

「僕は、ここで、兄を待たねばなりません」

本当にしたいこと。

逃げることはできないと言った公子。その凍えた頰を、旺季は両手で包みこんだ。

旺季の後ろに、火影の黒い不気味な影法師が伸びる。いつも後ろをついてくる。戩華の顔をしている時もあれば、陵王や獏、娘や皇毅、晏樹の時もあった。

旺季が負っているもの。

いつまで？　まるで自分自身へ訊《き》いているみたいだった。口に出したかもしれない。

いつまでこんなことを繰り返さねばならない？

もう何もかも知らぬ振りをして、終わりにして、楽になって、何が悪い。

皇毅は最後の最後まで旺季を引きずっていこうとした。矢継ぎ早に各地の知己や官吏から文も使いも届いた。配下らも、拘束され、謀られても、まだ旺季の下に留まる。

逃げてくれと、声がする。

けれどついに見捨てられずに、ずるずると今日この日まで、朝廷に残った。

いつか公子と見た、眠らぬ都。再びかつての、内から食い破られた虫みたいになっていく。今ならなんとかできる。きっと。あともう少しだけ留まれば。もう少し……。

けれど、何も。何一つできず。同じことの繰り返し。バカみたいに。いつまで？

公子は答える。

「僕の大事な人にとって、僕は必要ないのだと、わかる日まで」

旺季も、ついに、自分の答えを認めた。

――逃げてくださいと、声がする。

うざったく、重くて、身勝手で、押しつけがましい。

……けれどその声が、旺季を生かす。

その声が、聞こえなくなるまで。この国に、自分は必要ないのだと、わかる日まで。

灯火の光と闇のなかで、旺季はつづきを訊いてみた。

「そうしたら？」

いつの日か、そんな時がきたら。……旺季のだす答えは、決まっていた。

公子は考えていなかったようで、もじもじし、思い切ったように旺季を振り仰いだ。

「……そうしたら、一緒に行っても、いいでしょうか？　待っててくれますか？」

雪まじりの風が吹き、藤色の紫装束がはためく。

待っててくれますか、だと？

旺季は素っ気なく、返事をした。

「―――」

風雪の中、もしかしたら聞こえなかったかもしれない。

だが旺季は二度言うつもりはなかった。

◆　◆　◆

りぃん、と、戩華王のかたわらで、〝干将《かんしょう》〟が鳴る。

眼下の後宮では、おびただしい数の松明《たいまつ》がぞくぞくと集まりつつあった。雪風が吹きすさび、鎧兜《よろいかぶと》が鳴り響き、剣や槍《やり》がこすれあう。怒号と、死体を運び出すかけ声。

……ずいぶんと、懐かしい声、昔懐かしいにおいがする。

血と、死体と、肉と、硝煙と、炎の、焦げ臭く、沸き立つような熱。

闇に埋もれた塔で、戩華王は微笑を浮かべ、雪闇の戦火を見下ろしていた。

普段は霜が降りたような旺季の双眸《そうぼう》が今や燃えたち、剣をふるうごとに鮮烈な美貌《びぼう》に豹変《ひょうへん》するのが目に浮かぶようだった。戩華はその顔が好きだった。光と闇が半々の顔。

この頃の旺季からはずっと鳴りをひそめていた、熱。

「……どうやら旺季殿の腕は錆《さ》びついてはいないようですね。あなたもニヤニヤすんのやめてください。不気味です」

すぐ隣に、黒髪の宰相が、まるで影から抜け出てきたかのごとく立ち現れる。

「ま……あなた相手に戦をしてきた旺季殿に、あの程度のセコイ小勢では、てんで無駄骨ですな……。殺《や》った数はいかほどですか」

「二十人ほどか。あとは同士討ちだ。旋風《つむじかぜ》みたいに、遮る者はぶった斬って逃げてった」

「逃げてった？」宰相が怪訝《けげん》そうに眉《まゆ》をひそめた。「……旺季殿の性格なら、留まって、力尽きるまで斬り捨てると思いましたがね」

末の公子が闖入《ちんにゅう》してきたせいでな。戩華は内心でつけ加えた。どうも旺季とあのモチ息子は妙なところで道が交錯する。奇縁か、はたまた運命か。

「それにしても、今夜の『蒼遙姫』は……会心の出来栄えでしたね。見事でした」

宰相は露台に近づくと、眼下を見下ろして、呟《つぶや》いた。戩華王が旺季に後宮の出入りを許しているのは幾つか理由があるが、琴《きん》の琴もその一つだった。王の前では死んでも弾かない。文字通り。戩華の機嫌がいいのも、宰相と同意見ゆえだろう。

宰相は戩華王の横顔を盗み見た。人を遠ざけるようになり、気怠《けだる》げで、退屈そうにもなった。だが刃《やいば》のような鋭さも、氷の美貌も、破滅的な雰囲気も、往年のまま。

戩華王が独りごちた。

「……俺は、旺季が人を殺してる時が、いちばん好きだな。東坡《とうば》でもそうだった」

もう二十年も昔。旺季の初陣で、初めて戩華は旺季に会った。

父や兄や家臣団が残らず目の前で戦死しても、最後まで〝莫邪〟を引きずった。さっきの宰相の言葉そのままに一人踏み留まり、力尽きるまで剣をふるった。

「目先のガキを拾って歩くくせに、見知らぬ他人を平然と斬り捨てる。それを矛盾《むじゅん》だと、ぜんぜん思わない。綺麗事《きれいごと》を言いながら、山ほど人を殺してそこを目指す時のあいつは、気に入っている」

宰相も、それは理解できた。旺季が人を殺す時、いつも不思議に目を奪う美しさがあった。その刹那《せつな》だけ、無心で、ただ行く先だけを見ているような。そうしたいからそうする他は何の理由もない。何とひきかえにしても、願いの先へ走っていく。

他人を救うために一族が滅んでも、退《ひ》かない。なお一人で戦い抜いたあの時から、旺季はぜんぜん変わってなくて。それを見るのが、王も、宰相も、嫌いではないのだ。

「……そのせいか、あいつはつくづく、負けてる時がいちばん輝いてるな……」

「…………否定はしませんけど。それ、旺季殿には絶対言わないでくださいよ……。ぜんっぜん褒め言葉じゃないですから」

りぃん、と、また剣が鳴る。宰相は共鳴している〝干将〟をチラリと一瞥《いちべつ》した。

「〝莫邪〟が、旺季殿を呼んでるようですね……。いいんですか、もってかれても」

『双剣』とひとくくりにされるが、もともと二刀流でつくられた剣ではない。例外もあるが、それぞれに一人ずつ『主君』がある。〝剣聖〟孫陵王の『黒鬼切《くろおにきり》』のように一度主君を決めたらどこまでも追う。『黒鬼切』は〝剣聖〟だけを追うが、双剣は多くの人手を渡り歩いて主人をさがすため、誰が本当の主人か傍目《はため》にはわからない。ただ、何年かかっても、必ず還《かえ》り、主人の死には必ず傍らに寄り添う。

ゆえに、誰が双剣の本当の主君だったかは、死んだ時にだけわかる、と言われる。

「もっていく？　見向きもしないだろうよ。あいつは〝莫邪〟を好いてない」

「まあ……凄惨《せいさん》な初陣でしたからね。やったのは私とあんたですが」

「違う。一人生き残ったのは自分の力でなく、〝莫邪〟の力じゃないかと疑ってる。重すぎる剣に、自分の方がめちゃくちゃに振り回されたと思ってる。心身ともにな」

「……。初陣で、あれだけの死体を量産できるのは、確かに奇跡ですが」

剣が鳴る。戩華はうるさげに椅子の背にもたれ、腹の上で両手を組んだ。

「それに、俺の持ち物は正々堂々奪わないと、我慢ならないらしい。こんなどさくさで、ガキを騙《だま》くらかしてコッソリ後宮からくすねとっていったと、俺に少しでも疑われると死にたくなる病気のようだな。おかしな奴だ」

「……もとは旺家の持ち物なんですがね……」

誰もが目の色を変えて欲しがる、名剣。力。なのに蒼家の当主だけがほしがらぬ。

「この状況で火事場泥棒がなんです。どんなバカでも死地だとわかる。でも〝莫邪〟があれば話は別です。あれがあれば、唯一、生きて帰れる。置いてったらボケナスですよ」

「賭《か》けてもいいが、俺にコソ泥扱いされるほうがあいつにとっては重大事だ。それくらいアホだ。あいつにとって〝莫邪〟はそんなものだ。その旺季がもう一度〝莫邪〟を抜く時があるとしたら……見たいものだな。きっと初陣よりも、ずっと目を惹《ひ》く」

戩華はそれっきり、ふっつりと言葉を途切れさせた。こんこんと雪が降りしきる。

戩華は自分が笑っていることに気づいた。見たいものだ。嫌いな〝莫邪〟を、いつか旺季が抜く時、どんな時より凄艶《せいえん》で綺麗で、何よりも旺季らしい姿となるだろう。

おかしな奴だ、と戩華はもう一度、呟いた。

「……俺を自分の手で殺したいから、生きててほしいと思ってる」

露台から後宮を見下ろしていた宰相の手の中で、ぴく、と羽扇が振れた。

宰相の心が、しんと冷えた。王が歳をとったことを、初めて彼は意識した。

急に宰相は、王を殺したくなった。今までも幾度となくそう思ったが、それは腹立ち紛れと皮肉がないまぜの、熱のある感情だった。今度は違う。心が冷えていた。もう、生きているのを見るだけで耐えがたかった。目の前から消去したかった。ゆるゆると縹家の女の呪術《じゅじゅつ》に蝕《むしば》まれ、死んでいくだけの男。

もはや長くもない、苦痛だけの人生を、何もしないでただ生きる。なんのために生きているのか。旺季が以前そう訊《き》いたらしいが、それは宰相こそ知りたいことだった。

横顔に、戩華王の視線を感じた。まるで、宰相の考えていることなど全部お見通しのよう。宰相にはわからなかった。戩華の思いも。

殺したいと思いながら、結局ずるずると傍にいて、手を下さずにいる自分の心も。

「……旺季殿が、逃げ切れると、思ってるんですか？　この中を？　〝莫邪〟もなしで」

雪闇の中、松明の炎は後宮からあふれんばかりになっていた。

旺季を怖れるというより、自分たちが敗北者に転落することが断じて認められぬ、過去の勝者の妄執にすぎなかったけれども、すさまじい我欲と執念は、本物。

今日この夜、幸運では生き残れない。

「今日まで、朝廷に残ってたんですよ。逃げるつもりがあるなら、もっと早く……」

「だから？　旺季はいつもそうだったろうが」

宰相は眉を跳ね上げた。しばらくして、「……確かに」と認めた。初陣も、貴陽完全攻囲戦も、今も、負けるとわかっていても最後まで留《とど》まる。それが旺季だった。

「まったく、変わらんな……。それに、あいつがしぶとく生きてる二つの理由のうち、二つとも残ってる。別に何も失ってはいない」

それが何かは、宰相は聞き返さなかった。そのくらいは知っていたから。旺季と一番相対しているのは、戩華と彼の、二人とも。

「……それが、なくなったら？」

「そこまでは、知るか。知りたければ、自分の目で確かめろ」

戩華は暗闇の世界を、旺季が一人きりで馬を駆るのが見える気がした。

……今夜は吹雪くだろう。季節外れの、一寸先も見えぬ雪闇の中。

何度も喪失しては一人になる。それでも旺季はまた逃げるのだ。今日もまた。

どこかへ。どこかへ。顔を惨めに歪《ゆが》めながら。

たった一人で、逃げて、逃げて、逃げていく。恐ろしい孤独と、怒りと無力さの中。

夜明け前。再び後宮の雪と夜の帷《とばり》をつんざいて、怒号と悲鳴が上がる。

王は闇から自分を睨《にら》みあげているだろう旺季へ、三日月の微笑を贈った。

◆　◆　◆

夜明け前には城を出るつもりでいたが、それまで旺季も末公子の幽霊御殿でやり過ごすことにした。寝かしつけたら脱出するつもりでいたが、そう簡単にはいかなかった。琴を弾いてくれたら寝る、というので弾いたが（追われているのにわざわざ居場所を奏でてばかじゃなかろうかと我ながら思った）、大嘘で、公子はなかなか寝なかった。あやしてなんとか寝かしつけた後、旺季は立ち上がった。

りぃん、と、音が鳴った。旺季は〝莫邪〟をじろりと睨んだ。戩華が清苑に下賜したのは知っていたが、まさかこんなところで〝莫邪〟を見つけるとは思わなかった。

〝莫邪〟はもとは旺家の家宝であり、東坡の初陣で旺季がふるった剣だった。まるで待っていたように、そこにあったことが気に食わなかった。劉輝公子が自分に差しだそうとしたのも面白くなかった。戩華が清苑に放り投げた剣。さらにその弟から媚《こび》まじりに払い下げられるなんぞ死んでもごめんだった。

いつか旺季がこの剣を手にするとしたら、戩華からすべてを取り返す時だ。

「お呼びじゃないんだよ。――おとなしく、待ってろ」

音がやんだ。まるでしょげかえったように小さく見えて、妙に公子とかぶった。何度も何度も旺季を追っかけてきては、追い払われ、しょげながら後をついてくる。

旺季の人生に、別に〝莫邪〟は必要ないのだ。この公子も。

それでも後をついてくるのなら。いつか。

また巡り会うこともあるかもしれない。この先のどこかで。

「……さて、行くか」

公子が寝ぼけて指を伸ばしてくる。旺季は反射的にその指を避けた。

その時、気がついた。ずっと旺季は公子を避けていた。どうしてもその手をとる気にはなれなかった。晏樹や悠舜、皇毅にしたようには。――戩華の末公子。

一緒には行けないと、公子が言った。その通りだった。

旺季はこの孤独な公子を庇護《ひご》し、手を差し伸べ、支え、臣下として仕える気にはなれなかった。末公子だけでなく、他の――かつての清苑を含め――すべての公子たちにも。

どの公子にも跪《ひざまず》きはしない。

旺季の前に立つ王は、いつだって、たった一人。他にはいない。

『俺が王だ。俺に跪き、俺に従《と》え。それが気に入らなければ、お前が玉座を奪うんだな』

旺季の心に、昏《くら》い火が灯《とも》る。消えかけていた熱源。自分の導火線。

寝具の上を幼い手が彷徨《さまよ》う。旺季の心はもう動かない。蒼剣《そうけん》をつかみ、彼をさがす幼い手には二度と目もくれずに、室《へや》を出た。

外は雪が降りこめ、いっそう吹雪いていた。

——夜明け前。

見捨てられたように闇に沈む末公子の宮の向こうで、無数の松明《たいまつ》が揺れていた。旺季が逃げられぬよう全部の門を閉ざし、誰もが目と耳を塞《ふさ》いで知らぬ振りをしている。

炎が一つ、旺季の方を見て、止まった。兵士が叫ぶ。

「——いたぞ!!」

旺季はひときわ目立つ藤色の〝紫装束〟も、蒼剣も、捨てていく気はさらさらなかった。鎧《よろい》も剣も、どちらも必要だった。もう一度この朝廷に戻ってくるために。

「殺せ！　一人だ。どうせ文官だ。とっとと始末しろ！」

庭院《にわ》をつっきり、兵がやってくる。耳を澄ませて数える。——五人。

旺季は雪で音を消して、自分から出迎えた。距離を詰めて抜刀し、兵士三人を斬り捨てた。残りの二人は、別の誰かに斬り捨てられた。現れた男に、旺季は息を吐いた。

「獏か。つかまった配下の御史たちを逃がせといったぞ」

「逃がしました」と獏が答える。旺季が笑うと、獏は安心したように顔を伏せた。

影のように旺季にくっついてくる古い従者。わかっていたのだろう。旺季が死ぬつもりでいたことを。だがもう、そんなつもりは消え失《う》せた。

旺季は兵の死体から弓箭《ゆみや》を補給し、槍《やり》と剣も追い剝《は》ぐ。蒼剣はぬぐって鞘《さや》におさめた。いくら大鍛冶《おおかじ》の剣でも〝莫邪〟のように刃こぼれ一つしないというわけにはいかない。悲鳴を聞きつけて、松明がいっせいに動きはじめる。数えきれぬほどの火だった。

どこかで、戩華が見ているような気がした。

心の奥で、昏い炎がチラチラと揺れる。

——もう一度、帰ってくる。

この時、旺季の心を駆り立てたのは、理屈抜きの単純な腹立ちだった。

（こんな、やつらに）

戩華や宰相が相手ならともかく、徒党を組んだ底の浅い妾妃《しょうひ》や朝廷の雑魚《ざこ》どもにおめおめ謀られ、自棄《やけ》になって、全部投げ出して、一矢報いて散ろうと真面目に考えていたのがまるでバカに思えた。

それを、戩華がどこかで眺めていたかと思うと、顔から火がでそうだった。

——帰ってくる。

たとえたった一人でも。逃げて、逃げて、そうしてまた、帰ってくる。

あの男が生きてる限り。

冷たい三日月の微笑が、こんこんと辺りを覆う雪闇の中、見えた気がした。

旺季はこの日、十重二十重《とえはたえ》の囲みを切り抜け、馬を奪って王都を落ちた。

十年以上のち、紫劉輝が同じく王都を落ちた時は一人も殺さなかったのとは対照的に、この時の旺季が冷酷に斬り殺していった数は、ゆうに百を超えた。

旺季一人にこれだけの死傷者を出しながらついに取り逃がしたことに、荷担した貴族や官吏らはゾッと震え上がった。古参の臣下らは残らず貴陽完全攻囲戦を思いだした。かつて戩華に挑み、十倍以上の兵を相手に互角に戦い抜いたあの時から、なお衰えぬその腕に肝を冷やした。勝手に兵を動かしたことも、全門を封じたことも、とりたてて王や宰相の咎《とが》め立《だ》てがなかったにせよ、以後、この日のことも、旺季の名も、貴族や官吏たちは消えぬ悪夢として封印することになる。

そして王と宰相は、提出されていた旺季の弾劾請求を一蹴《いっしゅう》した。

朝廷から逐《お》われても、旺季の身分は相変わらず御史大夫のままであり、長い不在は『巡察』という名目がつけられた。

……以後、旺季の帰還を、朝廷はいっそうおそれることになる。

# 第三章　骸骨《がいこつ》の黒き公子

闇さながらの大鴉《おおがらす》が、闇夜を滑空する。三本肢《あし》で、目は太陽の朱金。

火の眼に、いくつもの光景が通り過ぎる。池に浮かぶ女の死体。四阿《あずまや》に流れる琴。狐の面。松明の炎と雪闇の夜。〝莫邪〟の鳴る音。闇の王と宰相。嗤《わら》うような三日月。

『あいつがしぶとく生きてる二つの理由のうち、二つとも残ってるんだ』

『……それが、なくなったら？』

知りたければ、自分の目で確かめろ。鴉はその言葉に従い、もっと先を見に行こうとして――ふ、と引っ張られた。時空が曲がり、鴉は過去へ過去へと巻き戻されていってしまった。気がつけば、鴉はどこともつかぬ古戦場を飛んでいた。

鬨《とき》の声。血と闇と死体の山。どこか昔の戦。東坡《とうば》。今は東坡と呼ばれている場所。

そこで鴉は、まだ王と宰相になる前の、妖公子《ようこうし》と黒髪の軍師の二人を見つけた。紫仙の力に押し流されて、過去へ飛んでしまったらしい。

妖公子が見ていたのは、〝莫邪〟を振り回して戦う、美しい鬼のような一人の少年。

今の、綺麗《きれい》な銀髪となってボンヤリ過ごす老人とは全然違うその姿に、鴉は少し驚く。

鴉は寄り道をすることにして、バサリと舞い降りた。

◆　◆　◆

真夜中。寝台で浅い眠りについていた旺季は、ぽかりと目をさました。

ひょう、と不気味な風が一陣吹きこみ、幽霊の手のように首筋を冷たく撫《な》でていく。

視線を感じた。

目をやれば、臥室《しんしつ》の隅の暗がりに、ぼうと誰かが立っていた。

闇の吹きだまりのようなそこから、さらに濃く黒々とした人影が、寝台に横たわる旺季をじっと見つめている。人影が、にぃ、と笑った。

まばたきをした次の瞬間には、黒い人影は跡形もなく消え去っていた。

旺季は寝台から身を起こした。影が消えた場所は、暗闇でも薄々《うすうす》と仄白《ほのじろ》く燐光《りんこう》を放っている。そこには、旺季が長い間袖《そで》を通し、今も手入れだけは欠かさぬ〝紫装束〟と、五丞原で王から押しつけられた〝莫邪〟が置かれている。どちらも、朝も夜もずっと静かに眠っている。夢でも見ているように、時折淡く光りながら。

「………」

キィ、と音がした。露台につながる扉が、キィ、キィ、と半開きで揺れていた。

そこから女の悲鳴めいた声をあげて、凍るような風が吹きこんでくる。

旺季は寝台から下りると、薄物を羽織り、履物をつっかけて露台へと向かった。閉めるのではなく、扉を押し開けて外へと出た。

晩秋の夜更けは身を切るように寒く、吐いた息が真っ白く凍えた。

闇よりも濃い鴉が、星明かりのもと、向こうの梨の木で優雅に羽をたたんでいる。

（……そういえば、あの初陣でも、あんな鴉がいたような気がするな）

露台から、闇にぼうと滲《にじ》むように輝く〝紫装束〟と〝莫邪〟を振り返る。

東坡の戦陣で、〝紫装束〟をまとった父を、〝莫邪〟を抜く長兄を、十三歳の旺季は騎馬で駆けながら追いかけた。あの時と今と、宝具だけが変わらぬ姿でそこにある。

あの戦の後、二つともに朝廷に持ち去られて失ったけれども。

……何十年も経て、こうしてどっちも旺季に戻るとは、思いもしなかった。

にぃと笑ったさっきの黒い人影は、〝紫装束〟と〝莫邪〟のそばに立っていた。

……影の顔は、かつて旺季の目前で無惨に死んだ長兄だったように思えた。

兄を殺したのは、妖公子戩華。

旺季が初めて戩華と会ったのも、あの東坡の初陣だった。

◆　◆　◆

今でも旺季はよく覚えている。

いつもはばらけて各地を転戦している一族や家臣が、一人残らず旺家にうちそろったのを見た時の、どくんという自分の鼓動。〝紫装束〟を鎧《よろ》った父の、別人の如き精悍《せいかん》な姿と、長兄の手の中の〝莫邪〟の輝き。

そして、自分の初陣が死に戦である、ということ。

当時の旺季は十三歳で、季《すえ》の名の通り、旺家の末息子だった。兄姉は多かったが、度重なる戦で戦死し、残る兄は三人きりになっていて、末の兄とも七つの年の差があった。

旺一族では家系的に快男児や益荒男《ますらお》系は熊猫《パンダ》遭遇より珍しく、たいてい金も力もなかりける優男で、文官系統でもあり、軍師や参謀としての能力は高いが、決して武器をとっての戦に向いているとは言い難かった。それでも旺季が覚えている限りでは、兄や従《い》兄弟《とこ》、一族の叔父《おじ》たちは各地で勇戦し、かなりの戦果をあげていた。朝敵である妖公子戩華を相手に勝ち星を挙げられる、数少ない将星に、そろって名を連ねていた。

とはいえ、家長である父自ら出陣することは稀《まれ》だった。だからこそ、あくまで賢者や文官めいた風貌《ふうぼう》の小柄な父が、〝紫装束〟をまとった時。従兄弟や叔父、兄たちに囲まれてすっくと立つその威容と、鬼気迫る印象に目の覚める思いがした。

私たちは行かねばならない、と父は旺季に言った。

「季《すえ》。お前はいちばん若い。自分で運命を決めなさい。一緒にくるか、残るか」

行かねばならない。

父の穏やかな言葉は、そのままストンと胸に落ちてきた。迷いや不安の余地がないくらいぴったり馴染《なじ》んだ。行かねばならない。

結果がわかっていても。父や兄と同じく、自分もまた。あるべき場所へ。

行きます、と答えた。死ぬことは、あんまり考えなかった。

父や兄、叔父たちは、似た表情をした。もはや分岐点のない一本道を、旺季が選んだ瞬間に立ち会ったように。憐憫《れんびん》があり、あきらめがあり、誇らしさや、悲しみもあった。言葉にするなら、きっと「仕方がない」と聞こえたろう。仕方がない……。

「……では、若様。私が戦支度のお手伝いを。お供つかまつります」

旺季の前に進みでたのは、今まで父付きをしていた少年だった。何度か父や兄たちについて、従軍したのを見かけたこともある。たぶん旺季より年上で、名前は確か。

「獏、だったか。父付きから、私に？　すごい降格だぞ……何かやらかしたのか？」

言いながら旺季はその顔に首を捻《ひね》った。妙に印象が薄く、記憶に残らない。前髪で隠れがちな目の輝きだけがぴかぴかと目を惹《ひ》く。

なんだか旺季は考えなしに変なことを漏らしてしまった。

「〝莫邪〟からそっくり抜け出てきたみたいな奴だな……。掛け軸の幽霊みたい」

静まり返った。旺季はアレッ？　と冷や汗をかいた。家宝の〝莫邪〟に、家臣の子弟風情を喩《たと》えるなんてと、怒らせただろうか。そこまで心が狭い家だったっけ。

父は髭《ひげ》をなでつけ、重々しく頷《うなず》き、意味不明な説教をした。

「そうか。〝莫邪〟みたいか。季、ある意味当たっている。家臣が主君に身を捧《ささ》げて仕えるのには、理由がある。獏も、理由がある間は傍でお前を守り、大事にするだろう。剣が主人に従い、守るように……時々それが、お前にはひどく重く感じられるかもしれぬ。この〝莫邪〟が重いのと同じだ。耐えられる者しか持てぬ」

旺季は父が何を言わんとしているのかサッパリわからず、まぬけな返事をした。

「？？？　はあ、そうですか。〝莫邪〟が重いなら、別に耐えてまで持ち歩かなけりゃいいのでは。私はやたらピカピカ光って派手な〝莫邪〟より、三兄のもってる蒼白《そうはく》の剣のがいいです。〝無銘の大鍛冶《おおかじ》〟作のやつ。芋もむけそうで、いいですよね」

すぐ上の兄の剣は、鞘《さや》こそ地味だが、抜けば蒼《あお》い刃紋が炎のようにゆらめいて、息を呑《の》むような剣気を放つ。目が吸いつくようで、旺季は前から気に入っていた。

すると、なぜか獏が、きっと旺季を睨《にら》みつけて、「若様」と意見をした。

「お言葉ですが、むこうと思えば〝莫邪〟も芋はむけます。私もちゃんと使えます」

「……ハア？　まあ、そりゃ、君が芋も剝けないほど使えないなら、放置していくよ。旺家はもう芋をむかせる使用人もいないんだから。自分の芋は自分でむけ。実までむいたら即解雇と思え」

父や兄の補佐のため、領地領民を取り仕切り、日々兵站《へいたん》など後方支援に奔走していた旺季は、現実的かつ世知辛い十三歳に育っていた。

おかしなもので、人の面倒はこまごま見るくせに、自分ごとには全然頓着《とんちゃく》しない性格は、後年他人に家政を預ければ「家が消失」しても南天を植える程度ですますほどになる。旺季が自家の家政に気を配ったのはこの少年期だけといえるかもしれない。

「こら、季！　獏は俺たちや父上より、お前を選んだんだぞ。お前は獏の主人になったんだ。簡単に捨てて行くとか言ったらだめだ。ちゃんとしろ。俺の蒼剣は、そうだな、俺が死んだらお前にやろう。約束だ」

三番目の兄がそんな縁起でもないことを言うので、旺季はムッとした。

「じゃ、いりません。死に戦だって、死ぬと決めてかからないでください。目的は救援で、死にに行くわけじゃないでしょう。私は兄上たちを助けるために、行くって言ったんです。死なせるためじゃない。獏。本当に私でいいなら、こい。戦支度を手伝え」

獏と一緒に支度に去っていく旺家の末っ子を、一族はそれぞれの眼差《まなざ》しで見送った。

長兄が〝莫邪〟を見下ろした。稽古《けいこ》とはまるで違う重さで、ズシリと腕の芯《しん》まで響く。

──その重みに耐えられる者でなければならぬ。

長兄はポツリと呟《つぶや》いた。

「……重いね……」

紅州東坡救援戦。

まばらな草木しか生えぬ、見渡す限り枯れた大地を、旺季は騎馬でひた駆けていた。

紫州と紅州の境の東坡郡は、冬を前に紅州戦線を押し上げようとする妖公子《ようこうし》戩華の猛攻撃にさらされていた。東坡が陥《お》ちれば一気に紫州五丞原まで防衛線が後退する。

東坡太守・荀馨《じゅんけい》は智将と名高く、戩華軍の精兵相手によく持ちこたえ、朝廷への救援要請も早々に出していたが、王はまともに受けとらず、「臆病風《おくびょうかぜ》に吹かれた」だのなんだのと言い、朝廷貴族たちも馬鹿にしてほったらかしている間に、敵の猛将智将が続々と東坡へ集結した。そして反逆の公子戩華が東坡入りするという報が入る段になって、ようやく朝廷は慌てだした。どんなに『木っ端賊軍』が東坡に集まろうと酒池肉林を楽しめるが、あの破滅の公子戩華が紫州のすぐ隣までひたひたときているとなれば話は別だった。てんやわんやの大混乱となったが、今さら荀馨と東坡を救いに行っても無意味なのは誰の目にも明白で、志願する将なぞいはしなかった。

そうして白羽の矢が立ったのが、旺季の一族というわけだった。

智勇ともに名を馳《は》せ、名声が高まるにつれ、王や朝廷貴族の嫉《ねた》みや警戒、やっかみを買い、裏で根回しされ、戩華にぶつけられたと旺季が知るのは、ずっと後の話。

「……クソバカ王が。早々に荀馨将軍の要請に応《こた》えていればよかったのに！」

旺季は歯がみをした。軍馬のいななきと蹄《ひづめ》の轟《とどろ》きが、手綱からじかに伝わってくる。

東坡郡の各地の小城は、到着した戩華軍の将らによって次々と攻め落とされ、本拠である東坡城の包囲網が完成しつつあった。そうなれば東坡の民は孤立し、籠城戦《ろうじょう》——とは名ばかりの、飢え死にを待つしかない。

旺季は併走する家臣に短く問うた。

「どれくらいまで、荀馨将軍は後退してますか」

「すでに本陣東坡城にまで下がったそうです。とはいえ戩華軍が東坡城を囲むには、途中に関塞《かんさい》城が二つまだ残ってます。ここが持ちこたえてくれれば……。ただ、宋隼凱《しゅんがい》と妖公子の行方が現在しれません。もしあの二人がこの東坡へ入って直接指揮をとれば、おそらく間の関塞二つは一昼夜で抜かれるかと」

その二つの関塞には、後退する荀馨軍と民を東坡城まで無事撤退させるため、すでに旺季の次兄と三兄、従兄《いとこ》たちがそれぞれ救援に入っている。

「敵の数は一万……。多分、今はもっと増えてます」

旺季は絶望的な気持ちになった。

〝紫装束〟と一緒に与えられた朝廷の兵は、僅《わず》か三千。旺家が引き連れた戦力を足しても、総数で五千に満たない。さらにその兵を分散させて救援に向けたのだ。

（……三倍どころの兵力差じゃない……兄上たちが、いつまで持ちこたえられるか）

関塞に立てこもる次兄と三兄、従兄たちは、味方を逃がす時間を稼ぐための捨て駒だった。生きて再会することはない。ただ死ぬだけの戦だった。

『私は兄上たちを助けるために、行くって言ったんです。死なせるためじゃない』

口にした言葉が旺季の心にひっかき傷をつくる。剣をやろうと笑った兄……。

今、旺季は兵站で後方にいるが、先頭には〝紫装束〟を着込んだ父と、〝莫邪〟を携えた長兄、そして叔父《おじ》たちが黙々と疾駆していた。

死に戦。でも、行かねばならない。東坡は今も助けを待ってる。

「くそ……いや、まだ大丈夫だ。東坡城は捨てればいい。荀馨将軍と東坡の民はそっくり紫州五丞原の城まで逃がしきる。旺家が敵を食い止めていれば、紫州の各城にはまだ兵力がある。荀馨将軍なら紫州兵を引き連れてこっちの救援に反転してくれる。そこまで兄上たちが持ちこたえてくれれば、死なせずにすむ」

家臣たちは馬を走らせつつ、そんな旺季をじっと見つめていた。謎めいた目で。

——突然、前方から鬨《とき》の声があがった。

ごうごうと、風が耳の傍で唸《うな》りを上げていた。

軍馬のいななき、干戈《かんか》を交える音、怒号。旺季の後方でも打ち合いが聞こえ始めた。空も、風の色まで、またたくまに赤く染まったようだった。

「若様、敵襲です！　前方と後方同時——横っ腹をついて軍を寸断しにきたか⁉」

「早い！　こんな後方まで一手を寄こすとは。まさかもう東坡城が陥ちたのか⁉　荀馨将軍なら、もう少し耐えるはずだが……」

「遊撃だ。敵は少数しかいない！　落ち着いて迎え撃て！　若君を守れ！」

旺家家臣団がすかさず旺季を囲んで態勢を整える。それぞれ今まで戦の先陣を切ってきた歴戦の家臣団で、後詰めの戦力と父たちはいっていたが、せめても旺季を守るために残してくれた家臣たちであることもわかっていた。足手まといにだけはならないよう、旺季は手綱を握りなおした。

(東坡城が、陥ちた)

なら、二つの関塞はすでに落城してる。次兄も、三兄も。もう死んだのだ。

父や叔父、長兄が疾駆している先陣は、今や殿軍《しんがり》に一変した。

不意に旺季は、彼方《かなた》に顔を向けた。チリチリと産毛が残らず逆立っていく。

――何かが、いる。この先に。

それは生まれて初めての感覚だった。何かが、く、る。

考える前に口走っていた。

「後方の敵を迎撃のち、待機してください。もしも荀馨将軍たちが落ちてきたら、彼らを守って五丞原まで後退してください。ここにいる兵站を残らず引っ張って、一緒に五丞原まで逃げきってください！」

「若君!?」

旺季は白馬を蹴《け》った。――先へ。父や長兄、叔父たちがいる場所へ。

やがて前方から、もうもうと上がる騎馬の土煙が見えた。

見知らぬ少数の一隊がこっちに向かって駆けてくる。もはや軍旗の一旒《いちりゅう》もなく、甲《かっ》冑《ちゅう》も汚れて、総崩れしていないのが不思議なほど心身ともにボロボロに疲弊しきり――けれどいまだ鬼気迫る形相をしたまま――絶望と一緒にひた走ってくる。

旺季は自軍の間をすり抜けるように前方へ馬を駆り、やってくる彼らに叫んだ。

「――荀馨将軍！　後方で旺家家臣団、あなたがたを守るためにお待ちしてます。兵糧も存分にあります。五丞原まで、無事逃げ延びてください。ご武運を！」

一隊の中央で、一番無惨な有様で馬を駆っていた文官めいた風貌《ふうぼう》の若い将軍が、ハッとしたように旺季を見た。彼の信じ難いという一瞬のその表情は、旺季のあまりの幼さにか、それとも別のものにか。まるで同じことを、何度も何度も、似た顔の誰かから言われて、ここまできたとでもいうように。

もしかしたら二番目の兄や三番目の兄も、荀馨に同じことを言ったのかもしれない。この先で戩華軍を食い止め、荀馨を逃がしてきた、父や、長兄も。

そうして、旺季と東坡城から落ちてきた荀馨は、すれ違った。

ぽろぽろと、櫛《くし》の間からすり抜けてくるように、行く先から人がこぼれおちてくる。東坡から落ち延びてくる兵士や民が、ヨタヨタと、必死に、血だらけで逃げてくる。

やがて干戈の音が凄《すさ》まじく入り乱れる戦場に突入する。死体と、悲鳴と、血飛沫《ちしぶき》の交錯するただ中に、何も考えずにつっこんでいく。ぶわりと、手でさわれそうな生ぬるい空気だった。やわらかく水っぽいものをぐしゃりぐしゃりと踏みつぶしていく。手足や頭蓋《ずがい》をぶちぶち踏みちぎり、その中の幾人かは生きたまま悲鳴を上げた。旺季はどこか別の世界に迷いこみ、別の人間になったような気がした。周りで人が、まるで紙人形のようにぱたぱたと死んでいく。何一つ現実味がなかった。

旺季の首をとろうと、無数の槍《やり》がしなる鞭《むち》のように伸びてくる。

誰かが、旺季の名を叫んだ。叔父の声だったかもしれない。抜け、と。

旺季は自分が剣も抜かずにここまできたことに、今さら気づいた。我に返り、全身から冷や汗が噴き出したが、もう抜けなかった。手綱に指が張り付いて離れない。わけもわからず、ひたすら父の〝紫装束〟と兄の〝莫邪〟の輝きをさがした。闇雲に、ただそれだけをさがした。何度か鎧兜《よろいかぶと》に衝撃がきたが、構わずに馬を駆った。自分がまだ生きていることしかわからないまま、不意に、生ぬるい膜を突き破ったような感覚がした。

奇妙な静寂を、耳がとらえる。

そこにぽっかりと広がる光景に、旺季は一気にただの現実に引き戻された。

――無数の死体がそこにあった。屍《しかばね》が道を残らず埋め尽くし、他は何もない。

振り返れば、戦火の中、新しい屍の道が徐々にのびていくのが見えた。そこから一騎がふらっと抜け出てくる。旺季を見つけて、兵は馬上で醜怪な笑いを顔中に広げた。

「その名馬、出《い》で立ち――お前も旺家のガキか？　ささやかだが、手柄には違いない」

その男がもっている剣に目が吸いついた。飾り気のない鞘《さや》に柄《つか》、けれど抜けば蒼《あお》い炎がゆらゆら立ちのぼるかのよう。――その剣は。

『俺が死んだらお前にやろう。約束だ』

何か黒い塊が旺季の中で割れた。心が端から凍りついてゆくようだった。旺季は無言で小弓をつがえ、敵の剝《む》き出しの馬面に連射した。二矢が命中。馬は狂ったように暴れ、兵を振り落とした。旺季は馬を詰めて無造作に鎧ごと相手の胴体を踏み潰《つぶ》した。悲鳴を聞きながら愛馬から飛びおりると、無感情に男の喉《のど》を刃《やいば》でかききった。

蒼い剣を握る太い手首を、同じく斬り落とした。

後年、このときの自分が何を考えていたのか、旺季はよく思い出せない。ただ、突っ切ってきた戦場の狂った空気と、現実離れしていると思いながらも確かに自分が踏み潰してきた幾多の人間の感触と、埋め尽くす死体のにおいと、他人がもってる兄の剣と、初めて割れて生まれた自分の暗闇——獣を狩るみたいに人を殺した己の闇が、旺季の一部を短時間でつくりかえたのかもしれなかった。

なお柄を離さぬ男の指を一本ずつはぎとると、手首はゴミのように投げ捨てた。

旺季は蒼剣《そうけん》を手に愛馬にまたがり、再び先へと向かった。埋め尽くす死体の道の先。

——その先、ぽっかりとあいた空白の死の道の果てに、戦の先端があった。

『旺』の軍旗が倒れずにはためく。目をこらさなくても知れた。

ごま粒のようでも優美な〝紫装束〟と、ピカピカ輝く〝莫邪〟の剣。

父と長兄の二人を守って戦うのは、叔父たちと最古参の旺家家臣団。

たった五十人ばかりの騎馬で、津波のように寄せては返す戩華軍を食い止めていた。

それをぬけてやってくる歩兵は、旺季が馬を寄せて刺し殺していった。三兄の蒼剣は旺季が普段扱うものより刀身が長いのに、もてあますどころか不思議なくらい手に吸いついた。まるで剣技では兄弟随一と言われた三兄が乗り移っているかのように。

――そして馬術では随一と言われるのが、まだ十三歳の旺季だった。

風のようにぐんぐんと戦場を疾駆する。旺家の旗のもとへ。

目を、あげた。前方から、何かが吹き寄せてくる。

全身からぶわりと冷や汗が出た。

――くる。

次の瞬間、無数にひるがえった旗印に、旺季は戦慄《せんりつ》した。

妖公子《ようこうし》戩華――本陣！

旺季は戩華と会ったことはなかった。血が近いらしいことや、旺家と何か因縁があるのも、父や兄たちの空気から察してはいた。でも知っているのはそれくらいだった。

廃嫡され、反逆の公子となり、破竹の勢いで中央へ進撃する中、すでに勝ちが見えた戦に自ら出てくるとは。まるで、この戦いだけはその必要があるとでもいうよう。

よぎった小さな不審も、戦の風にすぐにかき消えた。

どくどくと全身の血流が波打つ。

かの公子の戦果は、優秀な猛将智将らのたまものであり、本人はむしろ愚昧《ぐまい》だとか、側近の傀儡《くぐつ》との噂もあった。だがこの先にいるのが本当に戩華なら。

旺季は顔を歪《ゆが》めた。

（もう少しでつく）

戩華公子の旌旗《せいき》からまだ遥か遠くで馬を駆ける自分でさえ、吹き飛ばされそうな恐怖でないと。

わめきたかった。どうか逃げて。一人でも逃げてください。

と、威風。なのに間近にいる父も兄も叔父《おじ》も、家臣らも、誰も退《ひ》かない。誰も。旺季は

その真ん中を、金襴《きんらん》銀糸をまとう闇色の馬が一頭、あでやかに躍りでた。

次いで。誰かが一刀両断したように、敵陣が割れた。一条の道のごとく。

押し寄せる津波が、ハタと止まった。風も、空気も、時間も。やんだ。

（――――）

若い男だった。二十歳《はたち》過ぎ。黒い馬も、男自身も、闇の炎から躍りでたよう。吹き寄せるのは黒い炎風。周りを巻きこみ、すべてを破滅に導く。

恐れ知らずといわれた愛馬の震えが、手綱から響いてくる。

男が父や長兄に何かを言ったようだった。五人の叔父の誰かが怒鳴り返す。内容はわからない。叔父たちがそれぞれ槍をあやつり、馬を駆った。

旺家五本槍と呼ばれた無双の叔父たちの二人の首が、一瞬で飛んだ。次いで二人。最後の一人を男がやすやすと斬り殺した時、唇が三日月の形で笑むのが見えた。

「――――」

父の前に立ちはだかった長兄が〝莫邪〟を一閃《いっせん》させた。二人の下の兄と違って、長兄は武芸は得手ではなかった。なのにその時の兄はまるで別人だった。

家臣団の援護があったとはいえ、五人の叔父がなす術《すべ》もなく絶命したのとは違って、

妖公子と凄まじく渡り合った。兄の叫びが聞こえてきた。

「貴様など生まれてこなければよかったのだ。戩華!!」

「そうか」と、男が、素っ気なく答える。旺季の幻聴だったかもしれない。

男の手首が奇妙に揺れた。家臣らの腕が人形のそれのように斬り飛ばされ、長兄の手から〝莫邪〟が弾《はじ》け飛んだ。兄は首もとから血飛沫をあげて、緩慢に落馬していった。

その隙をすかさず詰めて、父と残りの家臣団が馬を寄せた。すでに血でしとどに濡《ぬ》れた〝紫装束〟が、凄まじく妖美《ようび》にひるがえる。――殺《と》れる。旺季はそう思った。

戩華だけは、殺《と》れる。

だが。

詰めてきたのは相手も同じだった。ひるがえるのは猛将宋隼凱と智将茶鴛洵《えんじゅん》の軍旗。

父と家臣団の刃を、両翼から躍りでた二将の双の槍がくいとめて、弾き飛ばす。

戩華は玩具《おもちゃ》みたいに剣を一振りした。

父の〝紫装束〟から発散されていた妖美さと凄艶《せいえん》さが、ぷつりと、途切れた。

胴体を馬に乗せたまま、父の首が、てん、と落ちた。

勝利の凱歌《がいか》が押し寄せてくる。残った家臣団が、父と兄の死を前に、ついに崩れ落ちようとするのが見えた。旺季は自分でも何を言うのか、よくわからないまま叫んだ。

「――退《ひ》くな!!　留《とど》まれ!!　崩れたら、後方の味方も、逃げてきた者も死ぬ!　父上と兄上が守りにきたものを、最後まで、――守れ!!」

最古参の家臣団がその声に打たれたように、とっさに手綱をひいて、踏み留まった。

旺季は手綱を打った。ぐん、と愛馬が膝《ひざ》を沈める。ひときわ高く跳躍する。

闇の炎をまとった男が、ふ、と顔を上げた。

（……子供？）

男は目を細めた。子供は男のよく知った目をしていた。闇に片足をつっこんでも、一歩も退かない意志。かつて男を救い出すため、家を裏切り、朝廷軍を斬り殺して一緒に逃げ、男の〝黒狼〟となった、旺家の末娘と同じ瞳《ひとみ》。

両翼の宋隼凱と茶鴛洵が裂帛《れっぱく》の——子供にすぎぬはずの——気迫に一瞬のまれたのを、男は感じとった。もう十数騎しか残っていない旺家家臣団が、見事に立て直して少年を援護する。双方の差が、少年の未熟な技倆《ぎりょう》を一気に埋めた。男はじっと少年を見た。失いかけた戦意も希望も——主君さえ、この少年の到着で残らず取り戻していた。

「……そうか。お前が、あいつの話していた、旺家の季《すえ》か。……後方にいるというから、わざわざ足止めに遊撃隊まで出したのにな……」

旺家家臣団が死力を尽くして公子までの道を切り開く。旺季はそこを駆け抜け、戩華の前へ躍り出た。軌跡を描く蒼い剣を、戩華が片手で受けた。無我夢中で打ち合った。

宋隼凱は目を剝いた。剣の技倆も実戦の経験もないのは見てとれたが、馬の腕だけは凄《すさ》まじく抜きんでていて、まるで落馬の気配がない。経験や重量のなさを補うために、一点集中で馬術を磨いてきたとしか思えない。

火花が散るような打ち合いはたった数合。

あの戩華を相手に数合も保《も》ったことが諸将の驚愕《きょうがく》と動揺を誘ったが、当の旺季は知る由もなく、ただ間近で、妖公子が三日月のように笑うのを見た。軽《かろ》く押し返された。

嫌な金属音と一緒に信じ難い重さの衝撃がきて、弾き飛ばされた。ここ数年、ほとんど落馬しなくなっていた旺季にとっては、いったい何が起きたのかわからなかった。

軽い鞠《まり》のように自分の体が地面を跳ね飛ぶ。鎧甲の中、摩擦で体中が悲鳴を上げた。いや――甲は気づけばどこかに跳ね飛んでいた。転がりながらもなんとか膝をついて体勢を立て直す。剣を構えようとしたら、三兄の蒼《あお》い剣は、半ばから折れ飛んでいた。

「――――」

落馬した旺季を仕留めようと、兵が波の如く寄せてくる。旺季を守ってくれた家臣団が、戩華や諸将に斬り殺されていく。パタパタと、まるで紙人形みたいに。

「……季《すえ》」

すぐ近くで、誰かが旺季の名を呼んだ。旺季は息を止めた。

「……季。〝莫邪〟を……とれ」

旺季の心身がゾッと震えた。身震いしながら、声の方を振り向いた。

半ばから首を斬られた長兄が、胴からずり落ちそうになりながら旺季を見ていた。

「……とれ。お前に託すよ、季……。残酷で……重くて……けど、お前にしか……」

不思議なことが起こった。視界にはないのに、旺季にはわかったのだ。〝莫邪〟がそこに突き立っている。旺季の斜めうしろ、すぐ手の届くところ。

波濤《はとう》のように足音が押し寄せる。その波動が旺季の全身をも震わせた。頭にのぼった熱がさめれば、ただ恐怖しか残らなかった。――〝莫邪〟を、とれ？

首のずれた兄が、自分を見つめている。びっしょりと冷や汗がでた。もう事切れているはずなのに、まだ生きているようで。目を背けた。兄と、自分から。

その下から、ひりつくような別の感情がこみあげた。怒り。八つ当たりに似ていた。兄をめちゃくちゃに罵倒《ばとう》したかった。〝莫邪〟を、とれ？　みんな死んでしまって、何もできなくて、なんにも残らない負け戦で。

なんのために。

視線を感じた。旺季は耳元で自分の激しい拍動を聞いた。面貌《おもて》を上げた。

闇色の炎をまつわりつかせて、あの男が、馬上から旺季を見ていた。旺季だけを。

男が左隣に腕を差し伸べると、そこにいた将――おそらく茶鴛洵――が何かを言い募った。だが男は手をひっこめず、結局は将もためらいがちに弓を手渡した。

男がなめらかな仕草で矢をつがえ、ひきしぼる。旺季に向けて。

旺季は男を睨《にら》みつけた。目も眩《くら》むほどの怒りがこみあげた。悔しさと惨めさがない交ぜのそれは、自分自身への怒りだった。刹那、確かに旺季の内に炎がよみがえった。あの男の存在が認められなかった。ガラリガラリと歩く骨の上。闇と負と虚数でできた妖公子。何一つ認められないのに、一矢報いるどころか歯牙《しが》にもかけられず、やすやすとあしらわれた己《おの》が存在の軽さと無力さこそが、おそろしく腹立たしく、惨めだった。きっと、兄や父や叔父たちがそうであったように。

男は笑って、旺季に狙いを定める。――外すつもりなどさらさらないと知る。他の兵たちも、公子の殊勲と気づいて周りを囲むだけにとどめる。

それでも旺季は〝莫邪〟をとろうとはしなかった。

半月よりも太った弓が、たわんだ。運命まで真っ二つにするような音がした。

瞬間、声が戦場を渡った。

「旺季様!!」

気づけば旺季は折れた剣を投げ捨て、〝莫邪〟をひっつかんでいた。

引き抜こうとして、あまりの重さによろめいた。息が止まった。ここまで重かったはずがない。まるで斬ったぶんの人間の重さのよう。

それに耐えた者だけが、主君となる。

渾身《こんしん》の力で引き抜き、飛来する戩華の矢を、旺季は〝莫邪〟で両断した。

旺季の後ろから鯨波《とき》が押し寄せた。

次々と旺季を追い越し、囲んでいた戩華軍の兵を蹴散《けち》らし、敵へと突っ込んでいく。その数五十騎。ひるがえるのは残らず倒れたはずの『旺』の幟旗《のぼりばた》。長い戦場を突っ切ってきたせいで全員満身創痍《まんしんそうい》ながら、鬼の形相で決死の戦を仕掛けていく。

旺季は目をひらき――怒鳴った。

「——荀馨将軍を守って五丞原へ行けと命じたはずだ!!」

後方で旺季を守るために配置されていた、最後の旺家家臣団。

誰かが叫んだ。さっき自分の名を叫んだ家臣だったようにも思えた。

「お館《やかた》様はおっしゃったはず。私たち家臣がお傍に留まるのは理由があると」

その理由は、言わなかった。

旺季は手にした〝莫邪〟を見た。あまりにも重くて、重くて。

首のずれた兄が、こっちを見ながら、笑っていた。旺季は顔をくしゃくしゃにした。

「——————」

重すぎる剣を引きずって、旺季は戻ってきた忠実な愛馬に飛び乗り、家臣団の中へと突っ込んでいった。

◆　◆　◆

——三本肢《あし》の鴉《からす》は、戦場をバサリと飛んだ。

美しい鬼のような少年から離れて、対峙《たいじ》する闇の公子のほうへ飛んでいく。

自分の姿が見える人間は滅多にいないのだが、例外もいる。そのうちの一人、破滅の公子はチラ、と鴉を見上げた。人間の姿を借りた、白馬に乗った黒髪の軍師も。

鴉を見送ると、戩華は戦場に目を戻した。

崩れかけた戦線を、総勢五十騎ほどの小勢が猛然と押し返している。とりわけ旺家の家臣団が守る少年は目を惹《ひ》いた。まるで昔の自分を見ているようだった。目の前の敵を片っ端から叩《たた》き斬っている。おそらくは、わけもわからずに。

茶鴛洵が斥候からの情報をためらいがちに伝えてきた。

「……公子、後方に出した遊撃隊は旺家家臣団に敗走。荀馨将軍も捕らえられず、逃げ切ったようです。遊撃隊を迎撃し、かつ戦場を突っ切ってここまで到着……凄まじい忠義心です。正直、旺家がここまでの勇将ぞろいとは……朝廷も愚かな……。この一族を温存しておくどころか、こんなところでむざむざ――」

いつも戦陣を縦横無尽にゆく宋隼凱も、珍しく不機嫌に馬を留めて居残っている。

「……おい戩華。帰順させるのは無理だったのか？　お前の気に入りそうな奴ばっかじゃねーか。問答無用で片っ端から殺しやがって。こんな弱いものイジメ好きじゃねーぞ。いつか今の俺はお前の方をぶっ殺してぇ」

「やるなら後にしろ。あの一族だけは、俺の存在を最後まで認めるまいよ。朝廷に捨て石にされるくらいなら、俺が、と思ったが」

「その通り。今ここで、あの子供も殺すべきだと思うね」

最後の一人が、戩華の隣に白馬を進めた。羽扇を返すだけで数々の戦をひっくり返し、宋隼凱や茶鴛洵よりも多く妖公子《ようこうし》のかたわらにある軍師に、周りの兵が頭《こうべ》をたれる。

戩華は振り向かない。黒髪の軍師が皮肉をこめてからかった。

「まさか、あの子供を見逃すのかな、戩華？　君より血が濃く、朝廷に残るぅすらバカどもより本来の継承順は高い。いつもの君ならすかさず首を取ってるのに、退くとはね」

戩華は答えず、その闇の目は少年だけを追う。虚数と負でできた公子の横顔を羽扇の陰から見ていた黒髪の軍師は、長々と溜息《ためいき》をついた。

「……戩華。君はこの一報を待ってたのかな。——荀馨将軍が五丞原の城に到達。諸将を率いて反転。怒濤《どとう》の勢いでこっちに引き返してる。四方の城にも救援要請を出した。紫州は奮戦する旺家に助けられた武将が多いから、多分出陣《で》てくる。数、一万」

ざわ、とその場に動揺が走った。宋隼凱が「……何だと？」と呆気《あっけ》にとられた。

紅州東坡郡から一気に紫州五丞原まで獲《と》るつもりでいたし、獲れるはずだった。

だが軍師の言葉が本当なら、五千に満たない小勢で、旺一族は袋小路だった荀馨を救いだし、かつ三倍もの兵差で押し寄せた戩華軍を東坡で食い止めたことになる。

「旺家の季公子を殺《と》るなら、今ですよ。荀馨は気骨のある文官です。何度書状を送ってもあなたへの帰順を断固蹴《け》り飛ばしたくらいに。彼が季公子の後見につく可能性は充分あります。……厄介なことになりますよ？」

戩華は初めて旺家の少年から目を外して、黒髪の軍師を顧みた。

「……お前が、そうそそのかす時は、たいてい何かを知りたい時だな」

「………………」

「東坡は獲った。ちょろちょろ目障りだった旺一族も殲滅《せんめつ》。東坡へ撤退する。撤退を悟られんよう、兵を置いて応戦させとけ。あそこでガキと一緒に奮戦してる奴らは皆殺しにしろ。季公子も殺せ。指揮はお前だ。何かを知りたければ、自分の目で確かめろ」

采配《さいはい》を丸投げされた黒髪の軍師は、ひくりと神経質に口の端をひきつらせた。

戩華は、美しい鬼みたいな少年がしゃにむに剣を振り回す戦場を一瞥《いちべつ》した。

五十騎はいた家臣は、もう半数以下。少年の周りに骸《むくろ》が積みあがる。敵も、家臣も、ごちゃまぜの死体の中、少年は一人留《とど》まる。

「あのガキには、あの剣は重すぎる。引きずって歩くには重すぎる人生だ。なのに、あいつは俺の矢を両断した。今度はお前がやってみろ。その結末は、俺も知りたい」

……その言葉を聞いた鴉は、羽を広げて飛び去った。

◆　◆　◆

真夜中、旺季は折れた剣を抱え、地面にあぐらをかいて座っていた。真っ黒い鴉が近くの木から飛びたって、まばゆい星の彼方《かなた》へ消えていくのを、ぼうと見送る。

木の上には細い三日月がかかっていた。まるであの男が自分を嘲笑《あざわら》っているよう。

いつからこうやって座りこんでいるのか、自分でもうろ覚えだった。与えられた幕舎から抜け出して、人のいない場所をさがして、座ったら、二度と立つ気がなくなった。晩秋の夜風が、梢《こずえ》を鳴らして通り過ぎていく。

「……若様」

うしろから、ためらいがちな声がかかる。その声を無視することはできかねた。旺家のでたった一人残った従者だったから。獏、とだけ、言った。

他の家臣は、全員死んだ。子供の彼を守るために奮戦し、寄せては返す波濤《はとう》のような兵士を何度も押し返し、そして一人ずつ地面に横たわっていった。やがて家臣は誰もいなくなり、旺季は囲まれ、一人になっていた。

……もう充分やっただろう、と思った。〝莫邪〟を捨てようとした。

その時、どこにいたのかわからなかった獏が現れ、旺季を救いだした。

ほぼ同時に荀馨将軍が率いる五丞原の軍勢が到着し、東坡の戦は終わった。

「何か召し上がってください。お召し物をかえて、傷の手当てもさせてください」

小声で獏が頼む。獏こそろくに手当てもしていなかった。旺季も傷だらけだったが、獏も旺季の前に身を挺《てい》した折に、頬から首にざっくりと深手を負っていた。

考える前に、言葉がもれた。

「……なぜ、私を引きずり戻した？」

獏は怒られたように、うなだれた。

父の声がした。

『理由がある間は傍でお前を守り、大事にするだろう。……時々それが、お前にはひどく重く感じられるかもしれぬ。耐えられる者しか持てぬ』

主君であるということ。

「……若様は、なぜ、〝莫邪〟を抜いたのですか？」

ぴく、と旺季の指がひきつれた。もう〝莫邪〟はない。敗戦《まけいくさ》の責任とかいって朝廷からやってきた貴族が、父の遺骸《いがい》から〝紫装束〟をむしりとり、旺家伝来だった〝莫邪〟も持ち去った。さてはそれが朝廷貴族どもの目論見《もくろみ》かと、旺一族の壮絶な討ち死にを知る荀馨や救援に駆けつけた諸将は怒髪天を衝《つ》いて貴族をつるしあげたが、他ならぬ旺季が止めた。むしろ旺季はもう〝莫邪〟を見たくなかった。

首のちぎれた兄が、お前に託すと言った。だが、重かった。重くて、重くて、手放した方が楽だった。この命ごと。なのに、最後は抜いた。なぜ？　あの時、確かに理由があった。けれどそれも戦の中で、いつのまにかどうでもよくなっていた。

荀馨は助かった。東坡城は陥《お》ちたが、五丞原への進撃はかろうじて食い止めた。ひきかえ。旺季は親兄弟も、家臣も、みんな死んでしまった。兄の蒼《あお》い剣も、半ばから折れてしまった。もう何も残っていない。

生きる理由を未練というのなら。自分にはもう未練はないはずだった。何も……。

脳裏に、妖公子の微笑が一枚の絵のようにひらめいた。

「…………」

後ろから影のように、何かがずるずると旺季を引き留めた。その影法師の顔は、真っ黒く不気味に塗りつぶされて、見えなかった。妖公子の顔かも知れなかったし、首のちぎれた長兄の顔かもしれなかった。

長い空白がすぎた。旺季の傍で、獏も微動だにせず、そこにいた。

寒風に凍る地面に座りこんでいた旺季は、やがて白い息を一つだけ吐いて。

また、ヨタヨタと立ち上がった。

はは、と、笑った。

「……みっともないな。惨めで、カラッポで……。誰もいなくなって、何も残ってなくて、死んだ方がマシだよ。真っ暗で、寒いだけだ」

雪が降りはじめる。旺季の骨や肉まで、蒼白《そうはく》な霜の人形につくりかえていくよう。

立ち上がった旺季に、獏がそっと、寄ってきた。一歩だけ……ためらいがちに。

何もかも失ったのに、まだ旺季を生かし、歩かせる。未練という名の箱の中身がなんなのか、今の旺季にはわからない。

なんのために生きる？

「……行こう。まあ……死に場所なんて……どうせ、またすぐ……見つかる、だろ……」

獏がうつむき、旺季の前に跪《ひざまず》いて、頭をたれた。

「……おともつかまつります、我が君」

旺季はチラリと獏を見て、凍える息を吐いて、夜空を仰いだ。

そして雪の中、ただ、うん、と、頷《うなず》いた。

◆　◆　◆

『……おともつかまつります、我が君』

あれから、ずっと獏は旺季の傍にいた。陵王よりも古い、たった一人の旺季の従者。

獏はもういない。

五丞原で旺季が紫劉輝に敗れたのを境に姿を消し、それっきりだった。

旺季は露台で、冴《さ》え凍る星空を眺めた。獏と二人になった夜に似ていた。……獏ももういい加減、最後まで負けっ放しの主君に仕えるのに、うんざりしたのかもしれない。

黒い影法師が歩き回り、なでていた〝紫装束〟と〝莫邪〟。

負けても負けても歩いてきた。獏だけがうしろで、それを見てきた。

「……止まってしまった私を見たら、お前はなんというだろうな」

答えはなかった。

# 第四章　先の見えない灰色の世界

真夜中に一人きりで外を歩くと、とぷんとぷんと、闇に足を突っこんでいるような気持ちになる。彼は頬から首にざっくりと古い傷痕《きずあと》がある顔を、仰向ける。

夜空には道化の嗤《わら》いめいた三日月がつりさがり、秋の終わりの星座が瞬いていた。

貘は一つの小さな蒼い星をさがした。彼はその星以外、さがしたことはない。

「……旺季様」

ぽつりと呟《つぶや》けば、寒気に白い息が漂う。

この十年、自分がどこでどうやって生きていたのか、貘にはよく思い出せない。切り離された影法師みたいに、あてどなくさまよいつづけた。時々、星を見上げながら。

彼の、闇が滲《にじ》むような黒い手袋をはめた右手には、古ぼけた狐の面が一つ。

「……どうして、と、あなたはあのとき、訊《き》きましたね」

東坡の初陣。なぜ生かした、と旺季は訊いた。

「……私も……あなたに訊きたいことがありました」

一族が骸《むくろ》となっても、踏み留まった少年。同時に家臣に逃げろと一度もいわなかった。

おそろしく冷酷で、おそろしく優しい方法で、戻ってきた家臣の願いを叶《かな》えた。生きる理由と死ぬ理由を、右手と左手にのせて、両方くれてやった。

守ること。失うこと。矛楯をつなぐ、何かの強い糸。

〝莫邪〟の重さを厭《いと》いながら、最後まで手放さずに引きずった。

宝箱がカラッポになっても、またヨタヨタとどこかに歩きだした少年。

……どこへ？　何を、思っているのか。知りたくて。なくしてもなくしても歩きつづけるその人の傍にいたくて。彼の行く先を見たくて。

『……おともつかまつります、我が君』

旺季はうん、と、頷いてくれた。獏のために。

あれから、長い長い間、傍にいたけれど。

……旺季はずっと同じことの繰り返しだったように思う。負けては失い、立ち止まり、迷い、時々捨て鉢になり。それでもまた、足を引きずって歩きだす。

けれど、ある時を境に、旺季は変わっていった。

獏は星の瞬く天蓋《てんがい》を仰いだ。

「……終わりがきます、旺季様」

天上で輝く、小さな蒼い星。

ゆらゆらと、獏の頭上で、今にも落ちそうに、晩秋の夜昊《よぞら》に揺らめいている。

終わりがくる。それは、旺季が好きな漢詩の一節だった。

……終わりがくる。

貘は狐の面を顔につけて、闇の中を、よろめくように歩き去った。

◆　◆　◆

……旺季様、と、貘が自分をさがしているような、心細げな声がする。

旺季は見つけてやろうと暗闇を歩きまわるが、貘の姿はない。

あちらこちらから、旺季の名を誰かが呼ぶ。谺《こだま》のように飛んでくる。

悠舜や、飛燕、陵王……父や兄たち、家臣団の呼び声。旺季はたまに、この夢を見る。

旺季は渋面になった。うるさくて、小さな貘の声が聞きとれない。貘は押し出しも個性も無駄に強すぎる旺季一門の中で、いちばん控え目な、貴重なやつなのだ。

闇に、誰かが佇《たたず》んでいた。貘かと近寄ると、三日月の微笑がその口もとに見えた。

負と虚数でできた、美貌《びぼう》の骸骨《がいこつ》の王が呼ぶ。

『旺季』

忘れがたい、背骨をはいのぼるような、あの鮮烈な声で――。

旺季は目をさました。心臓が早鐘を打っていた。どこかに横たわっていて、視界は闇に埋もれていて、夢のつづきかうつつか判別がつかない。

旺季のすぐそばに人の気配があった。真っ黒い影法師。今日は〝紫装束〟や〝莫邪〟でなく、旺季をのぞきこんでいた。

つい、とその黒い手が伸びて、旺季の首筋にぺたりとかかった。冷たい手だった。鳥肌が立った。旺季は意識して深呼吸をし、心拍をのみこむ。ぺた、ぺたり。黒い手は、旺季の首もとから額へと移動し、そのまま離れていった。

燭台《しょくだい》に火が灯《とも》る。

（…………？）

動く灯火《ともしび》を目で追えば、ひょこ、と晏樹がのぞきこんできた。

「……晏樹？」

「ええ。僕ですよ。丸一日、熱出してたんですよ。寒いから露台に行かないでくださいって、あれほどいったのに。熱、下がってますけど、布団からでないでくださいね」

よく見れば自分の私室で、寝台に横たわっていた。が、確かに真夜中に露台に出た記憶はあるが、布団に戻った記憶はない。ものすごく記憶が飛んでいる。……露台で倒れたのか？　晏樹が不機嫌になるので、問うのはやめた。

首や額に触れた黒い手も晏樹のもので、熱を測っていただけだったらしい。

汗ばむ額に手をやると、最後の骸骨の王の呼び声が谺となって思いだされた。

『旺季』

「……晏樹。丸一日寝てた、と言ったな？」

「ええ」

「丸二日じゃないのか」

卓子で薬湯をこしらえていた晏樹は、苦々しい顔つきをした。

「……ええ。丸二日です。戩華王の命日ですよ。夢を見たとか言わないでくださいよ」

「いや。さっきのお前が戩華の亡霊で、首を絞めて連れにきたのかと思った」

晏樹は薬湯づくりの手を止めた。奇妙な、黒い沈黙が落ちた。

ややあって、晏樹は冷笑を唇に滲ませた。

「……やめてくださいよ。戩華王と同じ日に死ぬとか。僕からすれば、最悪に腹立たしいですね。余計な怪奇話増やさないでください」

旺季は逆に愉快な気分になった。——誰が私を殺したか。

もうそんな怪奇話になるほどの人間でもない。

晏樹が寄こした薬湯をすすりこみ——息の根が止まりかけた。誰が私を殺したか。

「……晏樹、この死ぬほどまずい薬湯を全部飲んだら、私は死ぬと思う」

「僕の意地悪じゃないですからね。皇毅がものすごい効くって出張先の紅州から送ってよこしたんですよ。下手人は皇毅ですよ」

「あいつが『ものすごい効く』とか適当な形容をするときは、たいてい騙《だま》されてるんだ」

文句を言い言い、旺季はちびちび飲みほした。死にはしなかったが、指先までぽっぽと熱くなり、眩暈《めまい》がした。ふらつく頭を枕に戻した。こんな最低の味に耐えねばならぬくらいなら、一人で百人斬り殺して王都を落ちてったほうがずっとマシだ。

「眠って起きたら、おかゆとか、用意しておきましょうか……」

意識が沈んでいく中、晏樹の声が遠くから聞こえる。

庭でカラコロと枯葉が鳴っている。

秋の終わり。季節外れの寒い晩。

『旺季』

戩華が死んだ日。

けれど本当の死因や命日を知っている者は、ごくわずか。怪奇話になるほどに。

眠りに落ちながら、旺季は小さく笑って、戩華の声に背を向けた。

——誰が戩華王を殺したか。

◆　◆　◆

雪闇の後宮を一人切り抜けて王都を落ちたあと、旺季が再び大官として中央に帰還するまで、十年もの月日がかかった。

朝廷に帰還してまもなく呼びだしを受けたが、戩華と再会したあの日が、いつの季節だったのか、不思議なくらい旺季は覚えていない。

覚えているのは、十年ぶりに相見《あいまみ》えた戩華が、どんな顔をしていたのかだけ。

「殺せ」

戩華はくつろいだ風に羽織を引っかけ、寝台で身を起こしていて、まるで長い空白などなかったかのように、入ってきた旺季を迎えた。

旺季が王都を落ちてから十年近く。旺季は四十代の半ばになり、戩華もとうに五十を過ぎているのに、旺季の目には、ほとんど歳をとっていないように映った。

気怠《けだる》げに頬杖《ほおづえ》をつく仕草も、膝《ひざ》をつきそうになる威風も。一瞥《いちべつ》で闇の檻《おり》に囚《とら》われそうな氷の双眸《そうぼう》も。何も変わらない。闇と負と虚数でできた、血の覇王。

一つだけ違っていたのは、旺季が一目で、戩華王の死期を悟ったこと。

ここ数年、病で臥《ふ》せっていると耳にしても、旺季は全然信じなかった。

戩華が病？　鼻で笑って、相手にもしなかった。どうせあの悪辣《あくらつ》な宰相が何か企《たくら》んで仕掛けた噂で、詐病に決まってる、と。

今も見た目は、痩《や》せて顔色がよくないくらいしか変化はない。だが。

旺季は空けていた距離を三歩で埋めた。手を伸ばして、戩華王の右腕をつかんだ。つかんで、その思わぬ細さに、心のどこかが潰《つぶ》れたようになる。

すぐ間近で、くつくつと愉快そうな笑声が落ちる。

「……お前から、踏みこんできたのは、初めてだな」

その通りだった。戦以外で戩華王の間合いに自ら入ったのは、これが初めてだった。この男の利き腕をつかんでまだ生きている男は、もしかしたら世界で初かもしれない。

旺季は戩華の袖《そで》をまくりあげた。見る前に、神経に障る感覚がした。家系のせいか、旺季は呪詛《じゅそ》の類《たぐい》には鼻が利く。血の近い戩華も勘がいいと聞いたことがある。

王の腕には、呪詛の文様がいっぱいに広がっていた。只人《ただ》には見えない死の文様。訊《き》かなくてもわかった。仙洞令尹《れいいん》にも、もう手の施しようのないこと。

羽織の下の単衣《ひとえ》をつかんで脱がすと、同じ呪詛の文様が蜘蛛《くも》の巣みたいに胸に広がり、戩華を侵蝕《しんしょく》していた。もうすぐ心臓にまで這《は》ってくる。

――いつから？

両膝《りょうひざ》が震えた。

戩華は平然と退屈そうな顔をしているが、すでに呪詛は内腑《ないふ》を侵し、身を起こすことすら激痛が走るはずだった。触れてる旺季の指先すら火花が飛び散るように痛む。

（いつからだ）

雪の後宮を抜けて王都を落ちたあの時には、戩華に死の気配など感じなかった。それとも自分のことで精一杯で、気づかなかっただけか。

だが仙洞令尹羽羽が傍にいて、こんなになるまで放置しておくはずがない――。

天啓のように繫がった。以前、第二妾妃《しょうひ》鈴蘭が縹家に『誰』の暗殺を頼んだのか、最後までわからずじまいだったこと。羽羽ですら手も足も出ぬ相手――縹瑠花《るか》の呪詛。

「――――」

旺季は呆然《ぼうぜん》と戩華を見下ろした。

真夜中の闇をかためてこしらえたような男。こんな間近でこの男を見るのは、いつぶりだろう。寝台にいるせいで目線は旺季の方が高く、長い睫毛《まつげ》まで見てとれる。旺季がこの男を見下ろすのも、考えてみれば生まれて初めてだった。

(戩華が、死ぬ?)

こんな、ちっぽけな臥所《ふしど》で? なんだそれは。

(なんだそれは)

魂が抜けたように立ち尽くしていたので、旺季が呆然としていたのと同じだけ、戩華の目が旺季を観察していたのも、気づかなかった。

どのくらい過ぎたか、呆《あき》れたように投げやりな溜息《ためいき》がした。

「……聞こえなかったようだな。もう一度言うぞ」

その時の旺季は何かを考えるという機能自体が停止していた。

「殺せ」

鳩が飛んでるような頭で旺季が思ったのは、もうこの男は本当に殺した方がいいということ。今すぐ。こんな無様なことを抜かすようでは、死んだ方がマシだ。

「……は……死にたいんですか」

「バカか」

単衣をつかんだままだった旺季の指を、戩華が軽《かろ》く払いのけた。たったそれだけで、火傷《やけど》をしたように旺季は指を引っこめた。初陣で、軽く押しやられただけで、吹っ飛ばされたのを思いだした。麻痺《まひ》していた五感がたちまち戻り、この男の利き腕に容易に触った自分に今さらながら戦慄《せんりつ》し、冷や汗がでた。

戩華王ははだけた胸もとに嫌な顔をしながら、憂鬱《ゆううつ》そうにまた頬杖をついた。

「妾妃も、公子も、一族郎党処刑しろ。関わった官吏も、貴族も、残らず挙げろ」

山積みの髑髏《されこうべ》をガラガラと鳴らして踏み歩く、覚えのある戩華がそこにいた。

「全員、首を斬れ。皆殺しにして、一掃しろ。助命嘆願はきかん」

この凄《すさ》まじく容赦のない命令をきくとしたら、御史大夫である旺季だけ。

言われなくても、後宮を粛清し、鉈《なた》を振るうために王都に帰還した。一人残らず挙げるつもりではあったが、一人残らず殺すかどうかは決めていなかった。

いとも簡単に、言ってのけた。旺季は戩華を睨《ね》めつけた。

「……あなたに、言われるまでもありませんな。もともと、そのつもりで戻ってきましたから。ですが、全員皆殺しというのは、まだ――」

「旺季？」

まるでその一言で、旺季も、世界も、何もかもを支配できると思っているよう。

旺季の奥底で、眠っていた感情が目覚める。雪闇の中、一人で王都を落ちた時のあの激情。熱が指先から全身に行き渡っていく。怒りや、反発。敵愾心《てきがいしん》。

旺季が追ってきたもの。

全身全霊で、打ち負かしたいもの。その男の前では、どんな屈辱も、度重なる敗北も、助命される生き恥も、綺麗事《きれいごと》さえ、残らず吹っ飛ぶ導火線。

人生のすべて。

それこそがいつでも旺季の心に火をつける。

旺季の大嫌いなその顔で、闇さながらの双眸で、戩華は歌うように命じた。

「俺が王だ。俺に跪《ひざまず》き、俺に従え。——一人残らず、殺せ」

戩華王は旺季の顔を見て、何を思ったのか、くつくつと笑った。

旺季はその通りにした。

……戩華は、死んだ。数年後の、秋の終わりに。

◆　◆　◆

父の本当の命日は、劉輝も正確には知らない。

仙洞省が決めた日付が公の命日だが、実際は不明な点が幾つもある。羽羽なら真実を知っていたかもしれない。あるいは、あの黒く顔が塗りつぶされた『誰か』なら。今はどちらもおらず、他に知る者も多分いない。とはいえ、遠い存在すぎて別に愛着のあるような父でもなかったので、劉輝も特段、知りたいとも思わなかったけれども。

劉輝は毎年、線香どころか父の命日そのものを忘れてるほどだったが、今年は自ら父の廟《びょう》へ参り、そのあと物思いに沈みながら、悠舜の廟に赴いた。

一人で考えごとをするとき、今の劉輝は府庫よりも、ここにくるようになっていた。

『お祖父《じい》様は二度とこない』

劉輝は四つの不夜灯を見つめた。次第に、遥《はる》か昔に駆けた灯籠《とうろう》の道とだぶってくる。

『私は今日を限りに、この城を出て行きます。しばらくお会いできないでしょう』

昔、雪闇の夜に幼い劉輝にそう告げ、朝廷から姿を消した旺季。

十年を経て、言葉通り帰還したのは、そうする理由があったのだ。

どんなに時が経っても、変わらず旺季を王都へ引っ張り寄せたもの。

ジジ…と蠟燭《ろうそく》が燃える。父の廟へ線香をあげてきた折、劉輝は今までになく長く祭壇の前に佇《たたず》み、行き交う仙洞官がオドオドするくらい廟の中を歩き回った。

……嫌いなもののためにここまできたと、旺季が言ったことがあった。

私はあなたのお父上が嫌いでした、とも。

ならば、旺季が見ていたもの。追っていたものは。

劉輝の後ろに、長く伸びる黒い影。あまりにも、大きな。

けれど、父はもういない。

十年を経て父戩華の前に帰ってきたかつてとは違い、今の旺季に帰還する理由はなく、いくら劉輝が待っていても、何度文や遣いを出そうとも、何も起こりはしないのだと、父の祭壇の前で、……ようやく劉輝は理解したのだった。今さら。

なのに、劉輝はずっとどこかで、あの雪闇の晩みたいに、いつかまた城に戻ってくるのではないかと、何の根拠もなく信じているのだった。今も……。

コツ、と、廟の扉口で、沓音《くつおと》がした。

劉輝は伏せていた目をあげた。悠舜の柩《ひつぎ》の傍で最後に会ったときのことが、蘇《よみがえ》った。

振り返った。


「……璃桜か」

見てしまった璃桜の方が、心が痛むような顔だった。まるで、手を差し伸べて、引っ張ってくれる誰かを、深い深い水底《みなそこ》で、待っているように。

誰を待ってるのだろう。王はこの廟で。

璃桜は何か言葉をかけたかったけれど、見つからず、結局用件しか言えなかった。

「……あんたを、呼びにきたんだ。慧茄様が帰ってきた。時間がとれたから、このあといつもの四阿《あずまや》で待ってろ、って」

「そうか。わかった。もう夜も遅いのに、悪かったな」

王はもう、いつものどこかのんきな紫劉輝だった。

「俺も、一緒に、行っていいか。慧茄様と会える機会は滅多にないから……。俺もこれから用事、ないし。暇なら琴《きん》の琴の練習に、付き合ってくれ」

何だかいろいろ余計な言い訳を並べてしまい、璃桜は自分に顔をしかめた。

王がしげしげと璃桜を見下ろし、「構わない」と言った。璃桜はホッとした。単に、最近よく一人になりたがる王を、そうしておくのが、何となく気になっただけで……。

王と璃桜は後宮の一角にある寂しい四阿へ向かった。季節は日ごと冬になり、夜の帷《とばり》がおりている今は、庭院《にわ》をそぞろ歩く気にもならないほど気温が急降下していた。

璃桜は途中で太子宮の自室に立ち寄り、琴の琴を引っぱりだして小脇に抱えた。

「……今も、たまに、弾くのか？」

並んで歩きながら、王がポツリと訊《き》いてきた。

たまに弾くも何も、璃桜と王は一緒に楽官に琴の琴を習っている。が、王はなぜか出席は欠かさないのに妙にやる気に欠けていて、奇跡的なまでに下手くそなままであった。一方璃桜はめきめき腕が上がっている。どうも王は単に璃桜の琴を聴くために一緒に並んでいるのではなかろうかと、胡乱《うろん》に思い始めたのはここ数年。

当然、さっきの問いは、璃桜に対するものではない。……祖父のことだった。

「時々聴かせてもらうことはある。けど……ここ数年は、それも滅多になくなったな」

「いいな。……余は、もう、ずいぶん聴いてない」

祖父の琴が聞こえた、とか、こないだも言っていたのを璃桜は思い出した。

それきり、王は何も言わない。

璃桜は何年も前のことがよぎった。朝廷にもう一人誰かがいた気がする、と王が奇妙にも言い出したことがあった。周りが笑い、不審な目になるにつれ、王は何も言わなくなった。それはむしろ、軽々に否定されたくない大事な箱を、これ以上傷つかぬよう、ずっと深い場所にしまいこもうとするようだった。あの時と、今とが重なる。

実際、側近たちの言い草ひとつをとっても、祖父が今や『誰か』と同じに、怪奇話の棚に並んでるのは確かだった。王たるものが話題にするべきではないこと。過去の人間であり、気にかける必要などない些末事《さまつごと》。もはや用済みの棚の中。

そんな風だから、王と二人でいるのが気が楽なのは、璃桜も同じ。多分、互いに。

四阿につくと、王はつもった枯葉を払い、柱の燭台《しょくだい》に一つずつ火を入れた。王はどういうわけか、この奥まってさびれた六角形の四阿を隠れ家にしていて、府庫や廟にいない時、ここをさがすと一人でいることがある。璃桜は卓に琴を置いた。

たとえ王が望んでいるのが、璃桜の音ではないとわかっていても。知らぬ顔をして、琴の琴の調弦をする。どのみち彼がしてやれるのは、このくらいしかなかったから。

璃桜はさっき廟で垣間見《かいま》た、王の顔を思った。

王を見ていると、璃桜は少し怖くなる。

まるで歳をとるごとに、心が穴だらけになっていくようだった。一つずつ何かを失い、完全だった世界がどんどん不完全になる。あちこちポンコツになりながら、ありあわせのもので必死に埋めて、何とか歩いていく。周りに平気な顔をして。

大人になる、ということ。生きていく、ということ。

……どうにもならない現実をそれでも歩いていく、ということ。

王が、璃桜に視線を向けた。そのひどく老いた眼差《まなざ》しに、ごくりと唾《つば》を飲んだ。

「……璃桜は、今の余は、変だと思うか。何かが変わったように見えるか」

「…………」

ここで嘘はつけない。それだけは直感した。つけば、何かが壊れる。

柱の灯火で琴の琴が陰影に染まる。璃桜は昔、子供っぽい王の考えなど全部わかると思っていた。でも今は違った。老いた目。心を見せない術《すべ》を覚えた王。

璃桜にはもう王の心はわからない。隠したい何かを見つけた寂しい双眸《そうぼう》。

「……わからない。変わったように感じることもある。……でも、俺はあんたに、昔、嫌いなものでも、王なら全部見るべきだって、偉そうな説教をした。それを……この頃、妙に思い出すんだ」

時々危うげで、孤独で、誰にも見せたがらない顔がある。けれど三人の側近を心から大事に思っているのも知ってる。世界に朝と夜があるように。どちらも本当の王。

祖父を嫌い、逃げ回っていただけの昔とは違って、小さな世界から、確かにどこかへ歩きはじめた。何かが変わっていく。歩いたぶんだけ。

「……昔のあんたより、俺は好きだよ。止まらないで、何かをさがしてる。自分に足りないもの。変ないい方だが……あんたは、本当のあんたになろうとしてる気がする」

王は側近たちの隣にいながら、重ならぬ平行線を歩き出したように見えた。もしかしたらその先は、祖父や悠舜と同じ道につづいているのかもしれない。薄闇の道。穴だらけの心を繕い、重い荷物を全部引きずって、歩いてゆく。どこかへ。大事な何かを見つけに。

祖父や悠舜は平然と歩いてきたように見えるけど、……ずっとずっと昔は、今の王と同じ顔で歩いたこともあったのだろうか。そんなことを考える。

祖父はさがしものを見つけたのだろうか。

……王が祖父に会って話したいのも、そういう風なことなのだろうか。

「俺は、あんたのさがしものが……いつか、見つかるといいと思う」

そのときの王の表情《かお》は、何の感情も浮かんでいなかった。もう一人の、薄闇の王。

璃桜は目を逸《そ》らさず、必死にその場に留《とど》まった。

凍《い》てつく夜風が吹いて、王の能面のような顔を長い髪が隠した。

ややあって、王がうん、と呟《つぶや》いたとき。

霜を踏む音がして、四阿の柱に誰かがどっかともたれかかった。

「……そーゆー辛気くせぇ話は、酒でも飲みながらするもんだべ。しらふですんなや」

璃桜は振り返り、慧茄様、と、目を丸くした。

「……ちっと見ねェうちにますますじーさんそっくりになってくでねーの。孫陵王がおったら、まんず大笑いしてたべ。……あーあー、嫌な顔を思い出すべよ」

璃桜に目をやり、慧茄は懐かしそうな表情とは裏腹の、天《あま》の邪鬼《じゃく》な感想をいった。

慧茄は齢《よわい》六十の坂を越えた重鎮で、老いの見え隠れする顔には細かな傷があり、もとはいかにも文官的な風貌《ふうぼう》が鋭く彫り直されたように見える。顔だけでなく全身そうらしく、十年前の碧州地震で負った傷もあるが、昔の戦での古傷も多いと聞いている。

王がじろりと慧茄を睨《にら》みつけた。

「慧茄……余の呼び出しを半年で五回も無視して出てってなぜそんなに偉そうなのだ」

「オメェしつけぇんだべ！　なんでそのツラ仕事以外で見にゃなんねんだ。オメェと二人でしっぽり話すことなんかあるわけねーべ。ハー、しぶしぶだ。しぶしぶ。わざわざこんな夜更けに外れの四阿までできてやってよ。ありがたがれ」

慧茄はもっていた酒瓶と三つのサカズキを全部、璃桜に放り投げた。

「どうせまたぞろどうでもいい話でもすんだっぺよ……。ンッとにいじやける。酒だ、酒。一献付き合え」

「慧茄、『いじやける』ってどういう意味だ。『意地焼ける』か？　意地が焼けたらどうなるんだ」

「………。うるさいんですよ、陛下」

慧茄はこめかみに青筋を浮かべ、螺子《ねじ》を回すように綺麗《きれい》に口調を切り替えた。慧茄の逆鱗《げきりん》に触れた証《あかし》だった。

璃桜はサカズキと酒瓶をお手玉みたいに器用に受けとめて、酒を注いだ。ちょうど慧茄が振り向いたので、サカズキの一つを差しだした。

奇妙なことが起こった。慧茄は絶句し、幽霊でも見たように白い顔になったのだ。

「……慧茄様？　俺、もしかして席外した方がいいですか？」

璃桜の問いかけに、慧茄はサカズキを受けとり、我に返ったように頭をふった。

「いえ……どうせ用件は大体わかっているんですよ。で？　陛下。今日はなんですか」

「……。……エート……今日は荀馨《じゅんけい》将軍について聞かせてくれ」

璃桜は目を点にした。荀馨将軍？

「……って、あの、有名な軍師の？　歴史の授業を慧茄様に受けてるのか？　ていうか、こんな夜中に多忙な空飛ぶ天下の副宰相を呼びつけて、なんで荀馨将軍なんだ、王」

「もっと言ってやってください、璃桜公子。このクソバカ王はあの手この手で旺季のことを私から聞きだしたがってるんですよ。今日は荀馨将軍にかこつけてきましたか」

「旺季のことを教えてくれと言っても、そなたは全然教えてくれぬではないか」

璃桜は初めて見るような顔で、慧茄を穴が空くほど凝視した。

「……そうか……慧茄様は昔からずっとお祖父《じい》様をご存じなんですよね。確か戦もしてきてて……じゃ、若い頃のお祖父様のことを？」

慧茄はうめいた。まずい方向に向かってる。彼はサカズキに口をつけた。

「……まあ。私は陵王とは違って、旺季の敵になったり味方になったりでしたがね。よく戦場で出ッくわしましたよ。お互いまだ十代の小僧で、その年頃は、あの時世でもさすがに目立ちましたからね。旺季の初陣は、当時知らぬ者はなかったですし……」

しばらく慧茄は黙然と酒を注いではのんだ。王は気にかけずにつづきを待っている。

慧茄は今まで何度となく感じた疑問を今日も感じた。年々旺季の存在を軽んじる側近たちとはまるで反対に、紫劉輝は奇妙な執着を見せる。

不思議だった。旺季は今も昔も、王の側近たちのような『まっとう』で『正しい』官吏からは全然好かれない。一度も華々しい勝者たりえずに老いた、落ち目で無様な人生。正面切っては何も言えないくせに、陰で軽んじ、小馬鹿にし、せせら嗤《わら》う。逆に凌晏樹や鄭悠舜のような闇《やみ》をもつ人間ほど旺季を必要とする。半端で不完全なほど、旺季の中に何かを見つける。……半端で不完全なほど……。

そうだとするなら、この王は――。

慧茄は視線を落とした。卓には懐かしい琴《きん》の琴が置かれてる。

六つの燭台が大きく揺れた。真夜中の四阿《あずまや》を、晩秋の風がざわつかせていった。

「荀馨様の話、ね……」

慧茄はぽつりと、その懐かしい名を呟いた。

『……旺季様が本当にほしいのは、きっと、勝利ではないんでしょうね。〝莫邪〟も本当は必要としない。僕の力も、……いらない。玉座さえ、手段にすぎない。旺季様が、本当にほしいのは』

◆　◆　◆

昔、悠舜がそう言った際、旺季はある人を思いだしたものだった。

『そうか。誰かに似てると思ったら……悠舜、お前は少し、荀馨様に似てるんだ』

東坡の初陣の後、旺季の後見となり、年下の自分をずっと助けてくれた若い将軍。

悠舜はハッとした顔になった。

『……お望みなら、旺季様の軍師になりましょうか？』

『いや。お前を死なせたくはない。そんなことは気にするな。お前に何かをさせるために拾ったわけじゃない。お前は自分の人生を生きろ』

悠舜は〝莫邪〟みたいな男だった。手に入れれば、死に戦でも初陣でも生き残る。骸《むくろ》の山をつみあげるのとひきかえに。それを勝利と呼べるのかはわからないけれど。

悠舜はそんな自分を好きではなかった。多分、そんな結果も。その程度は旺季も何となくわかっていたし、旺季のための人生でなく、悠舜の人生を歩むべきだと思っていた。

それくらい、当時の悠舜が紅家や戩華王のために失ったものは大きかった。一族も、故郷も、足も。これ以上旺季が奪っていいものなど何もなかった。

けれどその時の悠舜は、むしろひどく寂しげで、もはや一筋の希望も、願いも、永遠に断ち切られたような表情《かお》をした。晏樹が時々浮かべる苛立《いらだ》ちと、なぜかかぶって見えて、驚いたのを覚えている。

「うーん。皇毅のあやしい薬、結構効きましたね。ご飯を残さず食べたあげく、おかわりまでするとは」

皇毅が紅州から送って寄こした最低の薬湯を服用して昏倒《こんとう》して（あれは寝たわけではないと旺季は思う）、汗をびっしょりかいたせいか、起きたら逆に体調はすっきりしていた。用意された膳《ぜん》をぺろりと平らげた旺季に、晏樹はニヤニヤした。

「あれだけ眠れば腹も減るわ。絶対あの奇っ怪でまずい薬のおかげじゃない」

「旺季様」

「なんだ、また薬か？　小言か？　それとも……。うん？　どっかに出かけるのか」

膳を片付けて、しばらく書翰《しょかん》の整理やらこまごまと用をすましていたと思ったら、晏樹は珍しく外出用の――しかも降雪仕様の――沓《くつ》やら上衣《うわぎ》やらをつけていた。

「ええ。ちょっと山まで。少し、留守にしますからね」

真夜中だったが、晏樹がふらつくのは昔からなので、今さら旺季も何も訊《き》かない。

「雪になりそうだから、気をつけていけ」

扉に手をかけていた晏樹は、旺季のほうに戻ってきた。優美な獣みたいに音を立てず、窓辺で空模様を見ていた旺季に近づくと、つと両手を耳の下に差しこんだ。少年の頃から変わらぬよく色を変える目を注ぎ、旺季のこめかみに軽く唇で触れ、にっこりした。

「行ってきますよ」

そうして晏樹は邸《やしき》を出て行った。

旺季は唖然《あぜん》としてこめかみをおさえた。部屋を行ったり来たりしたあと、椅子に腰かけてみた。晏樹が出かけると、邸の中はしんと静かで、外の風だけが聞こえてくる。

一人になるのは、久しぶりだった。旺季は椅子の腕に手をかけ、目を瞑《つむ》った。

風のまにまから、亡き荀馨の声が届く。ずっと彼方《かなた》の、過去から。

『あなたがこの先をゆくのに必要なのは、二つだけ』

どんな時でもあなたが前へ進むには、その二つだけで充分と、告げた後見人。

当時は意味がちんぷんかんぷんだったが、今なら旺季もその二つが何かわかる。

旺季が雪闇の夜に城を落ちてから空白の十年を経てもなお、意地でも王都に帰還したのも、その二つとも、まだ宝箱に残っていたから。

けれど、ある時を境に、一つを失い、……もう一つも五丞原で失った。

それから旺季は、歩くのをやめてしまった。朝廷を辞したのは旺季自身の意志であり、もはや戻る気はなかった。二度と。何を言われようとも。

夜風が窓を鳴らす。足もとの火鉢で、炭がぱち…と崩れる。

荀馨の口癖は「大丈夫ですよ」だった。毎度七転八倒して、全然大丈夫じゃない旺季に、いつもそう言った。

あなたは大丈夫ですよ……。

懐かしい後見人の声が窓の隙間から吹きこみ、旺季に触れて、消えていった。

◆　◆　◆

四阿の燭台《しょくだい》の灯が風で縮んで、そのあとはいっそう赤々と燃えはじめた。

「荀馨将軍って……朝廷側の名軍師として有名なかたですよね」

興味を惹《ひ》かれた風な旺季の孫に、慧茄は溜息《ためいき》をついた。

「違いますよ。朝廷の、じゃない。彼は旺季の軍師だったんです」

「……お祖父様の軍師？」

慧茄は観念した。王一人だったらとっとと帰っていたのだが。

「ええ。荀馨様は当時の朝廷も王のことも見下げてましたから。ただ、戩華公子にいいようにやられるのが嫌だっただけだと、彼の口から聞いたことがあります」

慧茄は目の前の二人に目をやった。戩華の息子と旺季の孫が仲良く養父子として並んでいるのを見ると、慧茄は今もゾッとする。……旺季を思うと目を背けたくなる。

「荀馨様は、旺一族が命がけで救い出した将軍でしてね。旺季にとっては初陣で……」

二人が身じろいだのを見れば、そのくらいは調べて知っているようだった。来襲した戩華公子に、旺季の一族は助命の猶予も与えられずことごとく殺されたこと。生き残ったのは、僅《わず》か十三歳の旺季一人であることも、おそらくは。

「以来、荀馨将軍が天涯孤独になった旺季の後見を勝手に引き受けて、朝廷に根回しして、官位や金子をもぎとったりと、何くれと世話を焼きました。しょっちゅう貧乏くじを引いて、僻地《へきち》の閑職や激戦地ばかり飛ばされる旺季に付き合ってどこにでも行き、陰に日向《ひなた》に支え、参謀としてずっと傍にいました。それでも荀馨様は当時まだ二十代で……今でいう……ああ、亡き鄭悠舜と少し似ていたかもしれません」

「……悠舜と？」小声で、王が訊く。

「ええ。荀馨様ほどの方が、零落した家の、しかも十三歳の子供といるなんて、ありえないことでした。国中の将が喉《のど》から手が出るほどほしがった名将です。彼は『荀氏八竜』と称された優秀な子弟ぞろいの名門荀家でも、ずば抜けた賢才で……」

あの妖公子《ようこうし》の右腕、黒髪の名軍師とも比されるくらい――そう続けようとして、慧茄は言葉を途切れさせた。……戩華王の……名軍師。黒髪の――誰――だったか。

思い出せない。

古い記憶の端布《はぎれ》にあった名がかき消えていき、ついに口の端にのぼらずに忘れ去る。

「……智将、で……、敗走する旺季に策を授けたり、よく計略にひっかかる旺季を救い出しては逃がしまくってましたね。旺季が生きてるのは彼のお陰ですよ。ぶつぶつ旺季に恨み言を言われてたくらい。お前がいると死ぬに死ねないとかなんとか。私も荀馨様には尻《しり》を叩《たた》かれて、渋々旺季を救援に行ったり、自分が救援されたり……」

璃桜公子がうーむ、と呟《つぶや》く。もっとカッコイイ祖父を思い描いていたのやもしれぬ。

陵王が右腕なら、荀馨が旺季の左腕だった。

「荀馨様は最後まで戩華公子の帰順要請を突っぱねて旺季のもとに留《とど》まりました。貴陽攻囲戦も、荀馨様の多くの献策があってこそ……。あの方の最期は有名ですから、私が言うことではありませんが……旺季とともに出陣し、公子戩華と激戦を繰り広げて幾度も退け、多くの戦功をあげましたが、最期は旺季を守って討ち死にしました」

王も、璃桜も、何かを言いかけたが、言葉はなかった。

「荀馨様、だけではないですけどね。あの時の旺季がうしなったものは……」

あの最後の貴陽完全攻囲戦は、奇跡の負け戦と今も言われる。全滅するはずが、旺季と陵王によって半日ももち、宋隼凱や茶鴛洵、藍門司馬家、黒白《こくはく》両家すら従えた戩華と互角の戦をし、半数の死人ですんだと。……けれど旺季にとっては、勝ち目のない絶望的な戦に、それでも付き従ってくれた僅かな、そして当時の旺季のすべてだった兵や股《こ》肱《こう》を、守りきれずに半分以上も亡くした戦だった。

「劉志美《りゅうしび》のように、旺季の側で戦って、生きのびた方が稀《まれ》なんです」

慧茄は火の粉をあげる燭台を見つめた。

戦が終わり、戩華の前に旺季が敗将として現れた日のことを、今も慧茄は覚えている。

眼前に引き出された荀馨将軍の首を目にしたときの、旺季の表情《かお》も。

……初陣で、何もかも失った十三歳の旺季も、あんな顔をしてたのだろうか。

戩華に敗れた後もおめおめ生き長らえたことを、王の側近らが生き恥と陰で笑っているのも知ってる。だが彼らに、旺季と同じことができるのか。

慧茄にはできない。

(――生き恥？)

戩華から講和をひきだすまで退かずに戦い抜き、貴陽を無血開城し、民への手出しも略奪も一切しないという条件をつきつけるのとひきかえに。

……惨めな助命を受け入れ、またヨタヨタとどこかへ歩き出した旺季に。

慧茄は泣きたくなるような気持ちになった。

◆　◆　◆

最後の戦となる貴陽攻囲戦に臨んだ時、旺季はまるで初陣に戻った思いがした。

貴陽を八方から取り囲む戩華との兵差は十倍以上で、王からはかわりに死んでこいと〝紫装束〟を押しつけられ、勝ち目のまるでない死に戦であることまで、何から何まで東坡の戦そっくりで、嫌気が差したのを覚えている。

戦の相手が、妖公子戩華であることも。

「大丈夫ですよ、旺季殿」

荀馨はいつものようにそう言った。

旺季はさすがに、このときだけはその言葉を聞きたくなかった。全然大丈夫じゃないと渋い顔をした旺季に、荀馨はちょっと笑う。初陣からずっと一緒にいてくれるので、荀馨とは陵王よりも長く共にいる。傍にいるのが当たり前となっていた。

荀馨も東坡の戦を思いだしていたようで、やっぱり、そっくりですねぇと呟いた。

「東坡からずっと、あなたの傍にいましたけれど。あなたが本当にほしいのは、きっと、勝利ではないような気がしますよ。正確に言えば、必要としているもの、ですが」

「……いや、勝ちたいですよ。ちょっと縁起でもないこと戦の前に言わないで下さい」

呆《あき》れて睨《にら》んでも、荀馨は飄々《ひょうひょう》と無視した。

高い櫓《やぐら》から旺季は戩華軍の陣容を見ていたが、軍師たる荀馨はそんなもんはどうでもいいとばかりに夜空を見上げている。荀馨は普段とまるで変わりない。

実のところ朝廷は荀馨だけは城に残したがっていて、旺季もその方がいいと思っていた。だが……。旺季は昨晩、偶然見聞きしたことを思い返し、首のうしろを撫《な》でた。

（……あれは……いや、聞き間違い、だな）

「旺季殿、あなたがこの先をゆくのに必要なのは、二つだけなんですよ」

旺季は我に返った。

「二つ？　あなたと……陵王とかいうんじゃないでしょうね」

「違いますよ。そうではないから、あなたは大丈夫なんですよ。私はそれが嬉《うれ》しい」

　夜風が吹き、荀馨の手で羽扇がそよぐ。櫓からは多くの夜営の篝火《かがりび》が見える。味方の陽気な歌声もする。こんなただ死ぬだけの戦に、旺季や陵王のような子供に付き合ってくれようとする僅かな兵たちの、最後の宴。

「旺季殿、本当はもう死にたがっているのはわかってます。でもこの戦、あなただけは生き残らねばなりません。あの東坡のように。たった一人になっても」

　旺季が返事をするまで、時間がかかった。講和。すでにボロボロに弱りきっている貴陽の民を破滅の公子から守るためには、講和が必要だった。旺季の条件をのませるためには十倍以上の兵差で互角に戦い、戩華から交渉の使者がやってくるまで、生き抜かねばならなかった。破滅の公子とあざやかに戦って散るという美しい死に様は、旺季には用意されてはいなかった。この都を守るためには。

　旺季だけはどんな惨めな敗北でも生き残り、戩華の前へ出なければならなかった。

　篝火が燃える。呟いた。

「わかって、ます」

　そのために荀馨も多くの献策をしてくれていた。彼らの命とひきかえの。

　荀馨は満天の星を仰ぎつづけている。彼は何の星を見ているのだろう？

　そう思ったら、荀馨が星から目を離し、穏やかな眼差《まなざ》しで旺季を見返してきた。

「旺季殿、あの東坡のようには、私があなたに守られて、生き残ることはできません。

今度は私があなたを守る番です。この命の尽きるまで、私があなたを生かしましょう」

旺季は黙っている。どんな返事もしたくなかった。喪失の音が聞こえる。初陣で全部なくして、また少しずつ集めてきた大事なものが、旺季の箱から再び落ちていく。

「今夜を境に、私は――私たちは、あなたのお傍から去ることになりましょう。でも、あなたは生きていける。もう一度言いますよ。あなたが必要としているのは、二つだけ。それさえあれば、あなたは生きていける。私がいなくても、大丈夫ですよ」

旺季は、はは、と、乾いた笑いを落とした。「それが嬉しい」と彼は言うのだ。

その二つがなんなのかは、まだわからないけれど。

「……残酷ですよ。それを嬉しいと言うだなんて」

けれどそれが、旺季が行かねばならない道だった。

かけがえない将兵を、過ごした時間を、宝箱からまた残らず喪《うしな》っても。誰よりも傍にいてくれた荀馨が死んでも。旺季はたった一人でも、その道を進まねばならなかった。

はい、と、荀馨が夜風よりもささやかな答えを返した。この二十歳《はたち》にもならぬ総大将には残酷な言葉と知って、それでもやはり彼は嬉しいと思うのだった。

旺季がこの先を生きること。

陵王と、初陣から従うあの従者だけは、きっと旺季を一人にしないでくれるだろう。

けれど荀馨はここまでだった。

背にした夜空に長い長い弧を描いて、己の星が流れ落ちる。

誰もいない夜の中、荀馨は真っ白な羽扇を胸に跪《ひざまず》いた。少年の旺季へと。

「旺季殿、東坡のおりからずっと、私の主君はあなたでした。他の誰でもなく……」

昨晩旺季は珍しく激高する荀馨の声を耳にした。聞き間違いだと思った。城へ残れという朝廷官吏どもをこう追い返したから。——私が仕えるのは季公子です、と。

旺季はどんな表情《かお》をしていたのだろう。荀馨が優しく苦笑いする。

「叶《かな》うならば、あなたのお傍でもっとお仕えしとうございました。先に参ります。この戦をかぎりに、骸骨《がいこつ》を乞《こ》うことを、どうかお許しください、我が君」

「——」

身を捧《ささ》げた主君に、退くことを願い出る。

古い時代の言葉。

『大丈夫ですよ……』

首となって、荀馨が旺季の前に引き出されたとき、あの言葉が聞こえた気がした。

◆　◆　◆

旺季は椅子にもたれ、ほろ苦く笑った。

許す、と、言ったのか。言わなかったのか。

一番大事なことなのに、今の旺季はもう、思い出せなかった。

約束通り、旺季はあの戦を生き残った。講和とひきかえに、荀馨をはじめ、ずっと付き従ってくれた将兵らの髑髏《されこうべ》を、道の後ろに山と積み上げて。

助命を受け入れ、宝箱をカラにして、初陣と同じに、またヨタヨタと歩き出した。

『あなたが必要としているのは、二つだけ……』

旺季に火を付けてきた二つの導火線。それさえあれば……。

一度だけ、孫の璃桜がぽつんと訊《き》いたことがあった。朝廷に戻るつもりはありませんか、と。ためらいがちに、旺季の顔を見ず、入れかわり立ちかわり邸《やしき》を訪れては、熱心に政談をする一門の者たちのほうに視線を投げながら。

旺季は答えなかった。それが答えと璃桜は思ったかもしれないが、『ない』とはっきり言い切って、自分の心から本当に一切の情熱がなくなったことを、思い知りたくなかっただけなようにも思う。

コト、と音がしたので首を向けると、卓の隅の小さな箱に気がついた。王から恋文ならぬ鯉文《こいぶみ》が添えてあった箱だが、晏樹が片付け忘れたらしい。ヘンな鯉文でなえて、まだ開けていなかった。旺季はおそるおそる近寄ってみた。

鯉の餌とか入ってるんじゃあるまいな。間《ま》を置き、サッと開けてみる。

……藁人形《わらにんぎょう》が入っていた。

旺季は両膝《りょうひざ》をつきそうになった。今、完全に心の導火線が燃え尽きた感じだ。

描かれた顔がにっこり笑ってるのを見れば（というか旺季は顔つきの藁人形を初めて

見た）、単なる嫌がらせとも判じかねる。なぜか長髪。……まさかと思うが、あの王の藁人形じゃあるまいな。

（もしそうなら、このまま丑三《うしみ》つ時に五寸釘《ごすんくぎ》を打てば呪えそうだな……）

一筆箋《いっぴつせん》には「納豆にも使えます」。これで押しつけがましくない気遣いを示した模様。

一拍おいて、旺季は不覚にも吹いてしまった。咳払《せきばら》いをして強引に笑いやむ。じろじろ長髪の藁人形を眺め、デコピンを一発食らわせた。痛そうに見えるから面白い。

折々にしぶとく届けられる文や贈り物。璃桜が時々、王に関して何かを伝えようとする素振りも見受けられる。一切合切、旺季は邪険にしてきた。

五丞原で選んだのは、旺季だけではない。旺季を負かしてまで選んだもののはずだ。

「今さら、なんだ。自分で選んだものくらい、抱えきってみせろ」

もう一発デコピンを食らわせる。拍子に、はらりと何かが舞い落ちた。草の葉だった。

旺季は手にとり、なんの草か気づいた。唇に当てると、音が鳴った。草笛。

『……本当にしたいことは何ですか、って、あなたは言ってくれました』

旺季はもう一度、草笛を鳴らして、三度目のデコピンをした。今度は小さく。小癪《こしゃく》な。

「…………」

腹がたったから。

そのとき、外から蹄《ひづめ》の音が、微《かす》かに聞こえてきた。

露台に寄ると、遠くの道に小さな火を見つけた。ぐんぐん旺季邸に近づいてくる。

旺季は最近あった訪問客のことを思いだした。

(……里帰りした璃桜も、心配だから紫州府できいてみると言ってたな)

ずっと錆《さ》びついていた勘が、久しぶりに頭の奥でむくりと動いた。

旺季は踵《きびす》を返して室内に戻ると、着替えにとりかかり、すっかり身支度を終えた頃、ちょうど家令が真夜中の訪問者を告げた。

四隅に闇がうずくまる室《へや》に、真っ青な顔で入ってきたのは、三十代半ばほどの青年だった。御史台《ぎょしだい》でも面白いたぐいの男だ。

「……夜分、遅くに、申し訳ないです、旺季殿。まさか、会ってもらえるとは……」

「前置きはいい。仕事できたのだろう。榛蘇芳」

旺季は素っ気なく、ひた駆けてきた御史の名を呼んだ。

# 第五章　蒼《あお》の君のさいごの旅

燭台《しょくだい》でちらつく炎と、静寂だけが四阿《あずまや》を包んでいた。

慧茄は盃《さかずき》の酒を、思いだしたように干した。向かいの王は一度も口をつけていない。

何かを切り出そうとするかのようでもあった。

「……陛下、他に、何か私を呼び出された理由があるのですか？」

少しして、王が訊いてきた。

「……旺季は本当にもう戻ってこないと思うか？」

璃桜はぎくりとした。慧茄は眉《まゆ》を顰《ひそ》めたあと、素っ気なく肯定した。

「ええ。旺季が自ら官を辞したことは今まで一度もなかった。あれが最後です」

「藁人形を夜なべして十体ほどこしらえて贈ってもダメか？　璃桜とか慧茄の顔とかで」

「なんの目的でだべ！　贈っだらとんだ嫌がらせだべ！　つか俺げにとってもひでぇ嫌がらせだべ！　です！」

「……おかしいな。昔、誰かから愛の証《あかし》だときいて、こないだもう一体贈ってしまったぞ。……誰が教えてくれたんだっけな」

「贈ったって、だだ、誰の顔でですか！」

「余」

それも、ビミョー。と、慧茄と璃桜は思った。そのまま五寸釘を打たれてるかも。

「とにかく、モノや金でつろうが旺季は……おでこさすって、どうしたんです」

「はて、なんか今、三回くらい額にビシビシッときた」

王が首を捻《ひね》っておでこをさする。慧茄は苦々しく吐き捨てた。

「……何をしようが、どんなに頼もうが、旺季は朝廷に戻ってきやしませんよ」

つづく言葉は、のみこんだ。旺季は、あなたや、あの浅はかな三人の小僧どもの下で、働かされるような男じゃない――。

一方劉輝もまた、慧茄の「頼む」という言葉に、違和感を覚えた。

いわれてみれば折々に文を送り、会いたい旨は綴《つづ》っても、「戻ってきてくれ」というひと言だけは、一度も劉輝は旺季に書き送ったことはなかった。

戻ってきてくれ？

その言葉自体が奇妙で、ちぐはぐだった。何かが間違ってる。そんなんじゃない。

そんなんじゃないけれど、その先が何かは、靄《もや》に包まれてわからなかった。

だがわかっていることも、ある。父の廟《びょう》を歩きまわって考えつづけた。

何をしても無駄かもしれないが、せめて、もう一度だけ、ためしてみたかった。

「慧茄……少し……考えていた、ことがある」

ほしいものはなんですかと、悠舜は訊《き》いてくれた。あなたの願いを叶《かな》えましょうと。悠舜なら、この願いに、どう応《こた》えてくれただろう。きっと、もっとずっと良い方法で、仙人のように叶えてくれたに違いないのに。自分ではこれきりしか、思いつかない。

劉輝は一息で、きゅっと盃を干した。水のように。慧茄はぞわりと総毛立った。

その仕草が、目が、やけにあの男とかぶって見えた。王の父親、戩華と。

ほしいものは一つ残らず奪い去り、一切合切を支配し、膝下《しっか》に屈させた覇王。

同じ、暗い火影がちらつく目で、そこにいる王は告げた。

「余は、もう一度、旺季を朝廷に呼び戻したい。やってくれるか、慧茄」

◆◆◆

御史のその装束を見たとき、旺季の心がいつぶりかで、ざわついた。

旺季は多くの官位を渡り歩いたが、もっとも功績を挙げたのは御史としてだった。

懐かしい、とうに失った熱がよみがえるようで、旺季は少しく息が詰まった。

この十年で錆びついていた頭脳が動きはじめる。自分で取りよせた文書や、葵皇毅や凌晏樹から伝えられる情報と合わせ、おおよその察しをつけた。

じろじろと榛蘇芳を見る。皇毅が長い間使っているわけだ。

(……自覚がないのが問題だが、こいつはうまくすればかなり大化けするのだが)

多分、皇毅も化けるのを待っているのかもしれない。十年待っても、ダメなタヌキから、なかなかのタヌキに昇格した程度で、大化けするかどうかは、これからだろう。

「榛蘇芳……紅秀麗にも言わずに独断でここへきたな？」

榛蘇芳はぎょっとしたように目を瞠《みは》ったが、ややあってすぐに顎《あご》を引いた。

「そうです……。俺の独断です。お嬢さんはたいしたことない山賊だから大丈夫って言ってますけど、俺はなんだか嫌な予感がしてて……今回燕青いないし、一応紫州兵借りてくるっつった静蘭も、どこで道草くってんだか一向に戻らねーし……今、ポッカリ空白で……嫌な予感で動くなって静蘭にはよく怒鳴られんですが」

「その勘働きは大事にするんだな」

「ほんとすんませ――へ？」

「お前の武器だ。負けながら歩いてきたから、わかるんだ。茈静蘭や陸清雅《りくせいが》のように、勝つのが当然という男には一生もてぬ勘だ。大事にしろ。……私がここまで生きたのも、その勘のおかげだな」

旺季に頭ごなしに否定されるとばかり思っていた蘇芳は、へたりこみそうになった。

安堵《あんど》半分、そしてもう半分の、ここまで自分を駆けさせたわけのわからぬ不安で。

真夜中に突然押しかけたのに、すぐ奥まで通してくれた。各地の地方官にさえ門前払いを食らうことの多い蘇芳は、いざとなったらむりやりにでも押し入ろうかと思っていた。……まともに話を聞いてくれるとは、思わなかった。

「……ほんとは……前にここに来たのも、意見をききたくて……璃桜……公子が邸《やしき》にいたのが誤算で……適当な挨拶《あいさつ》で帰っちゃって……アレコレ口実つくって抜けてきたのに、俺っていつもこう。えっと、その……信じてもらいたいんですけど、ええーっと……」

「何が気になってる。山賊どもの後ろに何者かがいるような気がする、とかか？」

蘇芳は絶句した。

「——な——んで——だって、誰も、お嬢さんでさえ、俺の言うこと信じてないのに？」

旺季はニヤッと笑った。

「私を誰だと思ってる？　お前より遥《はる》かに長く御史台にいたんだ。お前がわざわざここへきたとき、少し気になってな……ツテで調書の写しをとりよせた。……たいしたことない山賊に、あちこち逃げ回られてここまで追っかけてきたようだな」

「そ、そうなんです……静蘭とか、もう激怒ですよ。小悪党ごときに振り回されてると思われるのが癪《しゃく》で、紫州軍借りるってのも気が進まない風だったし……。でも、俺は……ずっと変な感じがしてて。コレ、何か変じゃねーの？　って。ここまで、ちょろちょろ逃げられるのって……」

「情報が漏れてて、ここまで追ってくるよう誘導された気がする……か？　この辺りは紫州府からほどほどの距離だ。一気に片をつけようと紅秀麗は考え、茈静蘭に紫州府に行かせる……だが、紫州府までは距離がある上、せこい山賊相手では紫州軍が最優先で動くわけはない。軍を借りるのに時間がかかる。その間、変な空白ができる……と、

『誰か』に読まれてる気がする。お前の嫌な予感はこんな感じか？」

まるで手にとるように、蘇芳のわけもわからぬ不安を全部、言い当ててみせた。

「そ……です。そうなんだ。静蘭が消えて、俺と……お嬢さんだけになって、そんでこの土地まであいつら追っ立ててきて……。アレ？　って……。んで俺……勘ついでに、証拠もなくヤバイこと言っちゃいますけど」

蘇芳は汗をぬぐって、一息でぶちまけた。

「……山賊の後ろで糸ひいてるの、中央官吏どもな気がするんです。あとは、言え――言いたくありません!!」

パチ、パチと、旺季が拍手した。

「よくできたな。あとは整然と説明ができれば、お前は歴代屈指の御史になれるんだが」

「え……」

「葵皇毅まで報告が上がればあいつが気づいただろうが……今は紅州に出張中だからな。向こうの方が上手だったたな。……まったく、そこまであやふやなくせに、私のところまで夜通し駆けてくるとは、お前もお人好しだな」

蘇芳はみるみる血の気が引いていった。お人好し。旺季はそう言った。

「まさか……前々から気づいていたんですか？　あいつらの、もう一個の狙い」

「いや。このところぼうっと過ごしてたから。お前がきて、話を聞いて、今、気づいた」

「――何が『私を誰だと思ってる？』ですか!!　もっと早く使ってくださいよその頭!!

お嬢さんも静蘭も気づいてないのに、椅子に座って俺の意味不明な話だけで全部わかっちゃってなんなの。誰だボケ老人なんて噂流してんやつ！」

　ボケ老人!?　旺季は久々にカチーンときた。落ち目とか孫だけが命綱とかさんざん言われているのは知っていたが。誰だ、ボケたなんて言ったやつ。

「いいからお前はすぐ紅秀麗のもとへ戻れ。十中八九お前の考え通りだ。中央官吏どもはあの娘を謀殺したくてたまらんらしい。この十年、遠慮会釈なく中央地方の高位高官たちを糾弾してどんどん落としてきてるからな……」

　今や『官吏殺し』の異名は陸清雅ではなく、二十八歳の紅秀麗を指していた。清雅なら同じことをしてもうまく立ち回るが、いかんせんあの娘は相変わらず器用ではなかった。昔のあなたみたいにね、と晏樹が評したのを思いだし、渋面になる。

　蘇芳は去らず、ぐずぐずとそこにいた。答えを聞くまでは帰らないとばかりに。

「言いたくないって言ったけど、言います。てか、訊きます。向こうは……どっかの中央バカボン官吏どもは、その黒幕を、隠居してるあなたにうまくなすりつけようと思って、あなたのこの領地近くまで、わざわざ引っ張ってきたんじゃないかって、俺は思ったんです。当たってんですよね？」

「たぶんな」

　その瞬間、何かの癇《かん》に障ったように、榛蘇芳の目が怒りに燃えた。

「たぶん？　俺……俺はさ、知ってるんですよ？　あなたのこと。ほんの少しだけど。

十年前、紅州で黒い飛蝗《ばった》見つけて紅州府に報告した時、志美ちゃん一瞬世界の終わりって顔したんだ。俺はこんなんだから、あれこれ調べて、何も打つ手ないって知って、正直もうダメだこりゃって早々にあきらめてた。また王様のせいで国が荒れんのかって。でも……なんとかなっちゃって。それって、今は王様とかお嬢さんの手柄みたいに思われてるけど、本当はあんたの手柄なんだ。あんたがずっと歩いてきた道がなけりゃ、なかった未来なんだ。俺……バカだけど、そんくらいは、わかります」

旺季は怒っている蘇芳を見返した。彼は旺季に怒っているのだった。榛蘇芳。長いこと上司に恵まれず、やる気を失って、ぶらぶらしてた時に紅秀麗と出会った官吏。下に見られることが多く、今も各地で苦労してることは聞き知っている。

「でも今の若い官吏らは、そんなん知らない。頭からバカにしてる。知ってた奴も忘れてく。……俺は、今もたまに仕事で、あー、ヤバイこれどうしよ⁉って時、調べると絶対あんたが先に歩いてて、答えがある。……すげーと思った。この国中、あんたの足跡がないとこ、俺、まだ一つも見つけてない」

「………………」

そう、旺季は国中を巡った。左遷続きで、朝廷に帰るに帰れなくて。旺季にとっては惨めな敗北の道だった。ずっと。行ったことのない場所なんてない。国中を駆け回って、何かをしたくて、無我夢中で仕事をした。未来を見て、夢を見た。

いつか絶対に中央に帰る。帰って——そして。

そして……。

「俺にとってあんたは過去の人じゃなくて、今なんだ。あんたの欠片《かけら》を見つけるたんび。だから腹がたつのかも。あんたがどっかのバカボン官吏に引っかけられて、濡《ぬ》れ衣着《ぎぬ》せられるなんて。それに気づかないでこんなとこでボンヤリ椅子になんか座って。――止まってるように見えるのが」

旺季は目をみひらく。遥かな彼方《かなた》から、自分の声が蘇《よみがえ》ってくる。

『今のあなたはそこにいるだけだ。何もしてない。後宮なんかぶらついて……』

……今度は、自分の番だった。まるで円環のように、めぐってくる。

何にも無関心になっていくような戦華に、苛立《いらだ》ち、当たり散らした昔の自分。

「……すんません……勝手言って。俺だって、あんたを蹴落《けお》とした側、で……」

旺季は椅子から立った。

蘇芳はいきなり旺季が目前に移動してきたように見えて、わっと叫んだ。貴族的で優美な所作、というのとは何かが違った。素早く、無駄がなく、音もない。

（そうだ、これ、武官の動き――いや、もっと上……燕青の動きと、似てる）

身じろぎしたら首が落ちそうなんて思ったのは、生まれて初めてだった。

「……人数は？」

「え。あ、さ、山賊の？　うちらのっすか？　いえ、ハイ、両方っすよね！　ええーっと……紅州境の東坡からあいつら追っかけてて、ポロポロつかまえてんですけど……なんか雲をつかむようってか……数が全然減らねーってか……。増減が妙ってか……まあ、俺らの目星では、だいたい、五十人くらいかと思ってますけど」

旺季が顎《あご》に手をやり、仕草でつづきをうながした。

「で、俺らの方は、紅州軍借りてたんですけど、紫州に入ったから帰ってもらって、今は……あの……紫州軍まだだし……秋の収穫時に郡や村から男手徴集するのも」

「嫌だと紅秀麗が言いはって、お前と二人っきりか」

「……デス。静蘭が軍引っ張ってくるまで見張ってるだけだから、二人で大丈夫って」

「五百だ」

「は？　ゴヒャクて？」

「相手は五十人じゃない。五百人だ。見張られてるのはお前と紅秀麗の方だ。お前たちの居場所も今まで逐一筒抜けてきたと思え」

「……。あの、ボケてないですよね？」

「帰れ。どこぞで勝手に死ね」

「すんません言い過ぎましたです!!　でもいくらなんでも五百なわけないっしょ!?」

「よく知った手だ。ただし、ずっと昔の話だがな」

旺季は卓子を指で叩《たた》いた。葵皇毅と同じその癖に、蘇芳は条件反射で背筋がのびた。

「山賊と言ったな。中に一人、妙なのがいる。……戦を知ってる奴だ」

「戦……て、五丞原のときの？」

「あれのどこが戦だ。あれは戦の前に全部終わった。もっと前だ。本物の戦。小勢と思って追っかけても、雲をつかむように妙に人数がわからない。すぐに補充される。何人つかまえてもろくな情報がない。よくある撒《ま》き餌《え》だ。おびき寄せて、一網打尽。そういうのは慧茄が上手《うま》かった。最悪だったのは、敵兵は五十人くらいかと思って二百で追ったら、慧茄の奴、五百そろえて叩いてきた」

「五百!?」

「念には念を入れる嫌な奴でな……。『凶運の慧茄』だ。出会えばろくでもない目に遭う。普通に散歩してても変な不幸に次々見舞われる奴だが、最悪なのは、あいつだけはいつもひょっこり五体満足で帰ってきて、むしろ周囲の被害が甚大ってとこだ」

「……ああ、それ、俺も朝廷でよく聞きますよ……」

書翰《しょかん》を渡したらなぜか落とし穴に落ちたとか。隣にいたら鴉《からす》の糞《ふん》が脳天直撃とか。椅子にブーブー座布団が仕掛けてあったとか。だから慧茄に近いお偉いさんほど、いつまでも『空飛ぶ副宰相』でいてほしいよネ!! と言っているとかいないとか。

「お前が相手の人数を五十から百と思ってるということは、紅秀麗の紫州軍要請人数も念のため百五十から二百」

「……そ、です。静蘭は、山賊に正規軍がそんなに出すわけないってぼやいてたけど」

「とはいえ、正規軍百五十を本当に引っ張ってくる可能性はある。私が山賊の頭で、紅秀麗を殺《と》ろうと思うなら、正規軍百五十に対して山賊崩れ三百でなんとか互角と目算する。正規軍相手では、びびってすぐ脱走するからな。念を入れて五百……。だが、そこまでの人数を養うのは容易ではない。中央官吏どもの財布が裏にあっても、ねぐらにも難儀するはずだ。あちこちの廃村や小山に分散させてるか……」

蘇芳の顔色が蒼白《そうはく》になっていた。旺季はもう一度卓子を指で叩いて、促した。

「……何か知ってるのか？」

「俺……なんで、誰かがあなたに濡れ衣着せようとしてる、なんて考えたと思います？五丞原近くまでセコイ山賊追っかけてきただけじゃ、頭の回るお嬢さんだって、十年前のこと懐かしむのがせいぜいですよ。……十年前に凌晏樹に焼き払われてから、あの隠れ山……廃村にして、無人ですよね……」

旺季はそれだけで、蘇芳の言わんとすることを理解した。

「あそこ……村人が五百人、閉じこもって住めてた山ですよ……。鉄炭も豊富で、水も田んぼも畑もある。油や石炭の備蓄もあって……あの山なら、住処《すみか》に難儀しない……しかもものすごく攻めにくい地形で、隠れるにはもってこいの山……」

「……待て。火事から村人を避難させた後、『閉山』させたのだろう？　あそこは特殊なつくりになってる。仕掛けを全部作動させて『閉山』させたら、誰も立ち入れない」

もともと〝無銘の大鍛冶《おおかじ》〟が一人で住んでいたのも難所の地ゆえだが、さらに旺季が悠舜に設計させて、人が迷いこめぬ仕掛けをあちこちに作らせた。

「少数の村人以外は『開山』の仕方を知らない。お前たちも知らないだろう」

「ええ。でも……こないだ、俺と紅御史で行ってみたんですよ。牢番《ろうばん》のおっちゃんに仕掛け開けてもらって。あの山に、今も一人だけばあちゃんが住んでるって聞いて……ほら、〝無銘の大鍛冶〟と一緒に住んでたっていう、ばあちゃん。絶対山家を離れなくて、大鍛冶が亡くなったあともずっと一人で」

旺季は微《かす》かに頷《うなず》いた。

「賊が近辺をうろついてて危険だから、避難するよう村人つれて説得に行ったんですよ。でもあのばあちゃん、話してもすぐ忘れるわ、全然理解してくれないわ、一日中ウロウロ歩き回ってつかまえるのも一苦労だし、結局絶対山家から動かないし。仕方がないから、今もお嬢さんが傍にいるんですけど」

まるで怪奇に遭ったように、蘇芳が身震いする。唇は真っ青だった。

「……で、ついでに村の跡とか、見て回ったんですよ。燃えたあとに、新しく納屋とかつくったっていうので。今もばあちゃんの面倒をみるついでに、村人が薪《たきぎ》取りや狩りやら森番やらすることがあるらしくって……。そしたら、納屋の鍵《かぎ》、あいてたんですよ。動物が荒らさないよう閉めてたのに。牢番のおっちゃんが言うには、中に備蓄しておいた食糧も、ゴッソリ減ってるって」

「――――」

「でも、あの隠れ山に入れる人、いるわけないんですよ。村人と、……あなた、以外に」

「……そうだな」

「俺……五十人だと思ってたかくってたけど、もし本当に五百人とかいて、ゾロゾロあの山に立てこもったら……そんなの朝廷からしたら『あなたの軍』ですよ。あなたの領地内。しかも十年前と同じ場所……」

落ち目の大貴族。あまりにも情けのないやり方。小悪党ばかりかき集め、謀反と呼べもしない程度の、最後のあがき。朝廷から排除された老人の、無様すぎる末路。

孫の璃桜でさえ、もはや庇《かば》えはしない。

「中央官吏が自分の手を汚さなくても、正規軍があなたを片付けてくれる。こんな楽な方法はない。あなたの領地、財産、〝莫邪〟も〝紫装束〟も……残らず接収できる絶好の口実だ。でも、こんなみっともないやり口、あなたじゃない……あなたじゃないけど、他に、もう一人、できる人、いるっすよね」

蘇芳は冷や汗をかきながらも、旺季をまっすぐ見据えて、言ってきた。

「いるでしょ。他に、仕掛け、外せる人……。……凌晏樹サン、今、どこです？」

旺季は外出した晏樹を思い返した。珍しく、遠出の身支度をして。

『ええ。ちょっと山まで。少し、留守にしますからね』

「このところ、ずっと門下省から姿を消してるって、裏とってあるんですよ。もう朝廷から、ひと月くらい、姿を消してる。あの人は神出鬼没だけど、今回は不在が長すぎる。誰もどこ行ったか知らない。変じゃないですか……。大体、あの人がおとなしく何年も門下省長官やってんのも変なんだ」

『……今だって、なんで朝廷から帰ってきたか、訊《き》かないし』

痺《しび》れるほど苦い薬湯を差しだして、謎めいたように笑った晏樹。

『だから、僕は余計、全部終わりにしたくなったものですけどね』

最後の挨拶《あいさつ》のように旺季の両のこめかみに口づけて、出て行った。

「俺……葵長官に言い含められてんです。亡き鄭尚書令にも。晏樹サンが……あなたに関して変な動きをしたら、報告しろ、って。あいつは……好きなものは大事にするけど、好きでなくなったものは、壊して全部おしまいにして、どっかに消える奴だ、って」

昔、孫陵王も言ったことがあった。お前はいつか、晏樹に殺される気がする、と。悠舜もそう思っていたのだろう。皇毅も。そして多分、晏樹自身も。

実際、晏樹はよく旺季を殺そうとした。何度も旺季のもとから姿を消しもした。それはたいてい、晏樹の願いを、旺季が完全には叶《かな》えてやれない時だった。

旺季は晏樹のためには変わってはやれなかった。そんな旺季のもとを、晏樹は出ていっては、また戻ってきた。何度も。

「……ま、晏樹が家出するとしたら、今度が最後だろうな」とだけ、旺季は言った。

晏樹のことは、旺季がいちばんわかっていたから。

「──逃げてください」

かすれた囁《ささや》きだった。苦しげで、悲痛な嘆願だった。榛蘇芳は、声と同じ顔をしていた。それは旺季にとって、ずいぶんと懐かしく、馴染《なじ》みのある表情だった。

何度も、何度も、旺季は誰かにそう言われ続けた。家臣団や、荀馨や、皇毅、陵王。
どうか、あなただけは、お前だけはと。

「逃げてください。今すぐ。どっかに。俺、前も、今日も、ほんとはそれを言いにきたんです。ばあちゃんは俺が今すぐとんぼ返りして、紅御史と一緒に引きずってでも山から下ろして、どっか安全な場所に三人でトンズラすりゃあいい。山の一個や二個、山賊に占拠されたって構やしない。後でいくらでも取り返せる。でも晏樹サンの狙いがあなたなら、どうにかしてあんたを引っ張り出して、殺――」

「嫌だ」

「殺す腹づもりで――は？」

「もう逃げるのはうんざりだ」

旺季はキッパリと言った。

「は？」

「だいたい、どっか安全な場所だと？　どうせそのメドもついてなかろうが」

「う……」

「五百人もいれば、ここら一帯の村々を見張れる。逃げ切れるわけあるか。しかもお荷物ばっか三つきり。御史ともあろうものが、希望的観測で動くな」

ばあちゃんはともかく、蘇芳と秀麗も十把《じっぱ》一絡《ひとから》げで残らずお荷物扱いされた。

「が、今独断でここにきたお前は紅秀麗や茈静蘭よりマシだ。コツコツ積み重ねてきた惨敗人生の経験則から負けの勘が働いたというべきか」

なんかすげーヒドイこと言われてない俺!?　蘇芳は悲しくなった。葵長官ソックリ。

にわかに、目の前にいる小柄な老人が重みを増した。

空気が張り詰め、闇の密度が濃くなって、気づけば蘇芳は息を止めていた。静かな覇気が吹き寄せる。威容。冷酷さ。どくどくと蘇芳の脈拍が速くなる。朝廷の誰とも違う、『何か』。膝《ひざ》をつきそうな感覚など、葵長官にも感じたことがない。

今の朝廷にはもう残っていない、最後の大貴族がそこにいた。

たった一人の、大貴族。

それでも蘇芳は刃向かい、言い募った。

「……たのんます。逃げてください……無理ですよ。無理ですよ。だって、お嬢さんとばあちゃん、助けに行くつもりでしょ？　絶対待ち伏せしてますよ。何しようってんですか。もうじいさんのくせに。今ならボケ老人の世迷《よま》い言で聞き流しますから」

「誰がボケ老人だ。紅秀麗とあのばあさん、見殺しにする気か。お前の勘通り、あの二人はまんまと私をつりだす人質にされとるわ。お前がここに報告にくるのを見逃したのもわざとだ。そんくらいには私のことを知っている奴だ」

「わかってて一人で出向いてどうすんですよ！　せめて静蘭が戻ってから一緒に――」

「バカか。言ったろう、中央官吏の一番の狙いは紅秀麗の謀殺だ。私の件はおまけだ。茈静蘭が軍をひっぱってくるまで相手が待つか。ばあさんと紅秀麗が死体になるぞ」

蘇芳は混乱した。いったいどうすればよかった？　前に来た時、旺季に話していれば。いや、自分の不安を、秀麗や静蘭が聞いてくれるまで何度も言えばよかった。自分の方が出来が悪いからきっと俺が間違ってるんだと、いつも自分に言い訳して――。

「だって……でも」

「落ち着け。あの二人は、今どこだ。山家か？」

「そ……です。ばあちゃん、あの山家から離れないから……。お嬢さんがそこで面倒見てます。それと、今日の昼までは、隠れ村はカラッポでした……一応、山全部、見て回ってきました……人っ子一人いなかったと思います」

「……なら、救い出せる可能性はあるな。賊も山にいっぺんに大量には入れん。せいぜいいまだ百かそこらのはずだ。あいつ以外はあの山に不慣れだしな」

旺季は大股《おおまた》で部屋を横切った。書棚の脇の壺に、何本も突っこまれている巨大な巻物から一つ抜いてとって返すと、卓子に広げた。あの隠れ山を中心にした地図で、蘇芳も目にしたことがないくらい細密な図だった。

「山家に残ったのは不幸中の幸いだ。あそこは村とは違う。村ができる前からあって、独立したつくりになってる。今となっては、村人でも山家の存在自体知らぬ者が多い」

蘇芳は頷いた。実のところ、秀麗と蘇芳も今回の件で初めて山家の在処《ありか》を知った。

「かなり……わかりにくい行き方でしたよね……滝の裏の縄ばしご上ったり下りたりとか……俺、牢番のおっちゃんがいないと絶対もう一度行くの無理ですよ」

「ああ。しかも山家の大鍛冶《おおかじ》が、自分がたまに村に顔出すのはいいが、好き放題こっちに入られるのは嫌だといって、山家への道をほとんど教えなかった。手っとり早くいえば、相手も山家の正確な在処や行き方は知らんし、おそらくお前が使った道は向こうは絶対に見つけられん。一つ順路を間違っても、山家には行けんからな」

蘇芳の顔に僅《わず》かに希望の光が灯《とも》った。

「じゃあ、あそこにいるぶんには、誰も手出しできないってことに――」

「いや。十年前。紫劉輝が、気づけばあの山家にいて、大鍛冶と会った話は聞いてるか」

「あ、はい……あれ？　気づけばってことは、あの縄ばしごとか滝の裏の隠し通路とか、王様、使ってないってことですよね。……どうやってあの山家まで行ったんだ？」

「……。……麓《ふもと》から山家までたどり着く経路はあるんだ。幸運が味方すればな」

旺季もそうだった。

夜明け前。雪が降りしきる暗闇の夜を、たった一人で駆けぬける。

鴉《からす》のような闇の馬に乗って。

……もう、ずいぶんと昔のこと。

「お前が紅秀麗を残して出てきたことは気づかれてる。なのに紅秀麗が村にいないとなれば、虱潰《しらみつぶ》しに山狩りをする。山の地形で多少目眩《めくら》ましにはなっても、山家が見つかるのは時間の問題だ。場所がわかれば強引に山家までおりていくことも不可能ではない」

「そんな……」

「だが、それまでかなりの時間を食うはずだ。が、五百人斬りはさすがにもうきつい」

……蘇芳は目を点にした。今、なんと言った。五百人……何？　後半部分、あらゆる単語に突っこみが入ることを、何か聞いた気がする。

「……はい？」

「今のうち……せいぜい百とか、そのくらいの人数なら、なんとか……。賊を追加で招集されると、さすがに腰にくる……そいつらさえこなければ……そのためには私が山につく前に……なるたけねぐらを精確に……」

旺季はぶつぶつ呟《つぶや》きながら、地図のあちこちに、筆で何か書きこんでいく。さらにまっさらな料紙を用意すると、速筆かつ流麗な文字で書翰《しょかん》を何通も書き上げた。

「——榛蘇芳。家人が少ないので人手が足りん。お前にも使いに走ってもらう。大至急この書翰を届けにいけ。紫州府じゃない。山近辺の砦の将軍たち宛《とりで》てだ」

「そうか！　近くの砦に救援頼めば——すげぇ横紙破りだけど、御史の俺には軍権が!!」

「違う。それじゃ間に合わん。今なら山に入った賊はせいぜい百だと言ったろう。他は近くに潜んでる。ゾロゾロ山に集まられるのが一番厄介だ。近辺で山に入れずウダウダたむろってる四百からの三下どもを、各砦の将軍たちに各個撃破して捕縛させろ」

「へ？　だって、どこにたむろってんのかなんて全然——」

「地図に記しておいた。片っ端から踏みこめばかなり挙げられるはずだ。そう当て外れでもないはずだ。この寒空の下、ああいう浅はかなチンピラどもが鼻水垂らして情けなくたむろってる場所くらい見当がつくのだ」

「なぜですか！」

「悪党が好きそうなねぐらなんて似たり寄ったりだ。御史がいくら掃除しても気づけばまたぞろ変なのが居着くのだ。それと、昔の私も似たような感じで長年そんな風に情けなくさすらってたからだ‼」

ヤケッパチのように叫ばれた。

「――私以上の良案があるなら、今すぐ言え。私をアッと言わせたら採用してやる」

「……ほ、本当に一人で行く気なら、それこそアッと驚く作戦があるんですよね⁉ ホラ、昔の軍師とか、少人数でもハッタリ工作で大軍に見せて敵を撤退させるみたいな！」

「一人しかいないのにどんなハッタリがきかせられるんだ、バカ」

バカはあんたですよ‼ 蘇芳は心の底から叫びたかった。まさか無策なんて‼

「いいから、行け。ばあさんと紅秀麗を助けたいんだろう。時間がない。旺家で二番目にいい馬をくれてやる。乗りこなしてみろ。きっとお前を助けてくれる」

文を押しつけられ、蘇芳は言葉に詰まった。ばあさんと紅秀麗。

そこに旺季のことは一つもない。蘇芳は悔しくて、腹立たしくて、自分が情けなくて、涙が出た。文を握りつぶし、声を絞りだした。

「だって……それじゃあ、朝廷のやつらの、思うつぼじゃないですか……‼」

旺季は蘇芳の表情に懐かしさを覚えた。……旺季はずっとその顔を隠して生きてきた。

「……バカものが。そんな顔をするな。私には慣れたことだ。負け戦も」

旺季は素っ気なくつづけた。そう、慣れたことだった。何度も、何度も。繰り返す。

「仕えた朝廷に謀られて逐《お》われることもな。……もう何度あったか、わからんわ」

初陣の時も、貴陽攻囲戦の時も、雪闇の夜に後宮からたった一人で落ちた日も。

いつでも、自分の人生はこんなものだった。最後まで。

蘇芳の喉元《のどもと》に、やるせなさと、怒りがこみあげた。何もできてない自分と、朝廷に対する怒り。仕事で何を見ても、いつもこんなもんだと冷めていた。束の間の怒りも、いつのまにかうやむやにした。熱が心の底に流れこむ。土台のように心に沈殿し、かたまり、これからはずっと消えずにそこにあり、彼をこの先へ行かせる熱。

蘇芳は文を預かった。頭を下げて、躊躇《ためら》った後、最後に一つ訊《き》いた。

朝廷に流れる旺季に関するでたらめな、根も葉もない噂。

その中で、蘇芳は一つだけ、どうしても気になることがあった。

「あの、……ご病気らしい、ってのも、嘘……なんですよね？」

旺季は鼻で笑い飛ばし、蘇芳を追い払った。

「でまかせだ。私のどこが病気に見える？　——さあ、行け」

◆　◆　◆

庵《いおり》の外で、雪がちらつきはじめた。

晏樹が指先を動かすと、暗がりに、カラン、と音がした。

一つきりの灯火の傍を、黒い蝶《ちょう》がひらひらと舞う。

晏樹は物憂げに双眸《そうぼう》をつむり、雪の音をきく。

晩秋。旺季がたった一人で王都を落ち、行方知れずになったのも、この季節だった。

あのころ、晏樹は旺季の傍にはいなかった。もうずっと傍にはいなかったのだ。

第六妾妃《しょうひ》が死んだ日に、狐の面をつけて、出ていった。今度こそ、二度と傍には戻らないつもりで。一年以上も離れていた。

……二度と戻らないのが、旺季の方になるかもしれないとは、思いもしなくて。

王都を落ちたと知り、気づけば馬を駆って、戻らないと決めたはずの道を引き返していた。皇毅と一緒に、死ぬ思いでさがしまわった。でも、いなくて。

世界のどこにもいなくて。あの時の気持ちは、今も忘れられない。

誰かが大事にしてやらねば、生き残れない。散り急ぐ桜のような人。

「旺季さま」

晏樹はぽつっと呟いた。ここまで生きるつもりはなかったように思う。

ここまで、付き合うなんて。

「おうきさま」

晏樹をここまで生かした人。

「……でも、もう、おしまい」

指先でいじっていた紐《ひも》をすくいとった。カラン、という音とともに灯火に照らされたのは、顔の上半分だけを覆う、古ぼけた狐の面。

つければ、視界で一羽の黒い鴉が部屋の隅に静かにうずくまっていた。まるで狐面を通してしか見えぬ鴉のよう。床の暗がりに消えて、肢《あし》の数はわからない。

晏樹を見つめるその目は、太陽の朱金。

いつか旺季が乗ったという、闇と朱金でできた馬さながら。

晏樹は立ち上がり、黒い鴉にクスッと艶麗《えんれい》な微笑を送った。

「見たいものがあるのなら、くればいい。でも、今度は何もくれてやらないよ。前は、朔洵《さくじゅん》をくれてやったけど。……今度は、全部、僕が持っていくんだ」

今度は、全部。晏樹はそう言って、踵《きびす》を返した。

◆　◆　◆

劉輝には、忘れられない記憶がある。

旺季が御史大夫として王都に帰還し、公子争いを全員処刑という形で終息させてから
しばらくのち。父・戩華が薨去《こうきょ》する少し前だったような気がする。
カラコロと鳴りながら庭院《にわ》を転がっていく枯れ葉。夜明け前。
なぜ彼が後宮の外れなんかにいたのかはわからない。
旺季はたった一人で、夜明け前の昊《そら》を仰ぎ見ていた。
その横顔に、劉輝は釘付《くぎづ》けになった。旺季は静かに泣いていた。ただ泣いていたのだ。
声も立てずに。
どこへ行こうとしていたのかも忘れて、立ち尽くした。
はかり知れないほどの喪失。垣間《かいま》見た深い深い闇の底に。
何かを知りたいと、思った。

『余は、もう一度、旺季を朝廷に呼び戻したい。やってくれるか』
それは質問でなく、王の命令だった。
慧茄はまさか、この王にのまれることがあるとは、思ったこともなかった。……いや。
悠舜が死んだ後、彼岸花を一本残らず処分させた時も、こうだった気がした。
璃桜が真っ青な顔で微《かす》かに震えている。慧茄も旺季の体のことは知っていた。
「……璃桜公子。少しで構いません。席を外してくれますか」

璃桜は黙って、四阿《あずまや》を出ていった。

慧茄はここにおいて、ようやく、一つ残らずこの王に胸襟を開く気になった。

「……旺季を城に呼び戻したいと、おっしゃいましたね」

「ああ。官位をととのえてくれ。望みの官位があれば、その通りにして構わない」

馬鹿げた、荒唐無稽《こうとうむけい》なことだった。今の旺季が朝廷でどんな位置づけをされているか、知っているはずだった。十年前、旺季は確かに玉座をとるために、禁軍を率いて五丞原に行った。璃桜公子が養子に入ることで恩赦はでたが、鄭君十条の禁則事項を盾にされ、地位や権限を徐々に奪われ、やがて自ら辞した。それを全部なかったことにしろと、言っているも同然だった。朝廷が受け入れるはずがない。

「……慧茄。景柚梨ではやり通せまいし、頼めない。だが旺季を知るお前なら、その気になればやれるはずだ。それに、そなたはおそらく、十年前、余より旺季が勝つべきだと、思っていたはずだ。違うか」

「ええ」慧茄が答える。

調べて、劉輝は知っている。旺季と慧茄は、敵や味方になりながらここまできたこと。貴陽完全攻囲戦で、旺季の助命を願ったのが、慧茄だったこと。降《くだ》った後、派閥を作る旺季のやり方は嫌いで、よく衝突し、ずけずけと文句も山ほど言っていたこと。

――十年前の五丞原で、唯一最後まで動かなかった州がある。悠舜でも率いてこられなかった、碧州。当時の州牧は、慧茄。

慧茄から、今、劉輝が感じるのは、怒りだった。十年前のあの時から、慧茄はずっと怒っているような気がするのだった。あの結果にも、劉輝にも。勝ちを自ら捨てた旺季にも。地位も権力もなくし、笑い種《ぐさ》になっていくだけの顚末《てんまつ》にも。それを許す朝廷や、現実や、慧茄自身の無力さにも。

だから劉輝は、考えて、他の誰でもなく、慧茄を呼んだのだった。

「……旺季に、憐《あわ》れみや情けをかけるつもりなら、私の方が朝廷を出ていきますよ」

「……そう思うか？」

王と慧茄の視線がぶつかる。以前、一人の娘のために女人国試を強引に進めたような浅薄さは、確かに感じない。憐れみや情けを感じれば、慧茄はとっくに席を立っている。もっと別の理由で、王はこんな馬鹿げたことを切り出している。本気で。

「……わかりませんね。憐れみで朝廷に戻すわけでないのなら、あなたは何を望んでいるのですか。旺季を元の地位に戻すことではないでしょう」

「…………」

「それに、あなたは旺季を負かしたかもしれないが、屈服させたわけではない」

それは、あの覇王戩華にすら、最後まで不可能だったこと。慧茄は嗤《わら》った。

「あなたにできるのは、せいぜい……旺季の足を、止めることくらいですよ」

「……わかっている。余ではダメだと、十年前に、もう、言われた」

かつて余ではだめかと訊いた時、旺季は答えることすらしなかった。

何度袖《そで》を引いても、旺季は絶対に劉輝を見ないのだった。前だけを見る旺季は、劉輝など振り返りもしない。できるのは、慧茄の言う通り、足を止めさせるだけで。

十年前でさえ、単に通りすがりの地点にたまたま自分がいただけで、脇を通り過ぎていく旺季の背を劉輝が慌てて追いかけただけで、その逆では決してなかった。

旺季が見ていたのも劉輝ではなく、その先の世界。

そして、自分の後ろで、大きく、不気味に、黒々と伸びる、……別の影。

旺季に何を望むのかと、慧茄は訊《き》いた。

ぽつっと、劉輝は話した。初めて。なんだか、今を逃したら二度とない気がして。

「……昔、旺季を見ると、余はひどく惨めな気持ちになった」

四阿を囲む六つの灯火が、篝火《かがりび》のように燃える。慧茄は黙って耳を傾けた。

「公子争いの後、旺季が貴陽に帰還した頃が、一番、会いたくなかった。あの頃、余は何度も城から脱走しようとして、毎回、黒白大将軍らにつかまっては、引きずり戻された。だが旺季が余を引き戻したことはいっぺんもない。会っても、一瞥《いちべつ》もくれずに、余の傍を淡々とすれ違うだけだ。落ち葉より余の方が軽かった。……今も」

旺季にいないもののように扱われても、子供時代みたいに幽霊になった気には全然ならなかった。逆だった。幽霊どころか、出くわした途端に息がつまって自分の影法師さえ重たく思えた。立ち尽くす劉輝のありとあらゆるものを目にしながら、認めるに足るものは一つもないといったやり方だった。何もかも他人事《ひとごと》で、無関心で、怠惰にやり過ごしてきた自分の本当の姿を、容赦なくつきつけ、浮き彫りにするのが旺季だった。

「不思議なんだ、慧茄」

劉輝は呟《つぶや》く。

「旺季と会うと、余はいつも惨めにうつむいて立ち止まった。それで、旺季が去った後、わけもわからない嵐みたいな感情でぐるぐるする。結局、元の道を、情けない気持ちで引き返す」

「……？　それが不思議ですか」

「今思えば不思議だ。余が逃げだそうとする時、旺季に会うと、なんでか、足が止まる」

「…………」

「……逃げだそうとしてたのをやめて、泣きたい気持ちで、結局、引き返す」

一つ一つのことが、眼前に蘇《よみがえ》ってくる。

琴を追った幼い頃。後宮で再会し、無気力な劉輝に旺季が背を返して立ち去った日の眠れない気持ち。脱走を繰り返した公子時代、「今度公子が逃げたら、追わないでくださいい」と冷然と誰かに言い捨てるのを立ち聞きした際の恥ずかしさ。面と向かって「もう逃げてもいい」と言われて悔しくて泣いた蝗害《こうがい》前夜……。

旺季の耳環《じかん》のさやぎ、沓音《くつおと》、眼差《まなざ》しが、繰り返し劉輝を立ち止まらせた。

旺季が前に現れると、劉輝はいつも立ち上がるほかないのだった。別に手を差し伸べもしないし、全然優しくもない。無視され、拒絶され、好かれてないことも知ってる。

戻ってきてほしいという言葉の違和感の理由を、ようやく理解する。

旺季はいつも劉輝の前にいた。

そこにいてほしかった。劉輝の歩く先――追っていける場所に。

悠舜のように籠《かご》に入れはしない。自分のところに引きずりおろしたりもしないから。

前を行く旺季を追えば、そのぶんだけ、なんとか劉輝も進めた。十年前も、劉輝はただ遠くへ逃げたかっただけだった。旺季みたいに、どこかへ行きたいという、強い意志ではなくて。逃げだしては引き返し、旺季の後を追って紅州から五丞原への道をたどった。そうやって歩いて、歩いて、気づけば、ここまで。

もう一度劉輝はそうしたかった。旺季の顔が見たかった。嫌っていても構わないから。帰ってきてくれたなら、話したいことがある。訊きたいことがある。いっぱい。

「知りたいのだ、慧茄」

夜明け前。秋の終わり。たった一人で、夜昊を仰いで、静かに泣いていた旺季。

あの時垣間見た、深い深い、喪失。まだ劉輝は訊けていない。

「……追いかけて、知りたいことがあるのだ」

「何を」と慧茄は訊《たず》ねたけれど、王は口をつぐんで、答えなかった。慧茄にわかったのは、確かに旺季のためでなく、王自身のために、城へ戻せと言ったのだということ。

……璃桜公子が戻り、呼び出しがあると伝えてきたので、慧茄は立ち上がった。

王に、是とも否とも答えることなく。

◆　◆　◆

榛蘇芳を行かせ、僅《わず》かな家人に外出する旨を告げたあと、旺季は臥室《しんしつ》に向かった。扉を開けると、濃密な闇が室《へや》からトロリとあふれでる。冷たくて熱い闇が全身に押し寄せ、全身の細胞をふつふつと目覚めさせる。それはずいぶんと久しい感覚だった。

藤色の〝紫装束〟は豹変《ひょうへん》し、凄味《すごみ》のある妖美《ようび》さを放っていた。旺季は二度、この輝きを見たことがあった。一度目は初陣。父の背中で。

二度目は貴陽完全攻囲戦で、自ら袖を通した時。

(そういえば、五丞原では、見なかったな……)

自分が勝利するからだと思っていた。とんだとんまな見当違いだった。

前に金欠で売っ払った正装一式も、そこにある。悠舜たちが執念で調べあげ、全部買い戻して、旺季に(勝手に)押しつけたからだ。だがもともと小柄なので、重すぎてとんだガラクタだった。立派すぎて重い具足をバラバラうしろに厄介払いして軽くする。微《かす》かに虫干しのにおいがする、いちばん肌に馴染《なじ》む戦用の単衣《ひとえ》を着こみ、その上から慣れた略式を手早くつけていく。

まるで昨日も出陣したように、手がひとりでに動いていく。鎧《よろい》が次々と躍るように吸いついてくる。束の間、鼻先に戦場の血と死のにおいをかいだ気がした。

見る者がいたら夢かと思う驚異的な素早さで、旺季はすべての支度を終えた。

弓と矢筒をつけ、籠手《こて》の具合を確かめながら、最後に、チラ、と〝莫邪〟を見る。

溜息《ためいき》をついた。だが今の自分には、これ一口《ひとふり》しかない。

死んだ三兄の蒼《あお》い剣が、ずっと旺季の愛剣だった。初陣で戩華に半ばから折られたが、

〝無銘の大鍛冶《おおかじ》〟をさがしだし、頭を下げて打ち直してもらい、それからともに戦線を切り抜けてきた。陵王が背後を守るなら、前方の守りはあの剣が務めた。

旺季の人生で『自分の剣』と言えるのは、あの蒼剣《そうけん》だけだ。……だがそれもまた、十年前、戩華の息子に半ばからへし折られたのだった。

それから……旺季は、剣を直さなかった。大鍛冶との約束もあったけれど、旺季自身、もうそんな気にはなれなかったのだ。それは周りが思うような、泰平とか、安寧とか、時代が変わったとかとはほど遠い、ただ喪失とあきらめの感情だった。自分の人生のような剣。折れた蒼剣と一緒に、旺季の心もまた欠け落ちたのだった。

慧茄が言った。何もない人生。その通りだった。今まで何を失っても、誰にも奪えなかったものがあった。戩華にさえ。それさえ、ついになくしたのだ。

〝莫邪〟が旺季の前できらめく。本当に抜くなら、初陣以来、実に五十年ぶりだった。

（…………）

旺季はこの剣が好きではなかった。初陣でのあの異様な重さは、五十年経っても忘れ

られない。斬ったぶんの人間の重さ。振り回すたびに息が止まり、あんまりにも重すぎて、嫌でしょうがなくて、知らない振りして手放した。

再び、間近で〝莫邪〟を見たのは、季節外れの雪が降りこめた後宮の外れ。

まるで待っていたように、末公子の室で輝いていた〝莫邪〟。

さらに今また、目前でじっとうずくまっている〝莫邪〟に、ついに観念した。

「……お前も、ほとほとしつこいやつだ。……しようがない」

今の旺季には最後の相棒が必要で、使える剣といったら、納戸を掻《か》き回したってこの〝莫邪〟きりしかないのだ。

しようがない。旺季はその言葉が結構、好きだった。旺季の好きな漢詩にも、同じ一節が出てくるからかもしれない。仕方がない。仕方がない。……仕方がない。

紅秀麗なら、嫌いだわ、というだろうか。だが、いつかわかる。歩いて、歩いて、歩き続けて、もうこれ以上歩けないくらいへとへとになった時。きっと好きになる。

旺季は凡々たる日用品のごとく、全然敬意も払わず、〝莫邪〟をむしりとった。

そして、目を丸くした。

……軽い。長年の相棒だった蒼剣よりも遥《はる》かに軽かった。実のところ、腰にきたら救援に行くどころか心の刃《やいば》が折れるかもと気負っていたのに、拍子抜けする軽さだった。

そんな馬鹿な。今の自分はもう六十の坂を越し、ボンクラ状態で何年も過ごした。膂《りょ》力《りょく》も体力もずっとあった十三の頃より、遥かに軽いなど、ありえるのだろうか。

(……まさか最近ぼけっと寝てる間、コソドロが忍んできて、中身の刃だけ盗んでったんじゃあるまいな!)

本気で疑った。慌てて抜けば――まばゆいばかりの煌々《こうこう》たる白刃の光がこぼれ落ち、柄《つか》と鞘《さや》の間から、闇の降りつもる床にぱらりぱらりと散らばった。旺季は鞘に戻した。

……この間手入れした時とは別人みたいなつやつやした輝きだった。きっとコソドロが、もっと高価で強靭《きょうじん》な刃とコッソリ取り替えていったのだろう。別に何も文句はない。

卓子の藁人形《わらにんぎょう》と草笛が目に入った。草笛を拾い、ピィ、と鳴らしてみた。

――本当にしたいことは何ですか。

旺季はムッとした後、藁人形の頭をぽんと撫《な》でた。

室を去る前、振り返った。四隅に闇がしんしんと降りつもる、こぢんまりした室。

そこは、この十年間の旺季そのものだった。それまでの旺季は、領地どころか、一つところに留《とど》まることも滅多になかった。いつもどこかへ、どこかへ。馬を駆って、国中を回った。どこかへ行きたくて。何かをしたくて。何十年もずっとそうやって走ってきた。……なのに本当の自分は、こんなささやかで、何もない人生に押しこめられても過ごせたくらい、ちっぽけな老人にすぎなかったのだ。

旺季は扉を閉じた。そして、二度と振り返らなかった。

邸《やしき》から外へと出ていくと、凍えるような真夜中の外気が頬を打った。晩秋と思えぬ寒さで、沓《くつ》の下で、できかけの霜がガラリと崩れていった。

日ごと夜は長くなり、夜明けは遠い。だがこの暗さはそのせいだけでもないようだった。……雪が降るかも知れない、と思った。

そう、きっと、季節外れの大雪が。

家人たちは、命じたとおり馬を用意してくれていた。馬具はすべてついており、水や食糧や松明《たいまつ》、火打ち石、他、雪の装備も完璧《かんぺき》だった。

異様な空気を察したのか、興奮して嘶《いなな》く愛馬をなだめる。

まだ若く元気な雄馬で、今の旺家で一番の名馬だった。妙に白馬と相性のいい旺季だったが、この黒馬は一目で気に入った。……なんとなく、陵王を思い出させるからかもしれない。色もそうだが、やたら元気なところが特に。

ふと、背後を振り返った。

……そこには何もなく、ポッカリと虚《うつ》ろに口をあける暗闇だけがあった。

バタバタと鳴る孤独な外套《がいとう》の音。本当に一人きり。

どんなひどい負け戦の時も、必ず誰かがうしろにいてくれたことに、今、気づく。

……五十年が行き過ぎて、旺季のうしろにはもはや誰も付き従う者はいなかった。

誰もいない。ぽろりぽろりと櫛《くし》の歯は欠け落ち、残っているのはもう自分だけ。それも、たいして使い物にもなりはしない。

「……私の相棒は、お前だけか。ふ……まあ……しようがないな」

馬の首をかきやる。この馬が旺季の最後の馬になるのだろう。今まで数え切れない馬が旺季を助けてくれた。初陣から、王都を落ちた時も。……負けることが多かったから、一緒の馬もずいぶん難儀をさせた。逃げて、逃げて、逃げて。

全力でひた走って旺季を逃がし続けて。

――逃げてください。

声が聞こえる。

いつも誰かが旺季にそう言った。逃げてください。あなただけは。

ガラリガラリと鳴る髑髏《されこうべ》。戩華は行き先に積んで踏み越えたけれど、負けっ放しの自分は、いつも負けて逃げる道の後ろに、多くの愛する者の髑髏を置き去りにしてきた。

誰かを死なせることしかできないのは旺季も同じだった。大切な人を失ってばかりで、誰も守り通せず、黒い影法師を引きずって一人で歩いてく。戩華と違って何もできずじまいで。

どんなに。

――どんなに、目も眩《くら》むほど悔しく、情けなく、涙が出そうなほど惨めだったことか。

戩華の行く先々で貴族の子弟を拾い歩いた。置いてきた髑髏のかわりみたいに。

「……もう、いい加減、いいだろうが。うんざりだ。何が逃げてくださいだ」

もう逃げるのは、やめだ。

道のうしろに、紅秀麗とばあさんの新しい髑髏を置いて生きるのもたくさんだ。

旺季はさばさばした顔つきで、ふんと、虚勢を張った。

一人きりだから、もう、誰も文句は言わな――。

凍える風とともに耳をかすめたその遠い声に、旺季は息を呑《の》んだ。この、声は。

振り返る。

『――旺季殿』

さっきまで誰もいなかったそこに。くすっと笑う文官姿の青年がいた。軍師装束に、栗毛の軍馬。今となっては昔風の装いで。荀馨殿、と、旺季は呼んだ。

吹きすさぶ風の中、荀馨将軍がニコリと笑って消えていく。今度は次々と軍馬が立ち現れる。今はもうどこにもない、『旺』の軍旗がぞくぞくとはためく。

荀馨よりもずっと前に、旺季を守って皆殺しになった、旺家家臣団。

現れては消えていく。今まで旺季を守るのとひきかえに死んでいった者たちすべて。

昔と同じように、旺季のうしろに付き従って、立ち現れては消えてゆく。

ずっと歩いてきた道。みんな置き去りにしてきてしまったと思っていた。もう誰も傍にはいないと。旺季はあえいだ。……そうか。

「……そこに、いたんだな」

最後に、旺季が一番長く、一番間近で聞いてきた鎧《よろい》と、剣の音がした。

何十年も一緒に轡《くつわ》を並べてひた駆けた。どんな死に戦だろうと飄々《ひょうひょう》と生き残り、旺季を一人にせず、いつも自分をあの世から引きずり戻した筆頭の男。

何度も、何度も、旺季を生かすために命がけで引き返してきた。

旺季は振り返らなかった。そいつの顔だけは、絶対に見たくはなかった。絶対に。

振り返らない旺季に、ちょっと困ったように、次いで磊落《らいらく》に笑う気配がした。

『――行こうぜ、旺季』

白い雪がチラチラと風の中を舞い散る。花の下を一番愛した男。二番目が雪の下。

……もう誰も、逃げろとはいわなかった。誰も。

旺季はそれが嬉《うれ》しかった。今までいちばん、嬉しかった。

もう誰も置き去りにしないですむ。

今度こそ、いっぱいに笑った。

「……ああ、そうだな」

声がかすれた。でも気にしなかった。愛馬にひらりと飛び乗った。

すると、まるでいつか乗った朱金の鬣《たてがみ》をした闇の馬に見えた。驚いたが、まあ、そんなことがあってもいい。

「行こう」

旺季は手綱を打って、小雪のちらつく真夜中の世界を駆け抜けた。

たった一人で。

◆　◆　◆

呼び出しの用件は、何やら慧茄に至急の文が届いているということだった。

戻らねばとは思ったが、慧茄はついいつい回廊で足を止めた。

敗戦武将として助命された後、旺季と陵王は左遷のされどおしで、領地も辺鄙《へんぴ》な場所をあてがわれ、禄《ろく》のかわりに荒れ地を支給され、金策にもいつも困っていた。

それでも旺季は文官仕事をつづけた。官吏どもに敗将として嘲笑《あざわら》われ、冷遇され、やることなすこと全部反感を買っても、朝廷に留まった。戩華が容赦なく斬り捨てるものを拾い歩き、情け容赦ないやり方に反発した。何度も、何度も。

渇仰か、死かの二択をつきつけるような戩華の前で、ただ一人、旺季だけが戩華を認めず、何度敗北しても屈さなかった。

――なんのために生きる？

あの頃の慧茄なら、多分、その答えを知っていると思っていた。

慧茄は星を見上げた。さっき、璃桜が慧茄にサカズキを差しだしたのを見た時。

……まるで、攻囲戦の前夜に舞い戻ったような錯覚がした。

――花ノ季節、嵐ノ夜。

帰順の説得に行った慧茄に首を横に振り、かわりにサカズキを差しだした旺季。

――別レル君へ、何ヲ言オウ。

それまでの慧茄は、行く先々で気が向いたら仕官した。だから旺季と敵味方になるのもたまたまが多かったが、最後の最後は朝廷に見切りをつけて、戩華についた。

あの時、旺季も陵王も、まだ二十歳《はたち》にもなっていなかった。最後の寵姫《ちょうき》・紅玉環が閨《ねや》で時間稼ぎに旺季を出すよう囁《ささや》いた繰り言を、暗君が採用したとも言われる。

そこまで腐っていた。王も、朝廷も。貴族も。官吏も。全部。慧茄が開戦ギリギリまで、オメェもうよかっぺよ、と危険を承知で説き伏せに忍びこんだくらいに。

だが旺季は斜陽の朝廷に留まった。敗者となる都を見捨てていけず、友へ、捧げる別れの漢詩を、敵となった慧茄へ詠《うた》ってみせた。

……最期《おわり》の先で慧茄《おまえ》を待つと、笑ってあざやかにのみほした別れのサカズキ。

あれほど胸が苦しくなる美しい歌声は、慧茄は今も他に知らない。

今、慧茄が朝廷にいたがらないのは、当時と重なって見えるからだ。旺季に嫌なことを全部押しつけて、かわりに死んでこいと攻囲戦に出した当時の王どもと、今の朝廷は、何が違うという。敗者の旺季を嘲笑い、追い払ったかつての官吏らと、今の側近と？

彼方《かなた》で、小さな蒼《あお》い星が揺れていた。

……旺季が、これまで、どれだけのものを失ってきたか、慧茄は知っている。

家も、一族も、財産も、名誉も。かけがえのない後見人や、友人、配下も。愛娘も。負けるたびにぽろぽろと失い続けた。

陵王がいなければ、とうに旺季は死んでいたのではないかと、慧茄は思う。

（ずっと）

ずっと、旺季の人生はそんな風だった。

あなたがいると死ぬに死ねないと、旺季はよく荀馨に不平を言った。荀馨は旺季に、なんと答えていたのだろう。孫陵王は？

……生きているだけでいいと、最後の戦で、慧茄は戩華王に旺季の助命を願った。

けれど、その後の旺季の生き様を見て——旺季が本来歩くべきでない道や、不遇、嘲《ちょう》弄《ろう》の数々を見て、初めて気づくのだ。自分たちが押しつけた選択が、いかに身勝手で、何と取り繕おうとも、ただの敗北の惨めな苦さにすぎないこと。

あれから慧茄は、二度と、旺季の願いと違うことはしないと決めた。

……けれど、いつからだろう。旺季の願いがわからなくなったのは。

慧茄にわかっているのは、旺季は何もせず、孫と一緒にボンヤリと隠居して、ただ生きていられるような男ではない、ということ。情熱、信念、燃えるような心で、人生を生き抜くのが旺季だった。最後まで戩華王と相対して一歩も退《ひ》かなかった。火花が散るような生き方を知ってる。白い骨の大地を全身全霊で駆けて、何かのために生きる時の旺季がどんな顔をしていたかを知ってる。

振り子がゆっくり止まるような、旺季。……いつからか、変わった。

（昔のままのお前なら、五丞原で劉輝陛下を負かしていたはずだった）

譲れぬ願いがあるのなら、決してあきらめない。慧茄の知る旺季ならば、どんな手を使ってでも玉座を奪いとっていたはずだ。供を一人だけ連れてやってきた王など、鼻で笑って、打ち負かせばいいだけの話だった。

だから十年前、慧茄は碧州を動かさなかった。

時がきたのだと思った。ようやく旺季が勝つ日がきたと。

なぜ、やめたのか、慧茄にはわからない。

……自分を呼ぶ衛士《えじ》の声に、慧茄は我に返った。どうやらなかなかこない慧茄のために、文を届けにきてくれたらしい。慧茄は大股《おおまた》で近寄ると、文を受けとった。

◆　◆　◆

バチン、と、弦が切れた。

「……おかしいな。ちゃんと手入れしてるはずなのに……？」

張っていた琴の弦が一本弾《はじ》けとび、璃桜は眉《まゆ》を寄せた。弦が当たった中指を、しかめっ面でくわえる。ボンヤリと何か物思いにふけっていた王も我に返り、まごまごと「大丈夫か？」と訊《き》いた。璃桜は頷《うなず》きを返し、空模様に気がついた。

虚空を仰ぐと、ものすごい勢いで灰色の雲が流れていた。散らばる月や星屑《ほしくず》ごと押し流し、墨でつぶすように光が次々消えていく。璃桜は悪寒がした。

「……嫌な風が、吹いてる……王、なんか、嫌な夜になってきた。室《へや》に、戻ろ――」

そのときだった。

「――なぜもっと早く報告をしない!!」

慧茄のただならぬ剣幕が回廊の方から聞こえてきた。

「バカが！　旺季が――んなことをするはずが――嵌《は》められ――葵皇毅はどこだ！　今の時期は紅州か――凌晏樹は!?　さがせ――一刻も早く向かわせろ!!」

風がびょうびょうと吹き始める。璃桜はたれこめる暗雲の先を追った。

――五丞原。祖父の領地。

……今、慧茄は確かに、祖父の名を叫んだ。璃桜の唇が青ざめ、声がかすれた。

「……お祖父《じい》様？」

真夜中の朝廷に火が灯《とも》っていき、次々目覚める。

ふら、と、王が石の椅子から立った。

拍子に肘《ひじ》をぶつけ、璃桜の弾いていた琴《きん》の琴が落ちた。弦の切れた琴が墜落し、割れ飛んだ。バラバラに。

もう二度と戻らない。

# 第六章　紅雪孤影

夜明け前。

こんこんと降りしきる雪原の中、一匹の黒馬が雪煙を立て、躍るように駆けていく。

旺季は王都を落ちた時の三十代の自分に舞い戻った気がした。何年も体の奥底に沈殿し、濁って吹き溜《だ》まっていた血が音を立てて全身を巡るよう。もうずっと馬には乗れていなかったのに、全然疲労を感じない。昔より体が軽いほどだった。

逃げるのは、本当はいつも重かった。今回はそれがないせいか。

近衛《このえ》羽林《うりん》軍でも引き離される神がかった速度のまま、隠れ山へとひた走る。

馬で旺季の右に出る者はいない。馬上仕合なら、たとえ陵王相手でも互角に戦える。

（……。……二十合、くらいまでは……）

正直に心の中で付け足した。そのあとは、剣技と体力差でどうしても押し負けるが。

――なのに五丞原で、どうしてオメェは馬から下りた？

どこかで聞き知ったらしい慧茄が、そう問い詰めにきたことがある。馬上なら、王なぞ手も足も出ずに一蹴《いっしゅう》できたことを、慧茄は知っている。

──どっちが先に馬から下りた？

わざとか？　ずけずけと慧茄は遠慮なかった。旺季は、答えなかった。

「…………」

雪は次第にひどくなった。今日は一日中、降り続けるだろう。

やがて、隠れ山の山麓《さんろく》が見えてきた。榛蘇芳が半日かかって駆けてきた距離を、旺季は半分以下の時間で走破した。

手綱をゆるめると、雪つぶてみたいだった感触が、急にやわらかになる。

ほたほたと、大粒の雪が無数に落ちてくる。

旺季は空を仰ぎ、バカみたいなことを思った。ゆっくりと雪見がしたい。

静かで、ささやかな──そう、悠舜のあの小さな庵《いおり》のような綺麗《きれい》な場所で。

ほたりほたりと音もなく降りつむ雪が旺季は好きだった。北に左遷され、さんざん雪で苦労はしたのだけれど。悠舜にもよく、もうすぐ春がくると言ったものだった。

旺季は冬が一番好きだった。春の手前。もうすぐ。

何かいいことが、きっとあるような気がして。

思えば、そんな風に生きてきた人生だったように思う。もうすぐ、きっと。

明けない冬の中を、ずっと駆けて。最初から、……最後まで。

（……このぶんだと、隠れ山の上のほうではずんずん積もりはじめてるな……）

氷柱《つらら》がたれそうだったので、ヒゲや眉毛《まゆげ》にのった雪を払う。馬の鬣《たてがみ》もポサポサと払ってやった。この天候では、榛蘇芳が離れてすぐ、山では雪が降りはじめていたはず。

（あの山に不慣れな山賊集団なら、山狩りもままなるまい……）

紅秀麗とばあさんのいる山家をさがすどころか、自分たちが凍死しないねぐらを見つけるのにてんてこ舞いで、昨日は丸一日つぶれたはずだ。

（……山家を捜索にいくとしたら、今日からか。……が、この雪は今日夜半までやまない。それまで足止めを食う。賊が動くのは、雪がやんで月がのぼった頃から……）

山を捜索し、山家を見つけて、むりやりあそこへ下りていくとしたら。

（最速で、明日の、夜明け前には紅秀麗は見つかる……）

猶予は、ちょうど丸一日。

それまでに旺季も、この麓《ふもと》から、奥深い山家へとたどりつかねばならなかった。

旺季は隠れ山に入る前に、チラッと肩口からのぞく〝莫邪〟を一瞥《いちべつ》した。小柄な旺季では、腰に帯びるより、背負《しょ》うほうが使い勝手がいい。しかし相変わらず軽い。

けれど今の旺季には、なんとなく、なぜこの剣が軽く感じるのか、わかる気がした。

……問題は、紅秀麗が、どこまで状況を把握しているかだった。

「……よ、よかった。ようやく、眠ってくれた……全然寝ないんだもの……」

◆　◆　◆

夜半、老婆の世話を終えた秀麗は、藁《わら》布団に顔をつっこんで沈没したくなった。老婆より自分の方が先に気が遠くなりそうだ。

夜も朝も早いのが老人だと思っていたが、全然違った。山家の老婆は夜遅くまであちこちを落ち着かなくうろつきまわり、あれこれひっくり返し、ひっきりなしに意味不明のことを——そして同じことを——繰り返ししゃべり、そして朝は異常に早い。たった数日世話をしただけなのに、秀麗は心身共にすっかり消耗していた。

（……う……瞼《まぶた》が下がる……女も三十近くなると、全っ然徹夜がきかなくなるのね……）

十代の頃は数日徹夜しようが、気力で何とかなったものだが、今は体がついていかない。疲れるとすぐ顔にも体にもてきめんに出る。もはや気力とかありえない。

秀麗は浅い眠りについた老婆の足もとに、温石《おんじゃく》を差し入れた。布団をもう一枚掛けたついでに、老婆が枯木のような手で握りしめている巾着《きんちゃく》をまじまじ見る。

老婆はいつも、首から小さな巾着を大事にぶら下げて歩いていた。かなり汚く古ぼけて、元の色さえ判然としない謎の巾着。中に何が入っているのかも謎。

蘇芳が出ていったあと、紐《ひも》がちぎれてどこかに巾着を落としてきた時には、秀麗が盗んだと一日中わめいてさがしまわった。なんとか秀麗が裏の畑からさがしだしたが、紐を付け直そうとしても頑固に放さず、渡してもらうまで一日かかった。中を見てわめくのをやめたので、多分、中身も無事なのだろうと思うのだが。

(何が入ってるのかしら……?)

白髪の老婆も見かけは八十歳くらいに見えるが、体も頑丈で背も曲がってない。長い間の辛苦を刻んだ容貌《ようぼう》と、謎の言動で老婆に見えるが、もしかしたら六十歳を超したくらいではないのかと思う時もある。

(……旺季様も、もうそのくらいのお歳ね……)

懐かしい隠れ山にきてから、かつての五丞原や、旺季のことがふと思い返される。

老婆に藁をいっぱいかけてやり、最低限の火は残して、他の灯りはすべて消した。戸締まりと目張りを確認し、音や光が漏れないよう、もう一度厳重に見て回る。

蘇芳は何かが変だと何度か言っていた。取り合わなかったのは、秀麗と静蘭だった。

何度も蘇芳に助けられたのも忘れ、耳を貸さなかった。

どうしても気になることがある。気をつけろと言って、蘇芳は出ていった。

……それからすぐ、異変に気づいた。

『閉山』されて久しく、誰も入れぬはずの山が、奇妙にざわついた。やたら鳥が飛び交い、ぎゃあぎゃあと鳴いた。何羽か矢で射落とされたのも遠目に見た。馬のいななきも複数聞こえた。山に入ってきたのは、一人や二人ではなかった。

まるで狙ったように、蘇芳が出ていった直後に、山に入りこんできた一味。

狙いは自分であること、追いつめたと思っていた賊に、逆にまんまと嵌《は》められたことに、ようやっと気がついた。

昨日は昼過ぎからの降雪で、向こうもすぐに山狩りをやめたようだった。中腹以上はとうに大雪だろうが、不思議にこの山家あたりは雪が少ない。奇妙な地形で、ここだけあまり吹きこまない。大鍛冶《おおかじ》がなるべく楽に住めるように、ここに居を決めたと聞いたことがある。とはいえ、山家の外もすでに膝《ひざ》くらいまで雪に埋まっている。

その雪も、今はやんでいた。

秀麗は天井を見上げた。ぎしぎしと屋根の雪で家が悲鳴を上げていた。雪下ろしをするべきだったが、大雪がこの小さな山家を少しでも長く隠してくれるのも確かで。秀麗は迷った末、裏の出入り口周辺だけ、埋まらないように気をつけるに止《とど》めた。

蘇芳が戻ってくるのを、ひたすら待った。行き先は聞いていなかったが。

(……いちばん近くの砦《とりで》に援軍要請に行ったとしても……往路で一日、準備で一日、復路に一日……しかもこの雪だから速度も遅くなる……説得に時間がかかったら、タンタンがくるのにざっと四、五日はかかる。それでも静蘭を待つより早い)

それも今でようやくのろくさと二日が過ぎようとしているくらいだ。まだ半分も過ぎてない。加えて時間が経つごとに、嫌な予感はますます強まっていった。

秀麗が目算していた賊は五十人前後だったが、もしそれが見せかけで、百人もいれば、山狩りも一日二日ですんでしまう。さすがにゾッとした。

今夜、なんとかやり過ごせたとしても、あと二日。この老婆と二人で、いつまで身をひそめていられるか、秀麗にも自信がなかった。

その時だった。

トントン、と戸口で、音がした。

秀麗はぎくりとした。

まだ夜明け前だ。こんな夜更けに。この忘れ去られた山家に、誰が。

（タンタン……なわけ、ない……。こんな早くに、戻ってこられるはずがない……）

風の音。秀麗は自分に言い聞かせた。風が戸を打つ音を、聞き間違えたに違いない。

だが。

もう一度、間を置いて、扉がまた音を立てた。トン、トン。

トントン。奇妙に。礼儀正しく。

体が小刻みに震えだした。この小さな山家には、隠れこめる場所などどこにもない。

秀麗は藁をかき集め、せめてもと、小柄な老婆を隠すようにかぶせた。

おそるおそる振り返るのと、叩音《こうおん》がふっつりやむのは、同時だった。

まるで幻聴だったかのような、静けさ。本当に幻聴かと思った時。

炊事用の煙窓にはめていたつっかえ棒が、弾《はじ》け飛んだ。

ギィ、と、向こう側から窓が開いていく。

松明《たいまつ》の火に照らされ、ぬぅと闇に浮かび上がったのは、狐の面だった。

「――――」

秀麗は悲鳴を上げたように思ったが、実際は一声も出なかった。

狐面が、闇に埋もれた家の中を見回し、秀麗の姿を見留めて、止まった。

永遠に思えたが、恐らくはほんの刹那《せつな》に過ぎなかったのだろう。

狐面は、再びぬぅと闇に沈み、窓はパタリと閉じられた。

（あの、狐の面）

どくどくと心臓が早鐘を打った。五丞原で、同じ面を見たことがあった。

屋根から、雪が雪崩《なだ》れ落ちる音がする。他は、何の物音も聞こえない。

（私が、出てくるのを、待ってる……）

出ていかなければ、山家に踏みこんでくる。そうなれば死ぬのは、秀麗だけではすまなくなる。秀麗は老婆に目を向けた後、唇を引き結んだ。

よろよろと立ち上がれば、幸い、腰は抜けていなかった。

釘《くぎ》にかけてあった藁簑《わらみの》と、古い雪沓《ゆきぐつ》も拝借し、足をつっこむ。ここまで無策で出るのは若いころ以来で、さすがに武者震いがでた。だが、仕方がない。仕方がない。

……仕方がない。

まだ、守るものが残ってる。行かねばならない。

真っ白な息を吐いて、秀麗はきつく目張りをしていた戸を開けて、出ていった。

外はすっきり晴れて、明るかった。

雪明かりに、満天の星が散らばっていた。秀麗の眼前で、山家を中心に半円を描くように、十個以上もの赤々とした松明が燃えさかっている。

しっかり目張りをしたとはいえ、外の気配に注意はしていた。なのにこれだけの人数が近づいてくるのに、全然気づかなかった。雪が降る前に張って回った即席の鳴子も、まるで引っかからずに抜けてきた。秀麗は歯がみした。……ただの山賊じゃない。

少なくとも今ここを囲んでいる輩《やから》は──どの顔も覆面している──秀麗が追ってきた粗暴で間《ま》の抜けた三下盗賊団とは全然違う。

（……どこかで、別の手が、回ってる……）

身に覚えはあった。官吏殺しの異名は、今や自分の呼称だ。

さっきの狐男をさがしてみたが、どこにも見つからなかった。

「……間違いない。紅秀麗だ」

誰かが、そう呟《つぶや》く。余計なことは一切言わない。規律正しい武官さながら。

「殺す前に、誰の命令で、どこの軍に所属してるのか、教えてもらいたいものだわね」

わざと小馬鹿《こばか》に言ってみたが、返ってきたのは、実に簡潔な二言きり。

「殺れ《やれ》。……もう、夜が明ける」

少しだけ、ホッとした。つまりは、夜明け前には撤退の命令が出ているのだ。完全に降りやむ前に、雪にまぎれて山家を囲んだのを見ても、よほどの手練《てだ》れであることは知れた。自分一人が狙いなら、目的を達したらすみやかに引き返すだろう。山家にも、老婆にも手を出さず。何ごともなかったように。

それがわかっただけでも、甲斐《かい》はある。死ぬ甲斐が。

足もとに目をやる。山家を隠してくれた雪が、皮肉にも逃げることを許さない足枷《あしかせ》になっていた。膝上《ひざうえ》までつもる雪で、ろくに駆けることもできない。絶好の的だ。

案の定、弓を引き絞る音がする。

秀麗は笑った。こんなところで笑えるようになれた自分が、不思議だった。

「……ちゃんと、狙って、一発で仕留めなさいよ。穴だらけの無様な死体でもつくろうもんなら、私の〝双玉〟に笑われんわよ。御史台《うち》にケンカ売る気なら、そんだけの腕を見せなさい」

秀麗の凛然《りんぜん》とした裂帛《れっぱく》の気迫が、その場を打った。

のまれたように、僅《わず》かに、弓弦《ゆづる》を絞る音がやんだ。

一瞬ののち、夜の帷《とばり》を切り裂いて、矢が飛来する。

――秀麗の、目の前で。

兵が横倒しになった。蝶《ちょう》の標本のように、首を射抜かれて雪に縫い留められる。雪の中に弓と矢が落ちて沈む。今まさに秀麗を射抜こうとしていたらしい射手が。

間を置かず、弓弦が連射される音が聞こえてきた。山家の、上から。

賊に矢弾が降りそそぎ、避《よ》けきれなかった三人を射抜いて絶命させた。

「——なんだ!?」

初めて、兵士たちが気色ばんだ。

秀麗は矢の方向を振り仰いだ。山家から少し離れた崖《がけ》の上。

段々崖の高い絶壁で、下に行くほど内側にえぐれていて、馬では到底下りられるはずもない。現に目前の兵士たちは誰一人馬など引っ張ってきてはいない。

なのに。

一つの黒い騎影が、飛ぶようにその段々崖を下りてくる。

「射ろ!!　——射落とせ」

斉射される矢の中を騎影はゆうゆうとくぐり抜け、当たりそうな矢は斬り捨て、最後の跳躍をして、雪の大地に着地する。そのまま雪煙をあげ、ひと言もなしに、兵士たちにつっこんだ。秀麗の目の前で、夜の雪原に血飛沫《ちしぶき》が飛び散る。

馬で兵士を蹴散《けち》らし、踏み殺し、片端から絶命させ、或《ある》いは顔面や足を押しつぶして駆け抜ける。動けると見れば剣で刺し殺していく。それは秀麗が一度も見たことのない行為だった。生き残るための、容赦のない非情さ。

もう今となっては、ほとんど知る者もいない、『戦』。

とん、と、優雅に馬が跳ねた。秀麗のほうに向かって。

夜明け前の世界に、騎影が初めて姿を現した。

月明かりと松明に浮かぶのは、薄紫の美しい〝紫装束〟。

馬上の人影は、三十代の青年に見えた。腰まである長髪を頭の高い位置でくくり、笑わぬ冷厳な美貌《びぼう》でじろりと秀麗を見下ろす。璃桜公子。――違う。

みるまに若者は、六十代の地味に整った顔だちに変わる。

「……いい気迫だったな。お前に意識が集中したおかげで、気づかれずに近づけた」

唇がわなないた。もう、ずいぶんと久しく、秀麗も会えていない人。

歳をとった。痩《や》せたようにも見える。けれど、変わらぬその威風と、姿――。

「旺季……将軍」

娘らしくなった。旺季も秀麗を見て、そんなことを思った。やけに見覚えのある、懐かしい蓑虫《ミノムシ》姿ではあるけれども。

「いつかと、逆だな?」

旺季は、皮肉っぽく、ふんと鼻で笑った。


『いつかと、逆だな?』

急速に秀麗の時間が巻き戻る。十年前の蝗害《こうがい》のあと。そうだった。

紅州から貴陽に帰還する旺季が、廃寺で取り囲まれた時、秀麗が燕青と馬でつっこんで助けに行った。もう遠い在りし日の記憶が、秀麗の胸をいっぱいにする。

秀麗は笑おうとして、失敗した。

蘇芳がどこに行ったのか、今わかった。確かに、もしもという一縷《いちる》の可能性。でも朝廷を逐《お》われた旺季には一兵たりともいやしないことなんて、秀麗が一番よく知ってる。

「……わ、私は、一人でくるなんて、無謀なことは、しませんでした……!! 廃寺に行く途中で、誰かさんの馬についてけなかった軍をぽろぽろ拾いながら行きましたもの」

旺季は苦虫《にがむし》を噛《か》み潰《つぶ》したような顔で、ボソッと言った。

「……よりによってお前に無謀と言われるとは。ばあさんは生きてるな？」

「はい」

「わかった。向こうはお前が狙いだ。山家には戻るな。——こい」

旺季の腕が伸びてきて、片手で鞍《くら》に引きずり上げられる。

ぎょっとするほど視線が高くなる。秀麗が今まで乗った中でもひときわ立派な黒馬だった。一瞬、鬣《たてがみ》が炎の如き朱金色に見えて、目をこする。きっと松明《たいまつ》のせいだ。

「つかまってろ。——目を開けるか閉じるかは、自分で決めろ」

聞き返す暇は与えられなかった。耳元で、淡泊で、冷淡な独り言が落ちた。

「……仕留めたのは、十二、三か。残りは……二十人と少し。手加減はできんな」

剣を振る。ざぁっと血が流れ落ちる。一振りでもとの輝きを寸時に取り戻したそれが、〝莫邪〟だと、秀麗は今さら気がついた。だが——なんだろう。

ゾッとした。五丞原で、劉輝が旺季を相手に一騎打ちを挑んだのも、同じこの剣だった。なのに。

（……ぜ、……んぜん、違う剣みたいに、見える……）

血を吸っているのに、ますます蒼白《そうはく》に光り輝く。嬉《うれ》しげに、不吉に。

十年前と違うのは旺季もだった。違いなど、馬上にいるか否か程度なのに、一切合切別人に見えた。傍にいるだけで、なぜか体の震えが止まらない。

この場の全員が、殺される。そんな気がしてならなかった。止めるべきだ。相手が賊だろうが。何かの理由をつけて。敵の内実をさぐるとか、なんとか。でも、この人数差で、そんな手加減なんてしてたら、自分と旺季が死ぬ。殺さないでなんて、言える状況ではなかった。——いや、違う。この恐怖は。

たとえ相手が五人でも百人でも、今の旺季には関係ないことを、秀麗は察していたのだった。一人たりとも、生きて帰す気はないこと。

秀麗は一声も出なかった。

ぐん、と馬が沈む。一緒に秀麗の腹に、重い塊がずしりと沈んだ。

◆　◆　◆

最後の一人を突き殺したあと、旺季は大きく息をついた。

さすがに、体がガタガタだった。息が上がって、全身から湯気がたちのぼる。この山家に送りこまれてきた輩はまるで別格だった。馬がなければ、旺季も七、八人斬り捨てるのがせいぜいで、今頃囲まれて死んでいただろう。だが馬上の旺季と、馬なしの兵なら、話は別だった。

辺りの銀世界は、一面、どす黒い血と死体が散らばる凄惨《せいさん》な場所に変貌《へんぼう》していた。

（……ばあさんには……見せたくないな）

悲惨な戦を何度もまのあたりにし、変わり果ててしまった老婆を旺季は知っている。とはいえ、見ないうちに死体を片付けられたらいいとは思っても、殺したことに微塵《みじん》も後悔はしてない自分に我ながら呆《あき》れる。

〝莫邪〟を振る。血が降り落ち、無傷の刀身が現れる。再び。初陣の時もそうだったが、〝莫邪〟の取り柄は、いくら斬っても刃こぼれしない、謎めいたこの強靭《きょうじん》さだ。

紅秀麗は、一つも声を立てなかった。同じ馬上にいたのだから、殺戮《さつりく》の光景はおろか、人の手足を踏み潰す感覚も、残らず伝わっていたはずだった。目をつぶっていたかどうかは定かではないが、旺季はなんとなく、全部見ていたのではないかと、思った。

いまだになじりもしないことが驚きではあったが、声もでないだけかもしれない。

旺季が先に馬からおりた。小柄なせいで、膝《ひざ》の下までずぼんと埋まって辟易《へきえき》する。

世界はまだ夜明け前だったが、闇の帷はゆっくりとひらきはじめ、ボンヤリと辺りを藍色《あいいろ》に染めていた。紅秀麗の顔がはっきり見える。

旺季はこの世界と同じくらい蒼白なその顔色を見あげて、淡々と手を差し伸べた。

「これが、私のやり方だ」

何十年も昔のやり方。昔からずっと時が止まったままの、旺季のやり方。

十年前、たった一人の供だけを連れて五丞原にきた今の王とは、全然違うやり方。

これが自分。変わるつもりもなかった。旺季は今、はっきりと、自分がもはや時代遅れであることを認めた。亡き大鍛冶《おおかじ》の言葉は真実だった。

これより先には、旺季は行けない。

「お前の王とは違う男だ。お前が、私でなく王を選んだのは、正しかったのだろうな」

紅秀麗は黙っていた。是とも否とも言わなかった。旺季は彼女が自分の手をとるとは思わなかった。だからこそ、紅秀麗がそっと手をのせた時には、少し驚いた。

「……今日のことは、あなたでなく、全部、私の浅はかさが招いたことです。今日私を助けてくださったのは……あなたのやり方です。私のやり方でも、……王でもなく」

ぽつりと、紅秀麗が最後につけ加えた時、旺季は、なんとなく、彼女がもう一人の王、にとっくに気づいているのではないかと思った。

何も与えるなと言った戩華。この娘はどうするのだろう？　ふとそんなことを考える。

抱き下ろせば、軽やかな少女時代と違い、みっしりと肉感的な重みがした。多くを見続けて、もう夢だけを追ってはいない大人の女の顔をしていた。いまだ夢と現実を両手に握りしめて。かつての旺季と同じように。どちらか捨てれば、楽になるのに。

「ありがとうございました、旺季様」

礼を言った娘に、旺季は剣の柄《つか》を握り直した。

「さて……お前を助けきれるかどうかは、まだわからんな」

「え？」

旺季は後ろ手に紅秀麗を隠した。煙のような白い息を深々と吐いて呼びかける。

「……そろそろ、出てくるんだな」

木々が密集し、いまだ闇の帷《とばり》が降りたままの一角に、何かが白く浮かび上がる。旺季の後ろで、秀麗は危うく叫びそうになった。

狐の面。

ゆらゆらと、狐面だけが闇をすべるように近づいてくる。闇の吹きだまりから抜けると、全身黒ずくめの狐男が現れた。その右手には、ぎらつく山刀が一口《ひとふり》。

秀麗は青ざめた。この狐男一人なわけがない。少なくとも自分が追ってきた小悪党どもは、この場で死体になっている兇手《きょうしゅ》たちとは違う。まだまるまるどこかに残ってる。

秀麗は絶望的な気分で辺りを見渡した。どうして旺季はわざわざ馬から下りてしまったのだろう。馬上にいたほうが逃げられるのに――。

旺季は〝莫邪〟を雪に突き立て、ふーっと、もう一度、溜息《ためいき》をついた。

「――お前で、最後だ」

秀麗は、とっさにはその意味がわからなかった。……なに？

狐男が、さくりさくりと近づいてくる。初めて、くぐもった声が狐面から漏れた。

「……山にばらけていた輩《やから》を、日中の雪に紛れて、残らず始末してくるとはね、旺季様。雑魚《ざこ》とはいえ、百五十はかき集めておいたのですけれどね……」

「皆殺しにしたようないい方をするな。馬で暴れこんだら、半分は這々《ほうほう》の体《てい》で山から出てったわ。残り半分は仕掛けた罠《わな》にひっかかったり、勝手に雪崩で死んだり、谷や崖《がけ》に落ちたり同士討ちで死んでった。私が殺《や》ったのはせいぜい三十人くらいだ」

「馬に乗ったあなたが相手ではね……孫陵王様でさえ手を焼く驍将《ぎょうしょう》に豹変《ひょうへん》するのに」

「ばらけていたから、各個撃破は楽だった。奇襲も強襲も雪中戦も、負け戦の多い私には慣れたものと知ってるだろう。お前のやり方とも思えんな。——獏」

秀麗の前で、狐の面が外される。かつて秀麗はその顔を見たことがあった。

頬から首にかけて、ざっくりと斬られたような、深い傷。他は印象が薄く、年齢もよくわからない。そして十年前から一つも歳をとっていないようにも見えた。

秀麗の肩についた古傷が、急に熱を帯びて、ずくんと疼《うず》いた。

五丞原で、王を庇《かば》って、肩を貫通した矢傷。

あの矢を射た男が、そこにいた。

あれきり、あの男は忽然《こつぜん》と姿を消した。血眼で捜索したが、まるで煙のようにかき消え、行方知れずのまま、十年が過ぎた。

「一応彼らに忠告はしましたが、あなたを頭からバカにしていて、話を聞かなくて」

男は、狐面を赤黒い鮮血が飛び散る雪の上に投げ捨てた。ぽつんと、つづける。

「……まあ、私も、とりたてて、二度忠告することはなかったですけどね」

旺季の目には、いつか夢で見た、自分をさがしあるく獏と重なって見えた。

ずっと旺季に付き従い、獏はただ静かに後ろをついてきた。影のように。

今の獏は、初めて主人から離れてどこかを彷徨《さまよ》う、迷子の影に似ていた。

「初陣の時のあなたを、もう一度……見たくて、あえて言わなかったのかもしれません。あなたが変わっていれば、ここで無様に死ねばいいと、思ってました。……負けてる時と、山ほど人を殺す時のあなたが、私はいちばん、好きで」

「……お前な」

旺季は憤慨した。負けてる時を褒められても、全然嬉しかない。

「でも……変わりませんね。どんな兵差でも、勝ち目のない戦でも、仕方がないって、相変わらず、一人で突っこんで」

獏の囁《ささや》きは、風にさらわれそうなほど儚《はかな》かった。そして絶望してもいた。

「負けても、負けても、なんででしょうね……傍にいたいと思った人は、初めてですよ。……私は、今まで、人を勝たせるものとして、有名だったんですけどね」

「獏」

旺季は雪に突き立てた〝莫邪〟に目を落とした。

「……お前は私にとって、この〝莫邪〟みたいなものだ。最初からな」

「……知ってます。重くて、不必要で——」

獏のために、十三歳の旺季は「うん」と言ってくれた。

仕方がない。仕方がない。……仕方がない。旺季が好きな別れの漢詩。

獏もいつのまにか、好きになった。

いつも、そんな風に生きてきた人。その姿を見るのが、獏は何よりも好きだった。

けれど、十年前、獏は初めて、旺季の傍を離れた。自分から。

もともと獏は主君の心の内を推し測るようなことはしない。旺季の願いを叶《かな》え、彼の歩く先を、ついていって見られればそれでよかった。剣のように。それが自分。

旺季の願いが玉座だと思ったから、悠舜を排除しようとしたし、あの娘に矢も射た。

旺季が自分を粗末にするときでも、獏は大事にし、勝手に守る。傍にいるために、獏ができる精一杯のこと。

(それが)

あのとき。

初めて、わからなくなった。旺季のことも。……自分のことも。何もかも。

今度こそ勝たせてやれると思ったのに、旺季は自ら勝ちを手放した。そしてあの王が〝莫邪〟を——負けを——むりやり押しつけるのを見たとき。

獏の中で何かがぷつりと切れた。気づけば王に弓をひいていた。

今まで何度旺季が負けても、一緒に受け入れてきた敗北を、認められなかった。

〝莫邪〟をとれば、旺季はあそこから、もう一歩も歩かない。

矢を放ちながら強烈に思ったのは、ああ、本当に自分は、最後まで何もできなくて、この先の旺季の人生にも、必要ないのだという、泣きたくなるような気持ち。

目を伏せる獏の耳に、旺季の落ちついた声が届く。

「獏。晏樹や悠舜は、あいつら自身のために私を生かし、玉座はどうでもいいと言った」

「…………」

「だがお前は、私には玉座が必要だと思った。私がなんのために、死んだ方がマシな人生を、今までヨタヨタ無様に歩いて、生きてきたのか、……お前は知っていたからだ」

旺季が、孫と一緒に隠居してボンヤリとただ生きていられるような男ではないこと。

けれどある年の秋の終わりから、本当は旺季の心は半分欠け落ちていて、騙《だま》し騙し歩いていたこと。残ったもう半分で前に進むには、どうしても玉座が必要だったこと。

「……その通りだ、獏。あのとき、お前の矢が王の心臓を射抜けば、私は半分ホッとして王位に即《つ》いただろう。仕方ないと思って、また自分の人生を駆けただろう。白い骨の大地。馬を駆って、先へ、先へ。見たいものがある世界へ。命が終わるそのときまで」

旺季は、溜息のように、その言葉を告げた。

「……それを、選ばなかったのは、私だ」

何度冷や飯を食わされようと、願いがあればあきらめず、どんな手を使っても、最後は勝ちとってきた。ずっとそうしてきた。最後、自分でなく獏にそれをさせた時点で、最後旺季はもう、かつての旺季とは違っていたのだった。

止まることを選んだのは、旺季自身だった。

「主君、失格だな」

ハッとしたように顔を上げる獏は、しょげた洟垂《はなた》れ小僧みたいだった。

「獏。私の人生に〝莫邪〟はいらん。だがお前は違う。その重さが、私には必要だった」

負けっ放しで、無数の髑髏《されこうべ》を、道の後ろに置き去りにしてきた。同じ数だけの絶望を抱えて。死んだ方がマシな人生だった。いつだってそう思っていた。

どんなに、ここでもう終わりにしようと思ったか、知れない。

けれど、旺季にはいつも重石《おもし》があった。

逃げだしたい時、世界にずしりと繋《つな》ぎ止める重さ。後ろからずっとついてくる獏。

留《とど》まるのには理由があると、父は言った。獏が旺季のもとに留まる限り、旺季は主君でなければならなかった。その重さが、旺季を生かした。

何度も投げ出そうとしてはやめにして、しぶしぶ引きずって、ここまで歩いてくれば。

……気づけば、初陣の時に振り回された、〝莫邪〟のあの凄《すさ》まじい重さもまた、すっかり消えてなくなっていた。――その重さに耐え切れた者だけが、主君となる。

もう旺季が〝莫邪〟に使われることはない。剣の主君は旺季だった。獏の主君も。

「獏。今の私には、〝莫邪〟は重くも何ともない。ましてやお前くらい持ち歩けるわ」

旺季の宝箱には、もう何も残ってはいなかった。後ろの娘を助けるために、旺季が持ち出すことができたのは、自分自身と、〝紫装束〟と、押しかけ女房みたいな〝莫邪〟だけ。それだけが、今の旺季の全部。たった三つぽかしの持ち物。

でも、もう一つくらい入る。獏一人が増えるくらい、なんてことはない。

「戻ってきたければ、こんな遠回りなどせんで、ノコノコと戻ってくればよかったのだ」

雪のやんだ世界に、夜明け前の風が渡る。獏の顔が、くしゃりと歪《ゆが》んだ。

獏が現れた理由を、旺季は全部知っているのだった。

旺季の眼差《まなざ》しが、獏を射る。かつてのように、半々の双眸《そうぼう》。冷酷さと優しさと。

「獏。お前の主君は私だ。お前の望みを叶えてやろう。――こい」

右手と左手に、生きる理由と死ぬ理由をのせて。

戻ってきた家臣団に、どちらもくれてやった少年。同じ瞳《ひとみ》で、獏にも言ってくれた。

獏はおとなしく進みでて、ひっさげた山刀を、雪に投げ捨てた。

旺季は獏に何も訊《き》かない。傍から消えた理由も、こんなとこで何してるのかとも。どのみち、そんなものはぜんぶ卵の殻みたいなものだった。どうでもいいこと。

旺季と離れてからは、切られてしまった影法師みたいな、十年だった。ようやく、元の場所に還《かえ》ってきた。獏は嬉しかったけれど、落ちこみもした。

傍にいても、こんなに何もできなかったのは本当に初めてだ。こんなに負けっぱなしで、勝たせてやれなくて、必要ともされなくて、それでも帰りたいと思ったのも。

……勝たせたかった。獏は悔しかった。

一度でいいから、最高の勝利を。今までで一番愛したこの主君に。

「そうだ、獏。言い忘れていた」

「……はい」

「訂正だ。〝莫邪〟は、芋剝《む》き以外にも役に立った。ビックリだ。おかげで、勝ったぞ」

獏は目を広げ、次いで破顔した。

得意げな獏を、旺季は謎に思った。よほど〝莫邪〟が好きらしい。思えば五丞原で〝莫邪〟を押しつけられたのと入れ違いに獏が消えた。なんだか旺季はおかしくなった。

「そういえば、お前に会ったとき、〝莫邪〟から抜け出てきたかと思ったな」

獏はまたにっこりした。

生きる理由と死ぬ理由。どちらも今、獏の目の前に立っている。

一寸先も見えぬ雪闇の中を、幾たびもどこかへ歩き出した少年の、道の果て。

……終わりがくる。

最期まで旺季のかたわらに寄り添うために、獏は帰ってきた。

旺季が抜き身の〝莫邪〟を、雪から引き抜く。

その後ろで、秀麗は青ざめた。止めねばならないと思った。五丞原で王に弓を引いた下手人とか、この件の背後関係とか、証拠とか証人とか。それより何より彼女自身の生き方や信念と、全然相反するこの始末の付け方に、ありとあらゆる文句を付けて、身を挺《てい》してでも、狐男を庇《かば》わねばならなかった。

なのに。声がでなかった。何一つ言えなかった。

別の時代の、別の光景を見ているかのよう。今時、最後の供なんて馬鹿げてる。全然正しくなんかない。けれど頭を巡るどんな言葉も、紙のように薄っぺらく思えた。

〝莫邪〟が音もなくしなって。

……微笑む獏の首が、呆気《あっけ》なく、落ちた。

大業年間を秀麗は知らない。なのにほんの一瞬、血と死と戦の残り香を確かに嗅《か》いだ。

『これが、私のやり方だ』

旺季のあの言葉が、聞こえた気がした。

◆　◆　◆

……静寂が落ちた。

遠くで地響きに似た微《かす》かな唸《うな》りが聞こえてきた。麓《ふもと》の向こう、五丞原から。

轟《とどろ》きは次第に、馬蹄《ばてい》と、鎧兜《よろいかぶと》のさざめきに変わる。夜明け前の藍色《あいいろ》の世界で、雪煙がもうもうとたちこめ、無数の松明《たいまつ》の火が揺れる。

平野に紅い旗がひるがえる。描かれるのは、『荀』の文字。今の紅州州牧は、荀彧《じゅんいく》。

今の時期は皇毅は蝗害《こうがい》対策で紅州にいる。紅秀麗と榛蘇芳が賊を追いかけてきたのも紅州からだった。今頃異変を察して、慌てて皇毅と州牧の二人で追ってきたらしい。

遅い。元上司の旺季は憮然《ぶぜん》とし、心の中で二人の評点をひいた。三点くらい。

懐かしい『荀』の旗だった。

(今度救援にきたのは、息子のほうか)

東坡での初陣で、旺一族が救援に行った荀馨の忘れ形見が、荀彧だった。

十三歳の初陣。東坡でのあの悲惨な殲滅《せんめつ》戦。

あの時、旺季は荀馨将軍が引き返してくるとは、本当は全然思っていなかったのだ。

すれ違った荀馨将軍は、何ヶ月にもわたる孤独な攻防戦で疲弊しきり、無惨な有様で落ちていった。あんな絶望を幾度も繰り返して、耐え凌《しの》いできた彼が、また同じ場所に戻ってくるとは思わなかったのだ。なぜですか、と、全部が終わった後、彼に訊いた。

同じ答えが返ってきた。

私も、誰かが助けにきてくれるとは、思わなかったんですよ、旺季殿。

だからです、と言葉少なに荀馨将軍は答えた。じっと旺季を見つめて。いや、多分、稀代《きたい》の智将と名高い荀馨を生かすのとひきかえに、残らず死んでいった旺一族の姿を。

……荀馨も聞いていたのかもしれない。生きてくださいと彼に願う、あの面倒な声を。

今なら誰かが旺季にも訊きたがるかもしれない。

なぜですか、と。もっと楽に生きられたのに。

旺季はなんと答えよう。

雪の中を駆けてくる軍に、旺季は目を細めた。だがそれも、これで最後。

紅秀麗を見れば、絶望的な顔をしていた。

認められない。許せない。なのに否定できない。

戦華のやり方に反発しても、止められなかった頃。自分もあんな顔をしていたのだろうか。そして気づけば、いつのまにか、旺季の方が時代遅れになっていたのだった。

……時がきた。

旺季は素直に、それを認めた。時がきたのだ。旺季は首の落ちた獏の死骸《しがい》に目を落とし、〝莫邪〟の刃をぬぐって鞘《さや》におさめた。

「……もうすぐ荀彧と葵皇毅がくる。ここで待っていればいい」

「旺季将軍」

紅秀麗はそう言ったきり、黙りこむ。何を言っていいかわからないというように。獏を殺すのを遮らなかった自分にも泣きたいという顔をする。認められない。この礼は言えない。でも、助けられたのは事実。自分の無力さ。力と経験のなさ。理想と現実の遠さ。葛藤《かっとう》。

……本当に、若い頃の自分のような『官吏』。

旺季は一つだけ、訊いた。

「……なぜ、手ぶらで出てきた？」

「え……？」

「お前は、ばあさんのかわりに死んでも構わないと思って、山家を出てきただろう？」

娘の顔色がサッと変わった。急所を突いたようだった。

それは、彼女らしいようで、らしくなかった。

最後の最後まであきらめない娘。旺季の知っている娘なら、相手も自分も助かる策を最後まで模索して、みっともなくあがくはずだった。

だがあのときの紅秀麗には、それがないように見えた。もういい、というように。

紅秀麗は、青白い顔をしていた。旺季の視線から逃れるように、顔を背ける。

……旺季は今まで多くの女たちを失ってきた。母も姉たちも、妻も娘も。

みんな、旺季より先に逝った。そのせいか。……何となく、知れた。亡き飛燕が、縹家に嫁ぐ際、別れぎわに似たような顔をしていた。

きっと紅秀麗は誰にも告げていない。

あと、一年か、二年か。……多分、それくらいのような気がした。

「……死ぬのか」

青白い顔で黙ったあと、紅秀麗はボソボソとささやかな文句を言った。

「……普通、訊きますか、そういうこと……。本当に、璃桜君、そっくり……」

「そうか」

「まだ何も言ってません」

娘はじっと雪を見ていたが、ややあって顔を上げ、旺季をまっすぐ見つめた。

「……死にません」

微笑んだ。

旺季が初めて目にする、あざやかで、悲しみも痛みも全部知った女の顔をしていた。

「私、長生きするんです。そう決めてるんです。いっぱい生きて、いっぱい仕事して、楽しいことも、悲しいことも、いっぱい抱えて。歩いて。歩いて」

「いつまで？」

ゆくりなくも、それはいつか紫劉輝に訊いたのと同じ問いだった。彼女は答える。

「綺麗《きれい》な銀髪のおばあちゃんになるまで。そうして疲れたら……休みます」

それはとても美しい夢だった。

旺季はなんだか、嬉《うれ》しくなった。旺季の周りの女たちは、みんな若くして死んだ。幸せだったかどうかも、旺季にはわからない。妻も、娘の飛燕も。……黒狼だった姉も。

本当に幸せだったのだろうかと、残された旺季は、いつも墓の前で考えた。

……その答えを、今、娘からもらった気がした。叶わなかった夢の先。

旺季は指を伸ばした。

あれだけ人を斬ったので逃げるかと思ったが、娘は逃げなかった。

頰にふれ、生え際を指先で撫《な》で、頭を撫でた。

たとえそれが嘘でも。

「そうか」

信じてみたいと思えるほどの、幸福な夢。旺季が歩いてきた道の先。

……もう見ることのない、先の世界。どうか。そうであればいいと、願う。

「……疲れたら、休むのは、仕方ないな」

「はい。仕方ないです」

そう。仕方がない。仕方がない。……仕方がない。旺季の好きな言葉。

空が白み、世界はもうすぐ、夜明けだった。

旺季は馬の手綱をとった。

「さて、私はもう行く」

「え、あの、どこへ――？」

「迎えがきてるからな」

「迎え？」

紅秀麗が変な顔をする。旺季が背を返すと、むんずと外套《がいとう》をつかまれた。

しぶしぶ振り返った。

「……なんだ」

「……あの……あの、どうか、劉輝、の、ところに」

「誰が、会うか」

旺季はむげに一蹴《いっしゅう》した。

ひらりと黒馬にまたがれば、下で紅秀麗がぎゅっと唇を真一文字に引き結んでいた。

……この娘は、旺季と違って、最後には折れるのだろう。多分、悠舜のように。

けれど、旺季は違うのだ。

「負けたが、死んでも、下にはつかん。絶対だ。二十年以上前に、そう決めた」

「二十年前⁉　いえ、下とか、そういうんじゃなくて、ただ劉輝は――」

「私が追ってきたのは、あの王ではない」

旺季は言い捨てた。ずっと前だけを見てきた。後ろを振り返るつもりはない。

「だが追ってくるのは、自由だ。そう伝えておけ」素っ気なく告げ、つけ加えた。「…

…あと、ばあさんを、よろしく頼む」

そうして、旺季は手綱を打った。

# 第七章　夜明け前の藍色《あいいろ》の箱

それはトロリと深い、夜明け前の藍色の箱。

——誰が戩華王を殺したか。

◆　◆　◆

その晩、旺季は不意にぽっかりと目をさました。

ひょう、と、室《へや》に不気味な風が吹きこむ。目をやれば、闇の吹きだまりのような隅に、闇よりも濃い、黒々とした影が佇《たたず》んでいる。

旺季は過去何度か、この影を目撃した。初陣や、攻囲戦や、第六妾妃《しょうひ》が死ぬとき。だが見かけただけで、こんな風に面と向かうことはなかった。

黒い人影は、旺季をじっと見つめていた。そのあと、ふい、と、歩き出した。律儀にもわざわざ扉を通り抜けて、消えていく。どこかへ。旺季をいざなうように。

その影の『顔』を見たせいかもしれない。

旺季は寝台を降りると、手早く身支度をし、羽織を引っかけて、同じ扉から出た。首を巡らせば、黒い影は旺季を待っていたかのように回廊を曲がっていく。旺季は影の切れっ端を追いかけて、後をついていった。

このときの旺季は御史大夫から門下省長官に昇格していて、貴陽の私邸でも四六時中誰かが付き添うのが常だった。なのにこのときは、人っ子一人見当たらなかった。

邸《やしき》を抜け、影は城へと歩いて行く。

城の中も、無人だった。まるで本物そっくりにつくられた、影の世界のよう。ぽつりぽつりと連なる灯火と、音もなく伸びる火影だけが、ゆらゆらと旺季を導く。

ひどく冷えこむ晩だった。

沓《くつ》の裏で、秋霜がさくりとつぶれる。銀杏《いちょう》は半分ほど葉を落としていて、あちこちに黄金《こがね》色のやわらかな寝床をドングリと一緒につくっていた。

それは旺季にはもう通い慣れた道だった。影がどこへ連れていこうとしているのか、薄々わかったあとも、黙って影のあとをくっついていった。外朝を通り抜け、後宮に入り、その離宮に近づくごとに、旺季の歩みはのろくなった。次第に両膝《りょうひざ》が震え始めた。

戩華を蝕《むしば》む呪詛《じゅそ》をまのあたりにしてから、数年。

時折仕事で会いにはいっていたが、なぜか今は、たまにすれ違う劉輝公子が、バカみたいにうつむいて立ち尽くしていたようなのしか思い出せない。

案の定、影はその離宮に、吸いこまれるようにまっすぐ入って、消えていった。

暗闇の離宮。闇からこしらえたようなあの王には、ずいぶんと似合いだった。

「…………」

一度だけ、立ち止まったあと。旺季は戩華の臥所《ふしど》へと向かった。

……どこかで、バサリと、鴉《からす》の羽音が聞こえた。


コツ、と、旺季は、その男の眠る寝台の傍に立った。

真夜中でも、すべての燭台《しょくだい》が灯《とも》っていて、旺季は王をつぶさに見ることができた。

もはや、往年の戩華の見る影もなく、変わり果てた姿で、そこに横たわる。

日ごと精気が流れ出ていくような戩華を、この数年、旺季はずっと見てきた。体重は落ち、しなやかな鞭《むち》のようだった体からは筋力がそげ落ち、もはやかつて旺季の一族を片っ端から皆殺しにしたときの、あの鮮烈さはどこにもない。顔立ちは美貌《びぼう》の名残を微かに留《とど》めるけれど、やつれ、病み衰えて、顔色は枯木のよう。頰はこけ、唇もひび割れ、目尻《めじり》には鴉の足跡みたいな皺《しわ》がある。意識は深い淵をさまよい、殺害領域に侵入しても目覚める気配もない。

そこにいるのは、闇の炎の如き妖公子《ようこうし》ではなく、ただの一人の老人だった。

王都に帰還した頃は、刹那《せつな》であっても確かに昔のように首が落ちるかと思ったのに、今やもう、こうして間近にいても、戩華からは何の脅威も感じはしなかった。

旺季は掛布を半分はいだ。以前と同じに襟をくつろげば、肋《あばら》の浮いた薄い胸板に、もはや心臓まで完全に侵蝕《しんしょく》された、呪詛の文様がいっぱいに広がっていた。

同じ室《へや》に、黒い影が佇んでいた。旺季より先に、寝台の傍にいた先客。

ポツリと旺季は訊《き》いた。

「……戩華は、死ぬのか」

影は、一拍おいて『是』と呟《つぶや》いた。

旺季は眠る戩華の顔にボンヤリ目を落とした。

（戩華が、死ぬ？）

死ぬのだ。今。もうすぐ。女の呪詛で。清苑の身代わりで。他人が戩華の最期を支配する。

――ふざけるな。心の底から怒りがこみあげた。

縹家の女ごときの呪いで、清苑の呪詛を引き受けて――この男が、死ぬ？

道の先。一切合切を滅ぼして、髑髏《されこうべ》の道を駆け抜けた。

（ふざけるな）

あんな女に、むざむざ殺《と》られるような男ではなかった。

息子を皆殺しにしても、息子の代わりに死ぬような男ではなかった。

こんな姿を旺季や他人にさらしてまで、生きてるような男ではなかった。

旺季が、人生をかけて、追って、追って、追いつづけてきた男は。

「――――」

同時に。なら自分はいったいどんな死に様なら満足したのかと思う。

以前、殺せと戩華が言った時、旺季は本当に殺したくなった。そんな無様な弱さをさらすくらいなら、もう死んだ方がマシだと思った。

そのあと、ゆるゆると病み衰え、力を失っていく戩華を見ながら、何度か、殺した方がいいのではないかとまた考えた。こんな男は戩華じゃない。なのにずるずると見舞いに行っては、何もせずに帰るのを繰り返した。呪詛で体中を蝕まれ、もはや呼吸するのさえ心臓が止まるような痛みがあるはずだと羽羽が言った。死んだ方がマシな日々を、変わらず飄然《ひょうぜん》として、欠片《かけら》もそんな様子を見せない戩華に、どこかでホッとした。時間だけがのろのろと過ぎていって、どうしていいかわからないまま。とうとうここまできてしまった。いったいどんな死に様なら自分は満足した。

(どれも)

どれも違う。病死も、呪詛も、老いて死ぬのも。満足する死に様なんてありはしない。

闇の炎みたいな破滅の公子。

いつも旺季の前に立ち、三日月みたいに笑って、ガラリガラリと骨の上を駆けて行く。どこかへ。邪魔者は皆殺しにして先をゆく。自分だけ例外だと思ったこともない。

あの姿のまま。きっと戩華より自分の方が先に死ぬのだと。

なんでか、バカみたいに思っていた。

……どれくらい、立ち尽くしていたのか。

チラチラと、幾つもの灯火が揺れる。

隅に佇んでいた黒い影が、不意に動いた。まるで、旺季と同じことをずっと考えつづけ、ここにおいて、旺季より先に答えを決めたように。

すべるように戩華に近づいて、その心臓に黒い指を伸ばした。

死ぬのかと訊いた旺季に、『是』と答えた影。ずっと王のかたわらにあった影。

「――待て」

影が旺季を顧みる。その影の『顔』を、旺季は見返した。

もしかしたらこの影は、旺季よりもずっとその資格があるのかもしれなかった。

縹家の女の呪いで。息子の身代わりで。そんな無様な死に様より、その前に。

自分が。

旺季はかすれた声で、それでもその言葉を口にした。

「私がやる」

影の指先が止まった。

影がいつ身をひき、自分がどうやって戩華への最後の空白を詰めたのか、よくわからなかった。戩華の首に指をからめる。旺季の熱が、霜のように冷たい戩華に流れこむ。

世界が、真っ白に染まってゆくようだった。

『……お前が、旺家の季《すえ》か』

旺季など歯牙《しが》にもかけず、軽《かろ》く押し返して叩《たた》きつけた妖公子。何度も。何度も。

『俺が王だ。俺に跪《ひざまず》き、俺に従え』

旺季の前にいつづけた男。

数多《あまた》の髑髏を積み上げ、闇の炎さながらに駆け抜けた。どこへ行こうとしていたのか誰も知らない。誰にも左右されず、誰にも支配されず……。

はたはたと、戩華の顔に雫《しずく》が降り落ちる。

旺季はそれを他人事《ひとごと》みたいに見ていた。

……なんだ、この水滴は？　名前のないこの感情は。

どんな最低の終わりでもこの日がきたのに、永遠に敗北するようなこの気持ちは。

惨めな最期を喜べばいい。笑えばいい。侮蔑《ぶべつ》して立ち去ってもいい。いずれ自分もゆく道だとしても、別に今くらい。わざわざ手を下さずとも、無様な死に際を冷笑しながら傍観していればいい。何も負わずに。いや。

――耐えられない。

「――――」

心のどこかが、つぶれる音がした。永遠の、敗北。

急に、闇の濃さがました。旺季は真下の戩華を見つめた。

闇色の双眸《そうぼう》がひらくごとに、すべてが、みるみるその男の支配下に置かれていく。

こんなになっても、なお。

「旺季」

その男の闇色の目も、かすれた声も、全世界を支配する。

はたはたと落ちてくる涙に、戩華が少し目をすがめたように見えた。

涙で世界が歪《ゆが》んでいたから、旺季は、ずっと昔の、眼差《まなざ》し一つですべてを跪かせた妖公子の顔に、その声を聞いた。

「なんのために生きると、お前は訊いたことがあったな」

思い出す。いつからか何もしなくなったこの王を、旺季は苛々《いらいら》と詰《なじ》った。

あの時戩華は、こう答えた。

見たいものがある、と。

「……見られたんですか」

「そうだな。それを見てたら、気づけば、ここまで生きた」

それがなんであれ。旺季はこの手でぶち殺してやりたかった。

王の興味をひいたその見たいものとやらのせいで、戩華はこんなざまになったのだ。

真っ白い世界の中、旺季は、指に最後の力をこめた。

「戩華、どうして私だけ、殺さずにいつも生かした？」

気怠げに、戩華が長い睫毛《まつげ》をもちあげる。ずいぶんと疲れたように。

戩華の指が音もなくのび、旺季の頰を羽のようにかすめ去った。

唇が、いまわの際、あざやかに三日月に微笑み。
「――――」
囁《ささや》いて。
……ゆっくりと、その指が落ちた。
灯《とも》っていた燭台《しょくだい》が、吹きこんできた風で、残らず消えた。
暗闇の世界の中で。
旺季は、自分が何をしたのかを、知った。

外で、大きな鳥の羽音がして、旺季はようやく、顔を上げた。
闇の中、旺季は黙々と、戩華の乱れた衣服をととのえ、元通りに掛布をかけた。
視線を隅にやれば、あの黒い影は、闇よりも濃い色をして、そこにいた。
旺季はその影と少しだけ見つめあうと、踵《きびす》を返して、室《へや》を出た。
夜明け前だった。
凍えるような風の中を、旺季はあてもなく歩いた。
どこをどうきたのか、気づけば、寂しい外れの一角で、呆然《ぼうぜん》と立ち尽くしていた。
昊《そら》を見上げれば、藍色《あいいろ》の昊に、秋と冬の狭間《はざま》の星座が、いっぱいに散っていた。
秋の終わり。この星座がかかる時、旺季の運命はいつも激変することが多かった。
そしてたいてい、宝箱から、大事なものをぽろぽろと落としてきた。

けれど今度は、喪《うしな》ったのではなかった。自分で、壊してしまったのだった。

「――――」

旺季は声なく泣いた。それは自分の心の半分だった。旺季の薄闇の宝箱。一番奥底に、誰にも見せずにひっそり隠していたものがある。

何度負けても、失っても、一寸先も見えない世界でも、またどこかへ歩き出せた。先へ先へと、駆けることができた。それがあったから。

戩華の命と一緒に、旺季はその一番古い宝物を、永遠に見失ってしまったのだった。

――どうすればよかった。旺季にはわからなかった。

きっと間違いだらけの自分の人生で、一番正しくて、一番愚かな解答。

後悔はしてない。多分これからも。けれどもう旺季の前に、道はなかった。

……追いかけてきたものは、もう世界のどこにもない。

明けることのない夜がくる。これからずっと、夜明け前のまま。

「旺季様」

それでも。

旺季は、晏樹を見た。涙をぬぐって、影法師を引きずって、歩き出した。

それでも旺季は歩いていかねばならなかった。何度でも。ずっとそうしてきたように。

戩華のいない先の世界で。

もう疲れて、歩けなくなるまでは。

『何のために生きる？』
戩華の声が、聞こえた。

◆　◆　◆

旺季は山家を離れ、雪と闇に埋もれた、薄暗い木立の中に分け入った。
一筋の、細い細い道。幸運があれば見つけられる道。
〝莫邪〟を背負《しょ》って、ぽくりぽくりと、並足よりもとろく進む。
前方の暗がりに、ぼうと、狐の面が浮かんだ。
顔の上半分を覆うだけの、ずいぶんと懐かしい、もう一匹の狐。旺季の迎え。
「旺季様」
狐はいつも旺季を迎えにくる。あの寒い秋の晩にも、晏樹はそう言って、迎えにきた。
ぽく……ぽくりと、晏樹へ近づいていく。
……やがて、旺季の体が、鞍《くら》から、ずれた。
もう数十年、落馬したことのない旺季の体が、傾いで、落ちた。
晏樹が、手を伸ばして、旺季の体を抱き留めた。
「……うん。……疲れたな」
旺季は、ポツリと、呟《つぶや》いた。……疲れたなんて口にしたのは、いつ以来だろう。
だが、もう、本当にクタクタだった。迎えがなければ、一歩も歩けないくらい。
抱き留めた晏樹の手が、べっとりと、赤く染まる。返り血ではなく、旺季自身の血で。

「無茶を、するから、ですよ」

「……うん」

狐面が外れ、晏樹の顔があらわれる。旺季はおかしな気分になった。

晏樹が、ずいぶんとまともなことを言っている。そして、ずいぶんとまともな顔だった。歪んで、ぐしゃぐしゃで、人間らしい。

「ひどいじゃないですか、旺季様。僕、このひと月、ずっとあなたの看病してて、朝廷にいなかったのに。わざと黙ってたでしょう。僕、とんだ濡《ぬ》れ衣《ぎぬ》ですよ」

「……お前の……日頃の行いが悪いから、いいんだ」

「ぜんぜんよかないですよ」

本当に、晏樹がまともなことを言っている。世界の終わりだ。旺季はふっと笑った。

そう、世界の終わりだ。旺季の世界。終わりがくる。

……ふと、陵王のことを思いだした。

花の下で死にたいと言うから、旺季は医者を無視して、抱えて外へ連れ出した。

三月のはじめ。五分咲きの桜が、風で無数に散っていた。桜は嫌いだと旺季が言うと、陵王は笑った。俺は好きだ。桜の下だと、どんな最悪な現実も、少しだけマシに見える。

お前の傍にいるみたいだから、いい。そんなバカみたいなことを飄々《ひょうひょう》と言って。約束通り、これで、お前の死ぬところを見ないですむと、笑って。

本当に、桜の下で、眠るように死んだ男。

そんな風に、旺季の宝箱から、ぽつりぽつりと、大事なものがこぼれ落ちていって。

もう、箱の中には、何もなくて。

誰も、逃げろと、言わなくなって。

……ようやく、旺季にも、この時がきたのだった。何もかも失って、ようやく。

（……ずいぶんと、長かったな……）

本当に長かった。あの王が死んでから。

あの時から、旺季の時間は、ずっと止まっていたけれど。

今日、少しだけ時が進んで、失われた二つのうち、一つが戻ってきた。

戩華はまた嗤《わら》うだろうか。目の前のものを見捨てられない。手を伸ばされれば残らずつかむと。だが、それが自分だった。

その熱で、ずっとずっと駆けてきた。戩華と、もう一つ、旺季の大事な導火線。

最後に、また手にすることができて。旺季は嬉《うれ》しかった。

『いつまで？』

声がする。旺季は答える。

この国に、自分はもう必要ないと、わかる日まで。……その日がきたのだ。

この先には、旺季は行けない。

「まだですよ」

晏樹が祈るように言った。そっと抱き上げられ、馬に乗せられる。

「旺季様、雪、好きでしょう。雪見をしましょう。悠舜の庵《いおり》を調えておきましたよ」

それはいいな、と、旺季は笑った。

あの、小さな庵の、円い窓から見る、雪をかむった李《すもも》の木は、結構気に入っていた。

ほたりほたりと降る雪。

もうすぐきっと、いいことがあるような気がして。

旺季様、と、晏樹の呼ぶ声が聞こえる。旺季は、この声が嫌いではなかった。

どこかで、大きな鳥が羽ばたく。……何の鳥だろう。

庵につくまで、少しだけ休もうと思って。

旺季は静かに目を閉じた。

◆　◆　◆

朝廷は慧茄に急報が届いた一昨日《おととい》から、騒然としていた。

御史台や紅州府から矢継ぎ早に早馬が届いたものの、情報は錯綜《さくそう》していた。紅秀麗の安否が不明だということ、鉄炭の山あたりで騒ぎがあったらしいこと、榛蘇芳が砦《とりで》に救援要請をしたというような、細切れの報ばかりが届いた。

その中で中央官吏らが集団で恭しく上奏した際の、王の怒りは凄《すさ》まじかった。

――旺季が、謀反だと？　しかも、小悪党ばかり山に集めて？　ふざけるな。

もう一度、旺季に関して、くだらぬ讒言《ざんげん》を触れ回る者があれば、残らず首を切れ。

側近たちも思わず息を呑《の》んだほどの烈火のような剣幕に、朝廷中が震撼《しんかん》した。


夜明け前、劉輝は壊れた人形みたいに、あてどなく城を歩きまわっていた。この二日、玉座に座っていない時は、ずっとそうだった。時々絳攸や楸瑛がやってきて何か話しかけてきたように思うが、話した中身は何も覚えてない。

劉輝はいつのまにか、子供の頃に過ごした、今はもう使われぬ外れの宮にきていた。旺季が紫州の私邸にもどこにも姿がないという報は、今日になって届いた。劉輝は何も考えたくなくて、無人の宮を魂が抜けたようにふらついた。その時。

美しい琴の音色が響いてきた。琴《きん》の琴。

——蒼遙姫。

かつて一度だけ耳にしたその音色。

劉輝は駆けだした。回廊から庭院《にわ》に降り、できはじめた霜を踏んで音をたどった。

幼い頃、遠い雪闇の夜にそうして走ったように。

やがて、音の向こうに、薄ぼんやりと灯《とも》る火が見えた。

六角形の四阿《あずまや》。劉輝以外は訪れる者もないその四阿に、六つの燭台《しょくだい》全部に火が入っていて、中で一人の男が琴の琴を奏でている。揺れる火灯りのせいか、幻灯のように印象が変わっていく。五十代にも、六十代にも、三十代の美貌《びぼう》の若者にも見えた。美しい藤色の〝紫装束〟に、背には〝莫邪《ばくや》〟を背負《しょ》って。もう、八年も、見ていない横顔。

「旺季!!」

音がやんだ。

男は手を止め、笑わぬ顔で劉輝を振り返る。

「……お久しゅうございますな」

『お久しゅうございますな、劉輝公子』

劉輝の耳に、六歳の雪の夜に聞いた声が重なった。

旺季は椅子を立ち、王に向き直った。八年ぶりに会う紫劉輝は、やっぱり穴だらけの、情けない顔をしていた。昔と同じに。……いや。旺季は呆れた。五丞原での方がよっぽどましな顔をしていた。自分に従ってくれとぬけぬけと言った頃の方が。

(十年前)

旺季は何度も、繰り返し、考えたことがある。もし——と。

もしも五丞原で、この若い王が、軍勢を引き連れてきていたら、と。

……そうしたら自分は、死ぬほど喜んだに違いない。

戩華ならきっと、どちらの側に立っていたとしても、全軍を引き連れて五丞原に臨んだだろう。王都にいたなら五十万、紅州にいたなら五万全部。ありったけの兵を率いて、相手を叩《たた》きつぶしに軍馬を駆ったろう。

だが、旺季は戩華とは断じて違う。

そう気負って、旺季は紅州と同数の五万を選んで、五丞原に向かった。

自分は、戩華よりも先の世界へいくのだと。

（……なのに、この王は）

よりによって、供一人だけで、ノコノコきた。

あのときかもしれない。旺季が、先に馬から下りる気になったのは。

五十でも、百でも構わない。少しでも紫劉輝が戦うための兵を引っ張ってきていたなら、旺季は淡々と戦いに臨み、勝ち、玉座に即《つ》いただろう。戩華の死で欠け落ちた半分を、息子で少しでも埋めて、王としてまた別の道を歩いていけたかもしれない。

けれどこの王は、戩華ではなかった。全然なかった。

気づいてしまったから、馬から下りた。

歩いても歩いても、夜明け前の世界から出ることができずに、戩華だけを追いつづける自分。これ以上先へは、もう自分は進めないことに。

一騎打ちで折られた蒼剣《そうけん》。折ったのは、紫劉輝ではなかった。

戩華の影と、自分自身。

「旺季……」

王が穴だらけの顔で、寄ってくる。

寄ってきたぶん、旺季はスッと下がった。王は傷ついた顔をした。

だが旺季だけは、そんな顔に騙《だま》されたりはしないのだ。

相手にあわせて、自分をつくりかえていく公子。今もたいして変わらない。

でも旺季は本当の彼を見たことがある。孤独で、泣きながら何かをさがして、寂しい回廊の片隅で、一人で丸く眠りこんでいた。

……寂しい心を埋めるもの。今もずっとさがしてる。あれやこれや試行錯誤しながら。

「旺季、余ではだめか？」

王が訊《たず》ねる。十年前と同じ問いを。旺季も同じ答えを返した。にべもなく。

「だめです」

「それでも、余は、何度でも言う」

旺季は目を見開いた。十年前、琴の琴の前で、めそめそ涙をこぼすだけだった若い王にはなかった、つづきの言葉だった。

ようやく旺季は、この王が自分を追いかけていたことに気がついた。

途切れることのない文や贈り物。一度も返事をしないのに、全然懲りない。

一度も相手にされないのに、しつこく戩華に食い下がった己と初めて重なって。

旺季は憮然《ぶぜん》とした。……しょぼたれた犬みたいに情けない王と、自分が同じとは、断固思いたくないけども。ほしがるのでなく、追いかけていただけだったなら。

デコピンを三回もして、悪かったかな。

嫌なことは見ないよう、ずっと逃げていた公子。旺季からも。だが五丞原で、この王は逃げた場所へ、もう一度戻ってきた。この城へ。

幼い頃から変わらないと思っていた、弱さ。けれど、少しずつ、王も変わってゆく。自分の力で。時に失敗しながら。

最後の寄り道をしたのは、一つくらいなら、何か答えてやってもいいかと思ったから。だが旺季が答えてやっても、この王の正解ではない。同じ一筋の道でも、戩華と旺季が拾う答えが、全然違ったように。そんな当たり前の事実を思いだし、やめにする。

王が情けない顔ながら、ほんのちょっぴり、また近づく。

――それでも、余は、何度でも言う。

ふ、と、笑んだ。

「……好きになさい。でもあなたと鯉の餌やりなんて、断じてやりませんがね」

旺季が追いかけていたのはこの王ではなかったし、負けてもこの王に屈するつもりもなかった。

一つだけ、考える。戩華を手にかけた、あの寒い秋の晩。今も後悔はしてない。だが五丞原で、得るよりも手放して宝箱を守ろうとしたこの王なら、どんな答えを出しただろう。弱くて、逃げ腰なくせに、旺季が譲歩してやろうとすると、違う答えを出してくる。ムッとした。死んでも一緒に鯉の餌やりはしないと心に決める。

……そして、これ以上王の前にいてやることも、もうできなかった。

晩秋の風が吹く。六つの灯火が伸び縮みする。旺季は懐かしい卓に指で触れた。

――終わりがくる。

「……さて、私ももう、行かねばなりません」

王の顔が、サッと青ざめる。

遠い過去から、声が聞こえてくる。旺季の声と、幼い公子の声。雪の夜。夜明け前。

『ええ。夜明け前には』

行かねばなりません。

日を百と数えるよりもっともっと長く、私はこの城からいなくなる。

……終わりがくる。

「旺季、嫌だ。だって、そんなはずない。慧茄に頼んだのだ。余は――」

子供のようにわめく王に、旺季は手にした草笛を鳴らした。王は身じろぐ。

『一人きりでも考えました。今は、ちゃんと伝えられます。僕が本当にしたいこと』

旺季は草笛から唇を離した。素っ気なく告げる。

「一人きりでも考えなさい。あなたが本当にしたいこと。伝えることができたら、きなさい。今度の答えは興味がある。それまではこないように」

「――いっ、一緒に、行ってもいいと言った！　……はずだ！」

『……そうしたら、一緒に行っても、いいでしょうか？　待っててくれますか？』

旺季は眉《まゆ》を上げた。あの時、旺季が是か否か、どちらを答えたのか。

それは言わなかった。ただ今度の答えも決まっていた。

紫劉輝に背を返し、別れの挨拶《あいさつ》に草笛をふった。


「いいえ。待ちません。私は先に参ります。私の行く先は、あなたとは違うんですよ」


「――いやだ」

劉輝は手を伸ばした。だって、旺季はあの後こうつづけてくれたのだ。

『……でもそれまでは、公子といましょうか。私でよろしければ』

行ってしまうのだとしょげた自分に、眠るまで付き合ってくれた。父がいなくなった後の朝廷にも、旺季は残ってくれた。ギリギリまで。今度だって、きっとそうだ。近づこうとすれば、いつも途切れた琴の音。音を追って駆けてきた。気づけば、好きなものだけでいいと、閉じこもっていた世界からも、いつのまにか抜けてでていた。旺季を負かしてまで選んだもの。劉輝の歩く道の先。まだ何も見せていない。

まだ早すぎる。

「話したいことも、聞きたいことも、見てほしいものも――余は、まだ――」

『知りたいのだ』

秋の寒い晩に、静かに涙を流しながら、それでも旺季が影法師を引きずって、またどこかへ歩き出すのを見た時。劉輝は胸が詰まって、逃げるのも忘れて、旺季が通った同じ道の上をたどって帰った。教えてほしかった。

どうして、そんな風に歩き出せる？　世界で一番大事なものを喪《うしな》った顔をして。どうしたら、そなたのようになれる？　劉輝にはまだ全然わからない。

伸ばした指は、むなしく空《くう》をかいた。──行かねばなりません……。

無人の四阿に、劉輝は呆然と膝をついた。

夜が明ける。

いつかの旺季の声がした。

『夜は明けます。──立ちなさい』

一人でも。

どんな時も劉輝を引きずりあげてくれた旺季はもういない。声一つで彼を立たせ、前へ歩かせ、ずっと道の先にいてくれた。でも、もう、世界のどこにもいなくて。


一つの火も入っていない朽ちかけた四阿。

つもった落ち葉の上には、壊れた琴《きん》の琴が一つ。

夜明けの空を仰げば、……はらはらと、無数の雪が降っていた。

『私と一緒に。この城から出て、何もかも捨てて、一緒にくる気はありますか？』

――一緒にくる気はありますか？

◆　◆　◆

誰かに訊《き》かれたら、多分、未練だよ、というだろう。

放りだそうとしても、つなぎとめるものが旺季にはいっぱいあって。自分を呼ぶ声がいっぱいあって。逃げたいと思っても、逃がしてはくれなくて。

気づけば、バカみたいな人生を送ってしまった。

だがそんなふうに未練がいっぱいあったことは、そう、悪くなかったかもしれない。

最後の道程を歩く旺季の耳に、子供の泣き声が届く。しゃくりあげるような嗚咽《おえつ》だった。清苑が消えた時と同じ、百年ぶりに泣いたような慟哭《どうこく》。

少しだけ、足を止めた。けれど、振り返りはしなかった。未練があっても。

旺季はもう前に行って、立てとは言ってやれない。

立ち止まった戩華に苛立《いらだ》ちながら、それでも旺季は先へ駆けてきた。

戩華は、見たいものがあるから生きてると言った。

じっと、旺季の顔を面白そうに、見つめながら。

……戩華と違って、確たる思いは別になく、ボンヤリ過ぎた十年だったけれど。旺季がただ生きてるだけで、勝手に追いかけてきた誰かが、少しくらいは前へ進んだこともあったのだろうか。全然縮まらない距離を埋めようと、やっぱり失敗ばかりしながら。遠ざかる泣き声に、旺季は一度だけ草笛を吹いて、詩を口ずさんだ。

——別レシ君へ、捧《ささ》グ永遠《とわ》ノ此《こ》ノサカズキ。

攻囲戦前夜に慧茄に差しだしたサカズキ。五丞原で陵王と酌み交わしたサカズキ。どれほどの別れのサカズキを交わしてきただろう。

——花ノ季節、嵐ノ夜。

　果テナキ戦ノ庭、鳥ノ聲《こえ》モ尽キ、タダ君トトモニ千里ヲ征《ゆ》ク。

命の期《かぎり》、遠い遠い旅をした。

——花ノ季節、嵐ノ夜。

　別レル君へ、何ヲ言オウ。

あまりにも長い旅だった。宝箱の中身がカラッポになるまで。みんな死んでしまうまで。負けどおしで、何度も逃げてきた。

でも最後の最後、女二人をちゃんと守れた。一人でも。

だから勝ったと、胸をはれると思う。これから会いに行く彼らに、ちゃんと。

草笛と、獏と、……ヘンな藁人形《わらにんぎょう》も、宝箱に入れて、閉じる。

道の先にいる顔ぶれを見て、旺季は笑った。——最期《おわり》の先で君を待つ。

……迎えがきた。

迎えがきた。

旺季様、と、彼の名を呼ぶ声がした。

……山家で紅秀麗と別れたのを最後に、旺季の姿は忽然《こつぜん》とかき消える。

どれほど隠れ山を捜索しても影も形も見つからなかったが、追って葵皇毅もまた行き先を告げずに姿を消した。そして再び帰還した時には、腕に旺季の遺体を抱いていた。

誰に問われても、葵皇毅はどこで旺季を見つけたのか、ひと言も口にはしなかった。

璃桜は祖父の遺体を見て、呆然と泣き崩れた。

遺体は山家で負ったとみえる大きな刺し傷をはじめ、傷だらけだったが、そのすべてに、丁寧に手当てと包帯がしてあった。死因は、隠れ山で負った怪我なのか、それともずっと前から体を蝕《むしば》みつつあった病魔によるものかは、ついにわからなかった。

余命幾ばくもない身で、単身山家へ向かい、紅秀麗を助けるために一人で殺した数は五十を数えた。また榛蘇芳に託した彼の指示は恐ろしく精確で、その書翰《しょかん》により、周辺に巣くっていた山賊はねぐらと共に一掃される。

榛蘇芳はこの時、裏で資金をばらまいたと目される中央官吏たちを短期間で追跡し、残らず挙げてみせた。中には新進気鋭の官吏や高位貴族らもいたが、一歩も退《ひ》かずに検挙し、以後これを境に、榛蘇芳は後世に残る功績を次々あげていく。

王は激怒し、榛蘇芳が挙げた官吏たちに苛烈《かれつ》な粛清を加えた。一説には、一人残らず処刑しろと言ったといわれる。景宰相や慧茄らのとりなしで刑は軽くなったが、王の怒りは凄《すさ》まじく、それ以後、旺季に関して口さがない噂をする者はいなくなった。

旺季に追い落とされかけたこともある紫劉輝だが、不思議と、旺季を侮辱されて烈火のごとく怒るのも、常に王であった。同時に、敵をよく味方にとりこむのに長《た》ける紫劉輝が、最後まで得ることができなかった数少ない者の筆頭も、旺季といえた。

実力も実績もありながら、晩年、王や側近たちにより、あらゆる権力を奪われ、領地にて十年もの長い不遇を託《かこ》った旺季であったが、彼の死は確実に朝廷を変えていく。

山家の謀略に関わったとされるのが多く国試派だったことが判明し、国試派が幅をきかせつつあった朝廷で、怒った貴族派が一気に勢力図を押し戻した。

十年にわたる安定が崩れ、高まる双方の緊張を抑えて均衡を図るため、景柚梨は葵皇毅を新たに宰相位に昇格させる。以後、貴族派の宰相と国試派の宰相の双立による、長い対立と緊張の時代の幕開けとなる。


……旺季の死にまつわるものは謎に満ち、いまだに多くが解明されていない。

紅秀麗が山家で見たという、頬から首に傷のある男は、それより十年も昔、五丞原で王を狙った下手人と同一だったという。旺季が斬首したと紅秀麗は証言したが、不思議なことに、いくらさがしても、その遺体はどこからも発見されなかったのだった。

また、旺季が所持していたはずの〝莫邪〟は、これより再び行方知れずとなる。

旺季の遺体を見つける際に、葵皇毅がひそかに我がものにしたのだともいわれるが、結局葵皇毅の死後も〝莫邪〟は見つかっていない。

そしてもっとも謎に満ちているのが、凌晏樹の行方である。

旺季の後を継いで長らく門下省を統率してきた彼は、山家の変が起きるひと月前から、ふっつりと朝廷から姿を消した。

それっきり、二度と、彼の姿を見たものはいない。

凌晏樹こそ、山家の変の黒幕といわれるが、その真相を知る者は、誰もいない。

本書は、二〇一二年三月に刊行された小社単行本を
大幅加筆修正の上、分冊、文庫化したものです。

彩雲国秘抄《さいうんこくひしょう》

骸骨《がいこつ》を乞《こ》う 上

雪乃紗衣《ゆきのさい》

平成28年 2月25日　初版発行
令和7年 5月15日　21版発行

発行者●山下直久

発行●株式会社KADOKAWA
〒102-8177　東京都千代田区富士見2-13-3
電話　0570-002-301（ナビダイヤル）

角川文庫 19571

印刷所●株式会社KADOKAWA
製本所●株式会社KADOKAWA

表紙画●和田三造


ISBN978-4-04-103740-9　C0193

# 角川文庫発刊に際して

角川源義

第二次世界大戦の敗北は、軍事力の敗北であった以上に、私たちの若い文化力の敗退であった。私たちの文化が戦争に対して如何に無力であり、単なるあだ花に過ぎなかったかを、私たちは身を以て体験し痛感した。西洋近代文化の摂取にとって、明治以後八十年の歳月は決して短かすぎたとは言えない。にもかかわらず、近代文化の伝統を確立し、自由な批判と柔軟な良識に富む文化層として自らを形成することに私たちは失敗して来た。そしてこれは、各層への文化の普及滲透を任務とする出版人の責任でもあった。

一九四五年以来、私たちは再び振出しに戻り、第一歩から踏み出すことを余儀なくされた。これは大きな不幸ではあるが、反面、これまでの混沌・未熟・歪曲の中にあった我が国の文化に秩序と確たる基礎を齎らすためには絶好の機会でもある。角川書店は、このような祖国の文化的危機にあたり、微力をも顧みず再建の礎石たるべき抱負と決意とをもって出発したが、ここに創立以来の念願を果すべく角川文庫を発刊する。これまで刊行されたあらゆる全集叢書文庫類の長所と短所とを検討し、古今東西の不朽の典籍を、良心的編集のもとに、廉価に、そして書架にふさわしい美本として、多くのひとびとに提供しようとする。しかし私たちは徒らに百科全書的な知識のジレッタントを作ることを目的とせず、あくまで祖国の文化に秩序と再建への道を示し、この文庫を角川書店の栄ある事業として、今後永久に継続発展せしめ、学芸と教養との殿堂として大成せんことを期したい。多くの読書子の愛情ある忠言と支持とによって、この希望と抱負とを完遂せしめられんことを願う。

一九四九年五月三日